KB157917

김영석 · 강희안
시의 창작 방법론

이선준 지음

국학자료원

책머리에

한국 시단에서 낯선 창작 방식을 고집하는 시인의 시를 시 자체만을 통해 그들의 시적 본질을 이해한다는 것은 쉽지 않은 일이다. 시의 창작 방법이란 이해나 분석 등 이성적 이해의 방법으로 밝혀질 수 있는 과정이 아니다. 러시아 형식주의자 쉬클로프스키에 의하면 예술은 우리로 하여금 사물을 느끼게 하기 위해 존재하고, 예술의 존재 이유는 삶에 대해 잃어버린 감각을 회복시켜주는 것이다. 다시 말해서 너무나 친숙해서 우리가 느끼지 못하는 사물을 다시 느끼게 해주는 것이 예술이라는 것이다. 따라서 형식주의 비평이란 문학을 언어적 형식 또는 언어적 구조로 보고 작품 그 자체에 내재한 문학의 존재성, 독자적 자율성 등을 객관적으로 밝히려는 시도에서 출발한다.

이 책의 1부 1장에서 김영석과 강희안 시인의 시적 새로움을 낯설게 하기라는 형식주의비평 방법을 동원하여 자연, 언어, 현실이란 3가지 각도에서 창작 방법론적 특징을 살펴본 까닭이 바로 여기에 있다. 한 시인의 시세계는 그가 현실을 바라보고 인식하는 방법과 밀접히 연관되어 있다. 시인이자 평론가인 두 시인은 자기 나름의 독창적인 언어 의식을 통해 시 창작에 힘쓴 시인으로 시단에 알려져 있다. 그들의 시적 특질을 조심스레 고구해 본다는 것은 그들이 우리 시단을 얼마나 풍요롭게 했는가에 관한 작은 지형도를 그려보는 일이기도 하기 때문에 중요한 작업이다. 따라서 이 책에서는 김영석과 강희안 시인의 창작 기법적 특질과 그것의 가치에 관해 면밀하게 분석해 보았다.

이 책의 2장은 김영석 시인의 시를 중심으로 형식주의 비평 관점에서 조망해 보았다. 이는 김영석이 새로운 시의식으로 구축한 창작 방법론을 통해 비극적 현실을 어떻게 인식하고, 현실과 자연의 관계를 어떤 방식으로 구성했는가에 대해 살펴본 결과에 해당한다.

김영석의 초기시는 기존의 서정시처럼 행복한 동일성의 세계를 지향하기보다는 현실의 비극성과 괴리감에서 촉발된다. 비동일성의 세계로 어긋나는 기법의 이면에는 있는 그대로의 현실과는 합일이 불가능하다는 본능적 욕구가 작동하고 있다. 따라서 그의 시적 대척점에는 해체와 노장적 사유를 근간으로 자연과 인간, 언어와 현실을 동일화하려는 의식이 내재한다. 이는 절대적인 진리, 순수한 근원, 진선진미의 유토피아가 있다는 사고방식은 허구라고 믿기 때문이다. 세상에는 피할 수 없는 현실이 있고 그 현실에 맞서고 있는 단독자로서의 내가 있다는 보편적인 명제에 구체성을 부여한다. 그러한 실천의 일환으로 그는 묘사에 종속된 서사, 혹은 유기적 관계를 맺지 않는 묘사라는 재현 방법을 사용하는 새로운 창작 기법적 특질을 선보이고 있다.

3장에서는 새로운 실험시의 영역을 개척한 강희안 시인의 시를 통시적인 관점에서 시를 어떻게 낯설게 만들고 있는지를 밝혀보았다. 자연과 자아의 관계, 새로운 언어 의식과 말놀이를 구사하는 방식과 그것의 창작 의도에 대해 다각도로 살펴본 결과는 다음과 같이 간명하게 정리된다.

강희안의 초기시는 표면적으로는 자연과 자아의 동일화를 추구하는 전통 서정시의 계열로 여겨진다. 그러나 그 이면을 자세히 들여다보면, 인간과 자연의 배타적 의식의 과정이 창작의 방법론으로 드러나 있다. 그것은 기존의 인간 중심의 낭만적 세계에 균열을 내려는 의도에서 기인한다. 그가 '행위의 경계선'이란 표현을 통해 의도한 것은 언어와 존재의 접면인데, 이때 행위란 존재의 운동 방식이자 언어의 운동 방식이기도 하다는 사실이다. 언어와 존재 둘 다가 제 나름의 고유성을 띠고 있다는 말과 다르지 않다. 따라서 그는 특히 동음어와 유음어를 수시로 차용하여 언어가 주는 즐거움과 연상 작용이 주는 재미를 독자들과 공유한다. 이 기법은 독자가 직접 시를 읽으며 함께 완성하는 독자 참여시라 명명할 만한 새로운 형식적 실험에 도달한다.

4장에서는 김영석과 강희안 시가 지닌 낯설게 하기의 특질과 가치에 대해서 가늠해 보았다. 그들의 시가 낯설다는 것은 그만큼 현재의 타성적 삶에 의지하지 않고 자기만의 방식으로 독자적인 세계 인식에 이르렀다는 말과 다르지 않다. 김영석 시인이 전통적 관점의 미학적 의장으로써 비동일성의 인식으로 현실인식을 담아냈다면, 강희안 시의 경우에는 현대적인 비시(非詩)의 기법으로 사회 비판의식을 담아내고 있다는 점이다. 김영석의 경우 표현 의장이 익숙한 반면 그것을 인식하는 관념적 측면이 새롭다면, 강희안의 경우 표현 의장 자체는 파격을 띠고 있지만 내용적인 부분은 우리의 일상적 현실과 맥락이 맞닿아 있어서 친숙하다는 측면에서 변별력이 있다.

이 책의 2부와 3부에서는 김영석과 강희안 시인의 대표시 20편과 시론 1편, 그들의 시에 관한 대표적인 평론 2편, 대표 논문 1편을 필자의 시각에서 엄선하여 재수록하였다. 이 부분만 읽더라도 그들의 시적 특질과 전체의 시세계를 한눈에 조망하는 데 긴절하다는 인식의 발로였다는 사실을 밝히고자 한다. 나아가 연보 · 저서와 시집, 학술서 · 번역서, 편저, 연구서지 등을 총망라하여 꼼꼼이 자료를 일목요연하게 정리했다. 이는 지은이의 빈약한 연구 결과보다도 다음 연구자들에 대한 최소한의 예의이자 배려라 믿기 때문이다. 따라서 감히 부끄러움을 무릅쓰고 이 책을 저 메마르고 너른 세상의 광야에 내보낸다. 이 부끄러운 책의 저자는 구름이 되고 빗방울이 되고 태풍의 눈이 되어 그들의 시가 장강의 힘찬 물줄기로 여여하게 흐르는 그날만을 주시할 것이다.

마지막으로 이 책은 문학을 문학답게 만들어주는 것, 즉 문학성의 궁극적 기원을 시작품의 내용이 아닌 형식에서 찾는 데 두고 출발했다. 예술형식은 예술 자체의 법칙에 의해 설명 가능하므로 시작품 연구의 영역은 자연히 시의 고유의 성질에 집중한 것이다. 이것이 바로 문학성이므로 문학의 내용이나 소재 대신에 문학의 형식적 측면에 역점을 두어 문학의 특수성, 즉 문학성을 밝혀본 것이다. 즉 시적 텍스트의 의미 생산 방식들을 체계적으로 지배하는 법칙을 뜻하는, 그 텍스트의 약호들(codes)을 세분화한 것이다. 김영석과 강희안의 시도 형식적인 측면에서 이러한 특징과 일맥상통하는 예술적 특질을 지니고 있다. 그들의 시작품은 우리의 상투적인 인식 습관들을 탈상투화하여 우리로 하여금 처음으로 그것들의 본모습을 인정하게 만드는 파격에 이르기 때문이다.

2017년 2월

이선준

차례

제2부 김영석 편

대표시

자선 시론

대표 평론

대표 논문

제3부 강희안 편

대표시

자선 시론

대표 평론

대표 논문

제1부

김영석 · 강희안 시의 창작 방법론

1. 머리말

1) 연구 배경 및 문제의 실마리

본 연구는 형식주의비평 방법을 동원하여 김영석과 강희안 시인의 시적 낯설게 하기의 방법에 대해 자연, 언어, 현실이란 3가지 각도에서 살펴보려는 데 그 목표가 있다. 한 시인의 시세계는 그가 현실을 바라보고 인식하는 방법과 밀접히 연관되어 있다. 시인이자 평론가인 김영석과 강희안은 자기 나름의 독창적인 언어 의식을 통해 시창작에 힘쓴 시인으로 널리 알려져 있다. 그들의 시적 특질을 조심스레 고구해 본다는 것은 그들이 우리 시단을 얼마나 풍요롭게 했는가에 관한 작은 지형도를 그려보는 일이기도 하다. 따라서 본 연구에서는 두 시인의 창작 방법론적으로 드러난 새로운 시적 특질과 그것의 가치에 대해 면밀하게 비교하여 분석해 보고자 한다.

김영석은 1945년 전북 부안에서 출생하여 1970년 동아일보 신춘문예로 등단하였으며 지금까지 총 6권의 시집을 상자하였다. 그는 등단 초기부터 문단의 김현, 황동규, 서정주, 김현승 등에 새로운 시창작의 시도와 가능성 측면에서 주목을 받아왔다. 시집으로는 제1시집 『썩지 않는 슬픔』(창작과비평사, 1991), 제2시집 『나는 거기에 없었다』(시와시학사, 1999), 제3시집 『모든 돌들은 한때 새였다』(시와시학사, 2003), 제4시집 『외눈이 마을 그 짐승』(문학동네, 2007), 제5시집 『바람의 애벌레』(시학, 2011), 제6시집 『고양이가 다 보고 있다』(천년의시작, 2014) 등이 있다.

김영석의 시작에 대한 본격적 연구는 아직 미흡하다. 따라서 연구사를 검토하고 연구의 당위성을 찾아가는 기존 논문의 형식적 전례를 본 연구에서는 따를 수 없다. 다만, 1970년 동아일보 신춘문예에 시 「방화」 당선, 1974년 한국일보 신춘문예에 시 「단식」이 당선되면서 동료 시인들과 문학평론가들이 그에 대한 단상, 소논문, 평론 등을 발표한 바 있다. 김현, 황동규[1]를 비롯해 1991년 첫 시집 『썩지 않는 슬픔』을 출간한 이후 30여 편이 넘는 평론과 소논문이 발표되었다. 여기에서는 김영석 시와 창작 의식, 시창작법 등이 문단에서 새로운 관심의 대상이었다는 사실을 감지할 수 있다. 이러한 논의는 남진우, 김이구, 이형기, 임순만, 이숭원, 이가림, 최동호 등의 글에서 확인된다.

김영석의 신춘문예 심사평[2]들에 비추어 볼 때, 그의 시에 대한 평가의

---

1) 김 현, 「훈련과 극복」, 『서울평론』 제11호, 서울신문사, 1974 ; 황동규, 「절망을 씨앗으로 환원하는 의지」, 동아일보 1974년 2월 13일자.

2) 1970년 동아일보 신춘문예 가작으로 뽑힌 「방화」라는 시에 대한 김현승의 심사평 중에는 당선작인 정희성의 「변신」과 비교하여 "시의 색다른 장래성을 부르기 위하여 미완성품의 의욕과 가능성을 살 것이냐, 다소의 상투적인 수법엔 관계없이 시로서의 완성품을 평가의 대상으로 삼을 것이냐 하는 것은 좀 더 숙고해야 할 문제인

핵심은 당시 시단의 상투적인 수법과 타성적 시작 기법을 탈피하기 위한 노력과 가능성에 대한 기대로 정리된다.

첫째, 직관과 통찰의 시작 행위와 정련된 시 언어와 이미지를 평가한 김영석을 대상으로 한 글들은 지금까지 발표된 대부분의 선행 연구에서 공통적으로 나타난다.

남진우는 고도로 절제되고 응축된 언어, 정신의 밀도를 함유하고 있다고 말하면서 모든 비본질적인 것을 단호히 떨쳐버린 정신의 냉엄함과 강밀함을 형상화한 시라고 평가한다.[3] 이에 비해 김이구는 우리 삶의 과정과 인생 전체에 대한 통찰을 끌어안고자 하는 사유의 뿌리로 인해 그 시는 설명조와 더불어 상당히 관념적이라고 말한다. 그리고 사람의 구체적인 살림살이나 생활 정서를 나타내는 시어들 대신 정련된 사념의 언어들이 많이 등장하는 만큼, 현실 세계에 대한 즉자적 대응 혹은 개입의 욕구를 쉽사리 읽어낼 수 없다는 의미로 해석된다.[4]

이숭원은 김영석의 시에 대한 결벽적인 자세를 말하면서 시편들이 지닌 형식적 완결성 이미지의 신선함 시어의 정갈함 등에서 이를 확인할 수 있다고 언급한다. 나아가 하나의 조형물을 만들어 내듯 언어의 칼로 한 편 한 편의 시를 새겼을 뿐 아니라 이 시집에는 우리 시사의 귀중한 자양

줄로 안다."고 선정의 어려움에 대해 토로한 바 있다. 그 이후 1974년 한국일보 신춘문예 서정주와 김현승의 심사평 중에는 "「단식」은 이론의 여지없이 단연 뛰어났다. 시에 있어 소재 자체가 강렬하다고 시적 형상이 강력하게 되기 마련인 것은 물론 아니다. 오히려 소재에 압도되어 형상에는 무능할 수도 있는데 이 시는 훌륭히 극복하고 있다."고 극찬을 아끼지 않고 있다. 조태일, 김홍규 편, 『전후 신춘문예 당선시집(下)』, 실천문학사, 1981, 226쪽과 300쪽.

3) 남진우, 『그리고 신은 시인을 창조했다』, 문학동네, 2001, 184~186쪽.

4) 김이구, 「허무에 이르지 않는 절망」, 『오늘의 시』, 10호, 1993, 104쪽.

분으로 흡수되어야 할 정신의 높이와 새로운 형식의 탐구까지 포함되어 있다고 부기한다.[5]

최동호는 김영석이 마음속에 지닌 개인사, 가족사, 그리고 사회사가 첫 번째 시집 『썩지 않는 슬픔』 전편에 서려 있다고 여기며, 그의 기질 그대로 담담한 어조라고 해서 그 절박성이 낮게 평가되어서는 안 된다는 점을 지적한다. 나아가 지나치게 과장된 언사들이 범람하고 있는 현 시단에서 엄격하게 언어를 다듬고 감정을 단련시키는 그의 시적 어법은 매우 모범적인 것으로 받아들여야 한다는 논리다.[6]

유종호는 제2시집 『나는 거기에 없었다』의 시편들이 격앙된 감정이 없고 축축한 감상주의도 없으며, 서투른 웅변이나 짜증나는 설교가 없다고 강조한다. 또 일상의 어느 순간을 다루되 삶의 근간에 대한 사색과 성찰을 눈에 띄지 않게 숨겨 놓고 있으며 그 넉넉한 여유의 시경을 긍정적인 시각에서 바라보고 있다.[7]

그밖에 고은 시인은 김영석의 시 「그리움」에 대한 짧은 시평에서 '그리움'이라는 일상적인 감정과 정서를 충실하게 그려낼 수 있는 힘이 놀랍다고 보면서 '시다운 시이고 노래다운 노래'라고 말한다. 또 시가 감정에 푹 빠져 버리지 않고 시가 감정의 겉을 맴돌지 않으면서 그 안창의 감동을 이끌어 내기란 쉽지 않은데도 이를 구현하고 있다고 극찬을 아끼지 않는다. 진정 오래 기억하고 외워서 사유해볼 만한 작품이라고 시어의 정련성을 높게 평가한다.[8] 정호승은 『썩지 않는 슬픔』의 발문에 속하는 글에서,

---

5) 이승원, 『현대시와 삶의 지평』, 시와시학사, 1993, 290쪽.
6) 최동호, 『삶의 깊이와 시적 상상』, 민음사, 1995, 154쪽.
7) 유종호, 「넉넉함과 독특한 호소력, 열정」, 『시와시학』, 1999년 겨울호, 90쪽.
8) 고 은, 「시가 있는 아침－김영석, 「그리움」」, 중앙일보 1999년 11월 5일자.

"방금 다비식을 끝낸 자리에서 부젓가락으로 사리를 집어 올리는 듯한 느낌"[9]을 갖게 된다고 비유적으로 제시하기도 한다.

둘째, 새로운 시 형태의 모색과 기법을 통해 매우 독창적이며 지속적으로 완성되어 가는 김영석 시의 두 가지 창작 방법론에 관한 연구의 갈래다.

「두 개의 하늘」, 「지리산에서」, 「독백」, 「마음아, 너는 거름이 되어」 등은 해설적 이야기를 빌어 상황을 제시하고 이를 시로 축약한 작품들이다. 최동호는 이 시들이 상황 제시를 위한 그 나름의 새로운 시도로 흥미롭다고 바라보고 있다. 이는 서정시의 고착된 틀을 깨뜨리면서 그만큼 고정된 틀로써 표현되지 않는 압도적인 현실을 포용하겠다는 뜻으로 받아들인다. 또한 『삼국유사』의 「황조가黃鳥歌」, 「헌화가獻花歌」 등에서 그 단초를 볼 수 있는 이런 시적 변형은 그 현대적 호흡을 어떻게 전환시키느냐가 앞으로의 과제가 될 것이라는 여지로써 관심을 표명한다.[10]

이문재는 『썩지 않는 슬픔』의 또 다른 성과는 「두 개의 하늘」과 같은 형식의 실험이라고 집약한다. '새로움이 없으면 시가 아니다.'라는 그의 시론이 투영된 이 시편들은 산문과 운문의 결합으로, 「제망매가」와 같은 향가나 판소리의 형식을 변용한 것이며 시편들을 통해 현실성/이상성, 유장함/긴장감 등이 한 작품에서 화해하는 만남을 가진다고 서사를 분석한다.[11]

오세영은 『나는 거기에 없었다』의 "제2부에 실린 장시(長詩)들은 아직까지 우리 시단에서 시도해 보지 않은 새로운 실험 정신이 유감없이 발휘된 문제작들"[12]로 평가한다. 김재홍은 김영석의 시편들이 깊은 사색과 강

---

9) 김영석, 『썩지 않는 슬픔』, 창작과비평사, 1991, 표4.
10) 최동호, 앞의 책, 150쪽.
11) 이문재, 「23년 만에 첫 시집 낸 김영석 씨」, 『시사저널』, 1993. 1. 21, 40~45쪽.
12) 오세영, 「시적 진정성과 치열성」, 『시와시학』, 1999년 겨울호, 92쪽.

한 정신의 뼈대, 그리고 밀도 있는 표현성이 돋보이는 내면 풍경을 형성하고 있다는 것이다. 특히 "『썩지 않는 슬픔』 제2부의 시편들은 산문과 운문을 결합하여 현대시의 또 다른 국면을 열어 보여 주고 있어서 주목시키기에 충분하였다."[13]고 시단의 관심을 환기시킨다.

박주택은 「거울 속 모래나라」와 같은 시편들은 소설의 형식을 띠면서 '이야기시'(narrative poem) 형태를 지닌 매우 이례적이고 독특한 구조라고 판단한다. 3인칭 전지적 시점을 취하며 전개되는 이 시는 소설로 분류해도 괜찮을 만큼 완벽한 서사 구조를 지니고 있으며 인물 · 사건 · 배경은 물론 발단에서 결말까지 치밀하게 구성이 짜여 있는 것과 일상 어법으로만 일관하고 있다는 특징을 제시한다. 또 '시'라고 보기에는 시적 담화가 지나치게 외연적이며 '소설'이라고 보기에는 지나치게 기의적이라면서 『썩지 않는 슬픔』에 이은 두 번째 시집인 『나는 거기에 없었다』에서도 시적 문법을 위반한 새로운 글쓰기의 모습을 보여 주고 있다고 평가한다.[14]

송기한은 『나는 거기에 없었다』의 시편들을 두고 알레고리적 단편소설과 유사하며 영화적 상상력도 포함된 것으로 인식한다. 현실 체험을 앞서는 가상 체험, 그리고 가상체험의 매혹적인 이미지에 빠져들기를 통해 영화와 시의 경계 중첩에 이르고 있기 때문이다. 또한 낯선 세계 상상하기, 새로운 인식이 주는 생소함과 당혹스러움을 상상적으로 형상화해 보기를 시행한 듯 보인다고 언급했다. 즉, 현실 속에 환각이 겹쳐져 현실이 다른 모습으로 변화할 때, 공허한 주체는 어떤 느낌을 띠게 되며 어떻게 살아가야 하는가를, 시인은 친절하게도 이 복잡한 미로 속 길 찾기란 말로 요약해 낸다.[15]

---

13) 김재홍, 「시인 정신과 외로움의 깊이」, 위의 책, 93쪽.

14) 박주택, 「언어와 인식의 형상으로서의 세계」, 『현대시학』, 1999년 10월, 34~48쪽.

박윤우는 같은 시집 2부의 작품들에서 볼 수 있는 공통된 형태를 이야기 서술자가 기술한 현실적 사건을 제시하고 있다. 그것을 보고 들은 입장에서 시적 화자가 일종의 사건에 대한 소감을 피력하는 기분으로 시를 쓰는 방식에 주목한다. 이들 시편은 언뜻 보기에 일종의 '이야기시'와 같이 읽히지만, 그러나 사실상 이것은 시인이 엄밀한 장르 의식을 가지고 새롭게 만들어낸 일종의 현대적 악부시樂府詩에 해당한다고 보는 것이 옳을 것이라는 자기 나름의 견해를 밝히기도 한다.[16]

셋째, 도道의 시학과 일여사상을 토대로 한 시에 대한 평가는 창작 방법론적으로 조금 더 깊이 있고 적극적인 연구가 요구되는 부분이다.

채진홍은, 김영석의 『도의 시학』에 대한 분석을 통해 도와 시 정신에 관한 김영석 시인의 기본 입장은 '도 자체가 예술 정신이요 시정신이라면 도는 또한 반드시 미, 즉 아름다움 자체'라는 데 있다고 단정한다. 여기에서 저자는 김영석이 미의 원상原象을 도의 순수한 전일성全一性에 두고 있으며 이를 '흰 바탕'에 비유하고, 그것을 허정虛靜이라 한 점에 대해 예술적 창조와 체험이 비롯되는 세계로 상정하였기 때문이라는 논리다. 또한 이 허정의 세계를 '시학 이론의 부동의 출발점이고 시 연구 방법론의 근본적인 바탕'으로 삼고 있다고 분석하고 있다.[17]

김교식은 『모든 돌들은 한때 새였다』의 서문격인 「세설암을 찾아서」가 과거, 현재, 미래를 시간적으로 넘나드는 역전 현상을 형상화하면서 '돌'과 '새'라는 이질적인 대상의 합일을 통해 생명성과 영원성을 획득한

---

15) 송기한, 「해체적 감각과 사물의 재인식」, 『시와시학』, 앞의 책, 100~111쪽.
16) 박윤우, 「삶을 묻는 나그네의 길」, 『시와시학』, 앞의 책, 112~123쪽.
17) 채진홍, 「우주 · 생명 · 시를 찾아서-김영석의 『도의 시학』」, 『작가연구』 제8호, 1999, 349~364 참조.

다고 주장한다. 주지하듯이, '세설 대사'의 '두타행頭陀行'에서는 '비움'을 지향하고 이와 같은 '비움'에 대한 깨달음은 결국 그의 '마음'에 존재하기 때문이다. 또 이것은 '바람'이라는 시적 대상의 '투명성'과 결부되어 있다. 그러므로 '무색무취', '비움'의 '바람'은 끝없이 살아 움직이는 것이고 재생이며 새 삶에 대한 끊임없는 갈망이라는 점에서 이 시집이 주목되는 이유라고 밝히고 있다.[18]

고봉준은 『모든 돌들은 한 때 새였다』의 제3부의 시편들이 절제와 압축을 통한 극서정의 세계라고 판단한다. 또한 그의 시의 언어들은 「산」, 「길」, 「저녁」처럼 말없음의 무의미로 의미를 생성시키며 그 세계에서 모든 사물은 일체의 대립과 반목을 넘어 일여적一如的이고 상호 생성적인 모습을 띤다고 강조하기도 한다.[19]

송기한은 『나는 거기에 없었다』의 시편들이 '실제' 같기도 하고 '허구' 같기도 한 전설에 의거하여 시인 자신의 대단히 내밀하고 개인적인 이야기라고 예단한다. 또한 대단히 우주적이고 보편적인 이야기가 서로 구분 없이 뒤엉켜 있는 지점에서 탄생한 매우 신비스러운 말의 기록이라 추정한다. 그리고 그 영묘함을 증명이라도 하듯이, 시는 그 내용과 형태가 깊은 진리의 형상을 띠듯 빚어지고 있다고 조심스럽게 언급하고 있다.[20]

김석준은 제5시집 『모든 돌은 한때 새였다』를 분석하면서 김영석의 시가 분명 진리를 대변하거나 깨달을 수 없는 문자의 허위성을 비판하고 즉자적으로 존재하는 자연의 아름다움을 노래한다고 단언한다. 또 이러한

---

18) 김교식, 「환상성의 체험과 두타행(頭陀行), 그리고 바람」, 『시와상상』 2004년 상반기, 196~201쪽.
19) 고봉준, 「위기를 넘어서는 운명의 언어」, 『시와시학』, 2000년 봄호, 373~388쪽.
20) 송기한, 「오랜 시간 속 신이 된 자리에서 흔적 찾기」, 『시와정신』, 2004년 가을호.

김영석의 진리에 관한, 깨달음에 관한, 더 나아가 문자에 관한 의식은 하나의 아이러니라고 하면서, 시인이란 문자라는 재료 위에 음악적인 결과 정신성을 입혀 세계를 아름답게 노래하는 것이라는 논리적 주장이다. 그렇다면 "문자성을 부정하는 시인 김영석이라는 존재는 시인이 아니라 불립문자의 깨달음을 지향하는 선승이 되어야 마땅하다."[21]고 주장하기도 한다.

상기의 논의들과는 달리 강희안은 제6시집 『고양이가 다 보고 있다』에 대해 포괄적인 관점에서 김영석 시의 윤리관에 대해 심도 있는 결과를 도출한다. 감정 중심적 관점, 생명 중심적 관점, 생태 중심적 관점에서 김영석 시가 드러낸 새로운 관계의 윤리를 세분화하고 있다. 이와 같은 의식의 기저에는 이성 중심적 무기질 세계의 반대편에서 지구 자체를 생명체의 관계망으로 재구성하려는 문명 비판적 의식이 깔려 있다는 논리를 피력한다. 나아가 인간의 이성적인 질서와 도덕, 과학 대신 인간과 자연을 동등한 생명의 관점에서 파악했다는 점에서 동양의 도가 사상의 맥락과 일치한다는 구심점을 마련한다. 이는 그간의 동·서 인문학적 연구 성과를 집약한 결과 심층생태주의(deep ecolosy)에 해당한다고 타당성 있게 주장한다.[22]

위에서 언급하였듯이, 김영석의 시에 대한 선행 연구들을 통해 감지할 수 있는 것은 다음과 같다. 뒤늦게 활발한 시작 활동에 대한 경이감과 참신한 시창작 방법론적 시도를 높이 평가하고 있다는 사실이다. 나아가 세 가지 정도로 압축되는 그의 시에 관한 연구의 필요성이 제기되고도 있다

---

21) 김석준, 「깨달음의 높이와 심연—문자의 안과 밖」, 『문학마당』, 2005년 겨울호.
22) 강희안, 「김영석 시의 심층생태학적 윤리 의식 연구」, 『비평문학』 제57호, 2015. 9.

는 점이다. 그러나 등단 후 20여 년에 가까운 시간 동안 뚜렷한 시작 활동을 하지 않았던 터라 연구 대상이 될 수 없었다는 점에 문제가 있었다는 지적이다. 거개의 평자나 연구자들이 김영석 시의 참신성과 독특함이 현대 우리 시문학에 귀중한 자료가 될 수 있다는 확고한 신념이 자리잡고 있다. 그러나 그간 그가 시단 활동을 소홀히 했다는 이유로 인해 체계적으로 연구되지 못한 딜레마에 빠져 있다는 사실이 본 연구의 시발점이 될 것이다.

이와 같은 사실을 바탕으로 본 연구에서는 김영석 시의 창작 방법론이 현대 문학에서 어떠한 가치를 가지는지를 구체적으로 살펴볼 것이다. 그의 시 세계가 어떻게 변모되어 왔고, 어떤 지향점을 추구하는가를 제시함으로써 시작 방법의 특질과 그 의미, 그리고 시인의 문학사적 의의에 대해 살펴볼 것이다.

이에 비해 시인이자 문학평론가로도 활발하게 시단 활동을 전개한 강희안은 1965년 대전에서 출생하여 1991년 배재대 국문과 및 1996년 동 대학원에서 석사과정을 졸업했다. 대학 졸업반 무렵인 1990년 『문학사상』 신인 발굴에 시 「목재소에서」 외 4편의 시가 당선되어 문단에 나왔다. 이때의 시는 그리움과 슬픔을 주조로 하는 서정시와 시대 비판적 리얼리즘의 세계에 깊이 천착을 하고 있던 시기였다. 첫 시집 『지나간 슬픔이 강물이라면』(문학사상사, 1996)의 해설에서 신경림은 "그의 시는 남을 흉내 낸 것도 아니고 남이 흉내 낼 수 있는 것도 아닌, 오로지 그만의 세계인 것이다."[23]라고 시단에 소개한다.

---

23) 신경림, 「아무도 흉내내지 않았고 누구도 흉내낼 수 없는 시」, 강희안, 『지나간 슬픔이 강물이라면』, 문학사상사, 1996, 115쪽.

첫 시집을 간행한 해에 한남대 국문과 대학원 박사과정에 입학하여 2002년 8월 한남대 대학원에서 「신석정 시 연구」로 문학박사 학위를 취득했다. 두 번째 시집 『거미는 몸에 산다』(문학과경계사, 2004)를 상재하면서 깊은 형이상학적 세계에 깊이 탐닉하는 경향으로 시적 변신을 시도한다. 문학평론가 엄경희는 시집 해설에서 "시인의 관념적 지향과 시적 상상력이, 논리와 논리 너머의 세계가, 서로의 몸을 비비면서 존재의 언어를 담지하고자 했던 의식의 산물"이라고 명쾌하게 요약한다. 그 이후 세 번째 시집 『나탈리 망세의 첼로』(천년의시작, 2008)와 『물고기 강의실』(천년의시작, 2012)에서는 그의 말을 빌리면 '환은유를 구사하는 비시(非詩)'[24]라는 실험시로서의 영역을 개척한다. 그의 시세계에 대해 박현수는 "강희안의 시는 기표와 기의의 문제를 현실과 언어의 문제로 대체하면서 현실에 대한 시선을 실험시에 정직하게 도입하고 있다는 점에서 주목할 만하다. 이것은 지금까지의 실험시가 수사학적 기교에 머물었다는 시사적 실패를 스스로 극복한 것이라 할 수 있다."[25]면서 실험시에 도입한 현실의 리얼리티에 대해 새로운 긍정적 가치를 부여하고 있다.

시집 외의 저서로는 『현대문학의 이해와 감상』(한국문화사, 1998), 『석정 시의 시간과 공간』(국학자료원, 2004), 『문학의 논리와 실제』(창과현, 2005) 등이 있다. 첫 평론집인 『고독한 욕망의 윤리학』(국학자료원, 2012)은 비평의 행위란 한 시인의 세계를 조명하는 데서 그치는 것이 아니라 그가 나아가야 할 기대지평까지 조감하는 역할을 수행해야 한다는 관점에서 비판적으로 쓰여진 생생한 현장 비평의 글이다. 특히 『새로운

---

24) 강희안, 「시인의 말」, 『나탈리 망세의 첼로』, 천년의시작, 2008.
25) 박현수, 「은유적 세계에 대한 전복의 꿈」, 『시에티카』, 2009년 가을 창간호, 334쪽.

현대시론』(천년의시작, 2012)은 시를 지도하며 체득한 강의노트를 바탕으로 씌어진 시에 대한 실제적인 창작 방법론이란 점에서 주목할 만한 역저에 해당한다. 기존의 시론이나 창작론이 우리말의 언어 구조를 배제하고 서구 이론을 적용하는 과정에서 빚어진 오류의 언어를 수정하고 보완한다는 자세를 견지하고 있다. 따라서 현행 시학적 구분법으로는 다 편입할 수 없었던 새로운 갈래짓기를 통해 최초의 우리말다운 시 쓰기의 모델을 제시하고자 고구한 도전의 산물이란 점에서 시단에 새로운 반향을 일으키고 있기도 하다.

시집마다 변별력을 달리하고 있는 강희안의 시세계를 면밀히 검토하기 위해 시집을 중심으로 살펴보기로 하겠다.

강희안이 문단에 나온 지 만 6년 만에야 펴내는 첫 시집 『지나간 슬픔이 강물이라면』의 시세계 전반적인 성격을 한두 마디로 규정하기는 매우 어렵다는 시단의 평가가 대부분이다. 그중에서도 특히 신경림은 그의 시에 대해 다양한 이미지와 상상력으로 표백되어 있다는 사실을 부기하면서 "경박하고 천덕스러운 말장난이 신세대 감성의 혁명으로 일컬어지는 때에 어떤 시류에도 휩쓸리지 않고 성실하고 진지한 자세로 사고하고 노래하고 있다."[26]는 특장점을 제시한다.

문학평론가 고영직은 강희안의 제1시집을 읽고 "그의 시에는 존재의 그늘에 대한 어찌할 수 없는 연민의 시선이 느껴진다. 가난했던 과거의 기억을 다룰 때에도 연민의 마음은 한결같다. 응달진 곳을 바라보는 시인의 마음은 자연의 비유를 통해 자신의 내면 깊숙이 향하게 된다. 그리하

26) 신경림, 앞의 책, 114~115쪽.

여 내관內觀의 한 경지를 보여주고 있다."[27]고 순도 높은 서정성에 대해 긍정적인 가치를 부여한다.

강희안은 두 번째 시집 『거미는 몸에 산다』(2004)는 그가 자서에서 "나에게 시 쓰기란 언어와 존재의 틈을 비집고 들어가는 일, 혹은 언어의 근거를 밝히는 것이었다. 강희안 시인에게 언어는 하나의 기호이자, 그 기호를 통해 도달하는 실재계의 입구였다. 이렇듯 강희안의 두 번째 시집 『거미는 몸에 산다』는 첫 시집 『지나간 슬픔이 강물이라면』과 단절을 선언한다. 전통적인 서정의 세계를 맑고 따뜻하게 노래했던 첫 시집의 세계가 그에게는 동시에 극복의 대상이 된다.

누구에게나 한 권의 시집을 내는 일은 마침표를 찍는 일이자 새로운 시작을 의미하는 일일 것이다. 결별이나 단절을 거치지 않고는 새로운 세계로의 진입은 불가능하다. 그러나 결별이 말처럼 쉬운 일은 아니다. 선언만으로 이루어지는 것도, 바람만으로 도달할 수 있는 것도 아니다. 강희안에게도 첫 시집과의 결별에 이르기까지 8년이라는 시간이 필요했던 것이다. 첫 시집의 동어반복으로부터 벗어나야 한다는 의식적 노력으로 인해 마침내 그는 새로운 시의 세계를 구축하기에 이른다. 그것은 시인이 직접 밝히고 있듯이, "'언어는 존재의 집'이 아니라 '존재는 언어의 집'"[28]이라는 깨달음으로 요약된다.

앞서의 명제가 기성의 언어에 대한 좀 더 수동적이고 수세적인 태도를 드러내는 것이라면, 뒤의 명제는 언어에 대한 좀 더 능동적이고 공격적인 태도를 반영한다. 언어는 존재가 의탁하는 거처에 불과한 것이 아니라,

---

27) 고영직, 「'탈속' 지향의 언어」, 『시와사람』, 1998년 가을호, 222쪽.
28) 강희안, 「시인의 말」, 『거미는 몸에 산다』, 문학과경계사, 2004.

언어를 통해 마침내 존재의 전환까지도 가져올 수 있는 혁명성을 지니고 있다는 사실을 깨달은 것이다. 그의 두 번째 시집은 이러한 각성에서 비롯되었다는 이경수의 평가로 집약된다.[29)]

강희안은 세 번째 시집 『나탈리 망세의 첼로』(2008)에 실린 시 「…그가 부활을 했다고?」를 모지인 『문학사상』에 게재하면서 덧붙인 시작 메모에 유의할 필요가 있다, 그는 여기에서 "바야흐로 때는 서정시抒情詩→반시反詩→비시非詩의 도정으로 흘러가고 있으니 당분간은 좀더 망가질 밖에 별다른 도리가 없으리라."[30)]라고 언급한다. 이에 대해 김종훈은 다소 수동적인 목소리를 담고 있으나, 저간의 그의 시적 실천을 상기하면 이 수동성은 겸손의 뜻을 담고 있는 것 같다고 말하면서 첫 시집 『지나간 슬픔이 강물이라면』과 두 번째 시집 『거미는 몸에 산다』의 편차를 염두에 둔다면, 또 두 번째 시집과 그 이후 시들의 확고하면서도 섬세한 변화에 주목한다면, 저 '바야흐로'는 여느 시의 지금이 아니라 강희안이 스스로 마련한 그의 시, 즉 비시非詩가 이 세 번째 시집에 해당한다고 적시한다.

강희안은 세 번째 시집에서 이미 자신이 언명한 대로 시가 아닌 시, 즉 비시非詩에서 충격적인 낯설게 하기의 성과를 거둔다. 그것은 시 밖에 있으며 그 토대는 단단하다. 이때의 '시적인 것'은 그가 실천하는 '비시非詩'도 아니면서 그가 거절한 '서정시抒情詩'는 더더욱 아니란 점이다. 차라리 그것은 김종훈에 의하면 "비시非詩 안에 드리워진 시적인 과정을 거쳐 얻어낸 진리이자 실패한 사유를 거쳐 손에 쥔 참된 어떤 불확정한 추상개념"[31)]에 해당한다. 여기에는 기호 표현의 고투와 기호 내용의 고투가 함께

29) 이경수, 「언어로 지은 새 집 증후군」, 『애지』, 2004년 겨울호, 210쪽.
30) 강희안, 「시작메모」, 『문학사상』, 2005년 9월호, 202쪽.

겹쳐 있기 때문이라는 그의 주장은 긴요한 설득력을 발휘한다.

이와 같은 시적 인식에 대해 제3시집 해설을 쓴 조강석은 "세계의 결여를 메우는 단 하나의 성기 즉, 팔루스(phallus)를 통해 단 하나의 '말씀' 즉, 로고스(logos)를 계시하는 제의의 일환"[32]으로 정리한다. 그런 반면 이수정의 경우엔 "서정시의 일방적 폭력적 동일성의 원리에서 벗어나기 위해 두 가지 방법으로 시에 접근하고 있다. 그 하나는 팔루스 중심주의적 관계를 고발하는 카운터 팔루스(counter-phallus)를 내세우는 일"[33]이라는 실험의 응전력에서 낯설게 하기의 효과를 거둔다는 점을 중시하기도 한다.

박현수에 따르면 강희안의 제3시집에 수록된 시가 우리 시에서 낯설게 보이는 것은 아마도 그동안 기표에 관심을 둔 시인이 대부분 그의 시에서 현실을 배제하였기 때문이었다고 단언한다. 보통 모더니즘 시에서 현실은 실종된다. 모더니스트가 이야기하는 현실은 대부분 '문명 비판'이라는 말로 나타나는데, 그것은 현실이 아니라 일종의 관념일 뿐이다. 그런 모더니즘의 역사 때문에 이 시가 낯설게 보이는 것이다. 그의 시는 "기표와 기의의 문제를 현실과 언어의 문제로 대체하면서 현실에 대한 시선을 실험시에 정직하게 도입하고 있다."[34]는 점에서 주목할 만하다. 이것은 "지금까지의 실험시가 수사학적 기교에 머물었다는 시사적 실패를 스스로 극복한 것"[35]이라는 평가에서 확인된다.

강희안의 네 번째 시집 『물고기 강의실』(2012)에 이르러서는 시적 방

---

31) 김종훈, 「실패한 사유가 참된 것이다」, 『시에』, 2007년 여름호, 89쪽.
32) 조강석, 「적막의 언어, 파적(破寂)의 언어」, 강희안, 『나탈리 망세의 첼로』, 2008, 131쪽.
33) 이수정, 「프로크루테스(procrutes)의 침대를 부수는 두 가지 방식」, 『시와사상』, 2009년 봄호.
34) 박현수, 앞의 책, 334쪽.
35) 위의 책, 같은 쪽.

법으로 걸러진 독특한 창작 방법론을 독자들에게 제시한다. 시적 방법으로 걸러진 세계는 우리가 실제로 살고 있는 이 세계가 아니라 언어를 통해 걸러진 세계를 의미한다. 좀 더 정확히 말하면 독자는 언어 속에 존재한다. 오홍진에 따르면 "시인이 구성해 놓은 세계에 들어감으로써 독자는 시인처럼 하나의 기호가 되어 시의 세계를 부유한다."[36]는 것이다. 당연히 시인—독자로 구성된 현실 세계는 거기서 배제되어야 한다. 일상의 흔적들을 간직한 채 강희안이 만든 시의 세계로 들어가면 독자는 제 방향을 잃고 헤매게 된다. 그러므로 "자기를 내려놓아야만 비로소 이해되는 시, 달리 말하면 독자의 마음에 새겨진 기존의 가치관을 저 멀리 제쳐놓고 읽어야만 제대로 감상할 수 있는 시"[37]가 강희안의 네 번째 시집에 등장하는 시인 셈이다.

네 번째 시집 해설을 쓴 손남훈에 따르면 강희안에게 언어는 한 편의 시를 완성하기 위한 작은 부품들에 해당한다. 그는 "일반적인 언어의 조립설명서에 따르지 않고 오로지 독특한 상상력으로 매니악하게 프라모델(언어)을 조립하는 시인"[38]이 바로 강희안인 것이다. 다시 말해서 "우리가 흔히 시에 붙여두는 '서정'이라는 수사로부터, 가장 '정상적인 것이라고 가정하는 시적인 '사유—이미지'(들뢰즈)들로부터 철저하게 거리를 둠으로써 나름의 모형, 나름의 시편들을 기괴하리만치 새롭게 우리의 책상 앞에 놓아두는, 언어를 "전횡"하는 시인. 강희안이라는 시인—언어조립자로부터 우리가 만나는 시편은 그와 같이 초과와 미만 사이에서 길항하

36) 오홍진, 「물고기의 언어로 사각지대를 읊다」, 『리토피아』, 2013년 여름호, 339쪽.
37) 위의 책 같은 쪽.
38) 손남훈, 「환은유의 연쇄, 세속화된 시의 탄생」, 『시를사랑하는사람들』, 2011, 9~10월호, 208쪽.

는 시적인 어떤 것들"[39]이라는 섬세하면서도 정밀한 분석을 덧붙인다.

손남훈이 시적인 언어의 특성에 초점을 맞춘다면 고봉준은 강희안의 제4시집의 시편들에 대해 "우리가 '시적인 것'이라고 합의하고 있는 세계의 바깥에서, 시詩와 시 아닌 것의 경계에서, 그들은 불가능성의 시를 쓴다고 적시한다. 이러한 시적 위반과 모험은 대개 '감각'의 사실성을 강조함으로써 전통적인 시적 가치, 즉 서정과 성찰이 불가능한 상태를 드러내고, 대상을 둘러싸고 있는 이해의 지평과 배치를 뒤흔들어 놓음으로써 낯선 인식체계를 도입하고, 권력적 효과인 '언어'에 결코 무시할 수 없는 '구멍'을 뚫는 방향으로 구체화된다."[40]는 실험 정신의 불온성에 초점을 둔다는 점에서 변별력을 띤다고 주장한다.

기존 논의와는 달리 최근 박영환은 학술지 논문에서 문학과 어학의 통섭적 관점에서 강희안의 제4시집 『물고기 강의실』을 분석한다. 이 논의는 현대시를 국어학의 의미론으로 분석하여 강희안의 시가 간직하고 있는 의미 특성을 심층적으로 이해하려는 시도에 해당한다. 강희안의 시는 동음 관계, 반의 관계는 물론 다의 관계, 유의 관계 등을 적절히 활용한 언어유희를 꾀한다는 것이다. 특히 동음어를 수시로 사용하여 언어가 주는 쾌감과 연상작용이 불러일으키는 묘한 재미를 독자들에게 전달한다고 긍정적 평가를 내린다. 반의 관계는 대부분 이원대립 관계이며 여기에 동원되는 반의어는 시에 긴장감을 촉발하며, 유의 관계는 병행 구문에서 두드러지며 시에 응집성을 부여하는 특질로 드러난다고 짜임새 있게 검토한다.[41]

39) 앞의 책, 같은 쪽.
40) 고봉준, 「희언(戱言), 시를 벗어난 치명적인 시」, 『현대시』, 2010년 4월호, 229쪽.
41) 박영환, 「『물고기 강의실』의 의미론적 분석」, 『한국언어문학』 제86집, 2013. 9.

지금까지 살펴본 대로 김영석과 강희안의 시를 시 자체만을 가지고 그들의 시적 본질을 다 이해한다는 것은 쉽지 않은 일이다. 시의 창작 방법이란, 이해 · 분석 · 연구 등 지성적 · 이성적 이해 방법으로 밝혀질 수 있는 과정이 아니기 때문이다. 무엇보다도 중요한 것은 이해 · 분석 · 연구로 밝혀질 수 있는 시적 심상과 그 세계를 이해하고자 하는 것이 아니라 두 시인의 시적 모티프인 낯설게 하기의 방식으로 보여준 의미의 대척점을 유추하는 데서 출발해야 한다는 점이다. 그럴 때만이 그들의 시와 결부된 미학적 본질과 어렵게나마 그들이 지향하는 의식의 심층에 접근할 수 있기 때문이다.

이와 같은 관점에서 본 연구는 김영석과 강희안 시의 가치와 효용성에 대해 편견이나 의구심을 제거하고 그들만의 독특한 언어의 질서를 확정해 볼 것이다. 그들의 시가 상투적인 시대에 맞서 한계에 부딪힌 현대시의 새로운 영역을 개척하고 있다는 점에 가치를 두기 때문이다. 지금까지의 선행 연구와 평가들을 기반으로 한 연구의 시도이며, 앞으로 김영석과 강희안 시에 관한 창작 방법론 연구의 초석이 되리라 믿는다. 따라서 형식주의 비평 방법을 전제로 하여 그들의 시가 지닌 자연, 언어, 현실이라는 세 가지 프레임을 통해 창작 방법론이 유추될 것이다. 그들의 새로운 시 쓰기의 방법과 시인의 창작 의식이 어떤 면모를 갖추고 있는가에 대해 면밀하게 살펴보고, 가능한 한도 내에서 그들의 시적 특질과 가치를 가늠해보는 데 주안점를 두고자 한다.

2) 연구의 범위와 방법

쉬클로프스키에 의하면 예술은 우리로 하여금 사물을 느끼게 하기 위해 존재하고, 예술의 존재 이유는 삶에 대해 잃어버린 감각을 회복시켜주는 것이다. 다시 말해서 너무나 친숙해서 우리가 느끼지 못하는 사물을 다시 느끼게 해주는 것이 예술이라는 것이다.[42] 따라서 형식주의 비평이란 문학을 언어적 형식 또는 언어적 구조로 보고 작품 그 자체에 내재한 문학의 존재성, 독자적 자율성 등을 객관적으로 밝히려는 시도에 해당한다.

형식주의 비평은 "영국과 미국에서 20세기 가장 영향력 있는 비평운동"[43]에 해당한다. 형식주의 비평 방법은 바로 역사 비평 방법이 끝나는 곳에서 시작한다.[44] 이 비평 방법은 역사 비평 방법에 대한 비판과 그 대안으로써 처음 생겨났으므로 역사주의 비평 방법이 문학의 원심력을 강조한다면 형식주의 비평 방법은 문학의 구심력을 강조한다. 좀 더 구체적으로 말해서 작가의 생애나 역사적 맥락을 규명함으로써 문학 작품에 나타난 작가의 의도를 밝혀내려는 것이 역사 비평 방법의 중요한 임무인 반면, 문학 작품의 형식적 구조를 밝혀내려는 것이 형식주의 비평 방법의 임무인 것이다.

역사주의 비평가들이 문학 작품의 의미를 캐는 것은 곧 저자의 의도를 찾아내거나 작품의 주변 환경을 연구하는 것과 크게 다름이 없다. 형식주의 비평이란 문학을 언어적 형식 또는 언어적 구조로 보고 "작품 그 자체에 내재한 문학의 존재성, 독자적 자율성 등을 객관적으로 밝히려는 비평

42) 오민석, 「제2장 러시아 형식주의」, 『시인동네』, 2016년 겨울호, 229쪽.
43) 이선영, 『문학비평의 방법과 실제』, 삼지원, 1983, 121쪽.
44) 위의 책, 122쪽.

방법"[45]이다. 작가의 사상이나 감정, 작품에서 다루고 있는 사회상, 사회에 끼친 영향 등을 통하여 인과적으로 분석하는 전통비평과 다르다. 형식주의 비평은 작품 자체가 지니고 있는 형식적인 요건들, 즉 언어적 조건들을 객관적으로 분석하기 때문이다.

쉬클로프스키는 반복된 행위로 인해 사물에 대한 감각을 상실하는 것을 '습관화' 혹은 '자동화'라고 부른다. 그에 의하면 습관화는 우리의 '노동, 옷, 가구, 부인, 전쟁에 대한 공포' 등 모든 것을 무감각의 무덤으로 삼켜버린다. 아무리 좋은 물건도, 아무리 새로운 사람도, 사건도, 자꾸 반복되다 보면 그것을 느낄 수 없게 되고, 그것들을 느낄 수 없을 때, 그것들은 존재하지 않는 것이나 다를 바 없게 되는 것이다. 습관화, 자동화가 사물을 죽이는 바로 이 지점에서 러시아 형식주의자들이 말하는 예술의 기능과 필요성이 탄생되었다.[46]

쉬클로프스키는 낯설게 하기를 예술의 목적은 사물들의 감각을, 통상 알려진 대로가 아니라 지각된 방식으로 부여하는 것이다. 예술의 기법은 대상들을 '낯설게' 만드는 것이고, 형식을 난해하게 하는 것이며, 지각의 난이도와 그것에 걸리는 시간을 증대시키는 것이다. 왜냐하면 지각의 과정, 그 자체가 미적 목적이고 따라서 그것은 연장되어야만 하기 때문이다. 예술은 어떤 대상에 부여된 예술적 기교를 경험하는 한 방식이며 대상 자체는 중요하지 않다고 정의한다.[47]

이런 의미에서 낯설게 하기는 사물들을 다양한 방식으로 지각의 자동

---

45) 앞의 책, 같은 쪽.
46) 오민석, 앞의 책, 229~230쪽.
47) 위의 책, 같은 쪽.

화로부터 구해내는 것이고, 예술의 기법이 그것을 수행하는 것이다. 이런 의미에서 쉬클로프스키에게 기법은 예술과 동의어이다. 다시 말해 '예술은 곧 기법 그 자체'인 것이다. 그가 대상 자체는 중요하지 않다고 말할 때, 여기서 말하는 대상이란, 예술 작품의 재현의 대상인 사물, 현실 등의 소재, 제재, 내용을 의미하는 것이다. 그에 의하면 예술은 우리에게 삶과 사물과 세계에 대한 새로운 지식이나 통찰을 제공하는 것이 아니다. 그것은 예술이 아닌 다른 영역, 가령 철학이나 사상, 종교 등도 할 수 있는 일이다. 예술만의 '고유한' 작업은 지식, 정보, 통찰의 제공이 아니라, 이미 존재하는 세계를 '새롭게', '낯설게' 느끼게 해주는 것이다.[48]

낯설게 하기는 비문학적인 재료를 문학으로 변형시키는 방식이다. 따라서 낯설게 하기는 문학만이 아니라 모든 예술 작품들이 필수적으로 경유하는 통로이고, 이 과정을 통과하지 않고 자연물이 문학으로 생산될 수 없다. 거꾸로 문학 작품에서 낯설게 하기를 삭제하는 순간, 모든 문학은 비문학으로 환원된다.[49] 흔하고 낡아빠진 자연물에 예술의 기법이 덧입혀지는 순간 그것들은 전혀 새롭고 매우 낯선 대상으로 변형된다. 이 변형의 과정과 방식이 바로 '낯설게 하기'이다.

따라서 이 방법은 작자의 심리나 선험적 원리를 작품 분석에 개입시키지 않고 창작 과정 그 자체의 재현을 노리며, 기교 · 예술적 방법, 리듬 · 운 등이 작품을 성립시킨다고 보고, 이들 요소의 구조적 연관을 밝히려는 방법이다. 따라서 러시아의 형식주의 방법은 기존의 문학이론에 대한 수정과 증보가 아니라 문학이론의 개념 자체를 새로 정립하기 위해 출발했

48) 앞의 책, 230쪽.
49) 위의 책, 232쪽.

다고 할 수 있다. 그러나 그것은 결코 쉬운 문제가 아니었으므로 먼저 연구 대상의 본성을 한정해야 했다. 그 때문에 형식주의자들은 하나의 미학론이나 방법론의 제시가 아닌 특수한 문학적 자료를 연구하는 독립적인 학문으로써의 과학을 창조하려 했다. 그로부터 문제는 문학을 어떻게 연구하느냐가 아니라 무엇을 연구하느냐 하는 문제에 직면하게 된다. 그 점에서 러시아 형식주의자들은 문학이란 문학 이외의 어떤 것으로도 귀착시킬 수 없다는 사실을 분명히 적시하는 장점이 있다.

본 연구의 2장은 김영석의 시인의 시를 중심으로 형식주의 비평 관점에서 조망해 볼 것이다. 그가 새로운 시의식으로 구축한 창작 방법론을 통해 비극적 현실을 어떻게 인식하고, 그 경계를 넘어 어떻게 극복해 가고 있는가에 관한 웅전의 태도를 살펴볼 것이다. 그가 선시적 기풍의 시로 지금까지 현실적 삶에서 간과되었던 삶의 본질적 측면을 전달하는 데 주력했다는 사실을 전제한다면, 그의 시편들에서 빈번하게 발견되는 비극적 현실의 극복 양상에 관한 부분도 자연스럽게 해명될 것이다.

3장에서는 실험시에 속하는 강희안 시인의 시를 중심으로 시를 어떻게 낯설게 만들고 있는지를 밝혀보고자 한다. 자연과 자아의 관계, 새로운 언어 의식과 새로운 말놀이의 방식에 대해 다각도로 살펴볼 것이다. 김영석 시인이 전통적 관점의 미학적 의장으로써 현실인식을 담아냈다면, 강희안 시의 경우에는 현대적인 비시非詩의 기법으로 사회 비판의식을 담아내고 있다는 점이다. 따라서 이 장에서는 강희안 시가 추구하고 있는 3가지 기법적인 특질이 밝혀질 것이다.

4장에서는 김영석과 강희안 시가 지닌 낯설게 하기의 특질과 가치에 대해서 가늠해볼 것이다. 그들의 시가 낯설다는 것은 그만큼 현재의 타성적 삶에 의지하지 않고 자기만의 방식으로 독보적인 세계 인식에 이르렀다는 말과 다르지 않다. 김영석의 경우 표현 의장이 익숙한 반면 그것을 인식하는 관념적 측면이 새롭다면, 강희안의 경우 표현 의장 자체는 파격을 띠고 있지만 내용적인 부분은 우리의 일상적 현실과 맥락이 맞닿아 있어서 친숙하다는 측면에서 변별력이 있다.

본 연구는 러시아 형식주의자들과 마찬가지로 문학을 문학답게 만들어주는 것, 즉 '문학성'의 궁극적 기원을 문학작품의 내용이 아닌 형식에서 찾는 데 있다. 예술 형식은 예술 자체의 법칙에 의해 설명 가능하므로 문학 연구의 영역은 자연히 문학 고유의 성질에 집중할 것이다. 이 고유한 성질이 바로 '문학성'이므로 문학의 내용이나 소재 대신에 문학의 형식적 측면에 역점을 두며, 나아가서는 문학의 특수성, 즉 문학성을 밝히려고 노력할 것이다.

형식주의의 중요한 목표의 하나는 과학적으로 문학을 연구하는 것이다. 그들은 형식적 방법의 원리가 문학 연구라는 과학을 구체화하고 특수화하는 원리임을 말한다. 문학 연구를 하나의 과학으로 보는 개념은 형식주의자들로 하여금 문학의 보편적 특성을 밝히는 계기가 되었다. 야콥슨은 문학 전체나 개개의 문학 텍스트가 아니라 '문학성'이 바로 문예학의 대상이라고 선언하였다. 문학 연구의 대상은 문학이 아니라 문학성, 다시 말해 주어진 작품이 문학작품이게 해주는 어떤 것이다.

볼프강 이저(Wolfgang Iser)에 따르면 "독서하기 위해서는 적어도 특정 작품이 전개하는 문학 기법들과 문학 관습들을 알 필요가 있다."[50]고 한

50) 야우스(H. R. Jauß)와 함께 '수용미학'을 정초한 볼프강 이저는 작품의 의미란 수용자의 해석으로 이뤄진다고 주장했다. 그것은 수용자의 자의성을 강조한 측면도 있

다. 즉 텍스트의 의미 생산 방식들을 체계적으로 지배하는 법칙들을 뜻하는, 그 텍스트의 약호들(codes)을 어느 정도 알아야 한다는 것이다. 그가 생각하는 가장 효과적인 문학 작품은 독자로 하여금 자신이 습관적으로 취하게 되는 약호들과 예상들을 새로이 비판적으로 자각할 수밖에 없도록 해주는 작품이다. 김영석과 강희안의 시도 형식적인 측면에서 이러한 특징과 일맥상통하는 특질을 지니고 있다. 그들의 시작품은 "우리의 상투적인 인식 습관들을 '탈상투화'하여 우리로 하여금 처음으로 그것들의 본 모습을 인정하게끔 하는 것"51)이기 때문이다.

2. 김영석 시의 낯설게 하기 형식

서정시는 인간과 세계의 완전한 합일을 꿈꾸기 때문에 본질적으로 동일성의 세계를 지향한다. 동일성의 세계란 시적 주체, 즉 자아와 세계가 하나로 혼융된 이상적인 상태를 말한다. 자아와 세계의 동일성은 시의 원래의 모습이자 시인이 갈망하는 영혼의 고향이다. 근대 이후 동일성의 세계는 유토피아의 세계로서 신과 인간과 자연이 조화를 이루며 존재하는 선험적 고향, 곧 근원을 지칭한다. 그러나 김영석의 시에서 이 선험적 고향은 불안전한 현재를 비판하고 개혁할 수 있는 미래의 지표로도 기능한다.

김영석의 시는 동일성의 세계를 지향하면서도 현실의 비극성과 괴리

지만, 작가만큼이나 독자도 작품의 의미 형성에 참여한다는 사실을 보여준 점에서 중요하다. 그러니까 작품은 어떻게 읽느냐에 따라 '확정되지 않은' 의미를 드러내고, 그래서 독자는 이 '빈자리'를 채우는 능동적 역할을 한다.

51) T. Eagleton, 김명환 외 공역, 『문학이론입문』, 창작사, 1986, 100~102쪽 참조.

감에서 촉발된 의식으로 인해 비동일성의 세계와 짝을 이루는 특질을 선보인다. 그는 있는 그대로의 현실과는 합일이 불가능하다는 본능적 욕구에서 촉발된 지점을 시창작의 출발점으로 삼고 있기 때문이다. 그에게 '언어'란 곧 그 사람의 생각, 의식, 사상의 측면을 포괄하는 영혼의 개념과 같은 맥락이다. 이에 반해 그의 시에 등장하는 언어와 현실의 동일화 의식 기저에는 절대적인 진리, 순수한 근원, 진선진사에 종속된 서사, 혹은 유기적 관계를 맺지 않는 묘사를 가능하게 하는 기반이다.

김영석의 시는 세상에는 피할 수 없는 현실이 있고 그 현실에 맞서고 있는 단독자로서의 내가 있다는 보편적인 명제를 밝히기 위해 묘사라는 재현 방법을 차용하고 있다. 미적 유토피아가 있다는 사고방식은 허구라고 믿는 입장과 동일하다. 그러므로 그 의미의 파장과 진폭은 가히 충격적이라 할 만큼 매우 크고 깊다. 특히 그의 시에는 어두운 역사의 이면까지 내재되어 있어 기존의 어떤 시론으로도 설명하기 힘들 정도로 낯설다. 서정시란 고정관념의 틀을 깨고 새로움에 도전한 그의 창작 방법의 면면을 들여다보고자 한다.

1) 인간과 자연의 비동일 관계

비유란 한 사물을 다른 사물에 빗대어 일컫는 것이며 두 사물 사이에 유사성, 곧 동일성이 성립되어야 한다. 그러나 비유란 반드시 동일성의 원리로만 성립되는 것이 아니라 비동일성, 곧 차이성이 은유의 원리가 되어 있다는 것이 오르테가(Ortega Y Gasset. Jose 1883~1955)[52]가 주장하

---

52) 20세기 스페인의 문화와 문학의 부흥에 큰 영향을 끼쳤다. 마드리드대학교(1898~1904)와 독일(1904~08)에서 공부했다. 따라서 마르부르크의 신칸트 학파의 영향

는 논의의 골자다. 그의 이론은, A와 B, 두 사물 사이의 동일성과 유사성에 근거를 두고 'A는 B이다'라고 정의하는 치환은유에 정면으로 대치된다.

> A라는 사물을 B라는 사물로 대치하려고 하는 지적 행위에 대해서 만약에 누가 묻는다면 이렇게 대답할 수 있다. 비유란 B에 도달하기 위해 한다기보다는 A로부터 회피하고 싶은 소망 때문에 한다고. 바로 이러한 지적 행위를 인간이 행하려고 한다는 것은 정말이지 이상야릇한 일이라고밖에 말할 수 없다. 은유란 그 어떤 대상을 그와 다른 용모로 뒤집어씌움으로써, 그 다른 용모에 의해서 원래의 모습을 지워 버리고 만다. 우리들은 이러한 은유의 등 뒤에서 현실로부터 도피하려고 하는 그 어떤 유의 인간 본능의 움직임이 있다는 것을 인정하지 않을 수 없다.[53]

을 받았으나 1910년 마드리드대학교의 형이상학 교수가 된 뒤 『낙원의 아담 Adán en el paraíso』(1910) · 돈키호테의 명상 Meditaciones del Quijote』(1914) · 현대의 주요 문제 El Tema de Nuestro Tiempo』(1923) 등의 저작에서 신칸트 학파와 결별했다. 그는 인간의 개별적 삶을 근본적 실재로 보았다. 곧 절대 이성은 삶의 기능으로서의 이성으로, 그 절대 진리는 각 개인의 관점으로 바뀌었다("나는 나이고, 나의 환경이다."). 그는 같은 세대의 다른 사람들과 마찬가지로 스페인의 문제들에 깊은 관심을 가졌다. 『에스파냐 España』(1915) · 솔 El Sol』(1917) · 『레비스타 데 옥시덴테 Revista de Occidente』(1923) 등의 정기간행물을 발간했다. 1936~45년 유럽과 아르헨티나로 자진 망명했다가 제2차 세계대전 말에 스페인으로 돌아왔다. 1948년 마드리드에 인문학연구소를 세웠다. 가장 유명한 저서는 『무기력한 스페인 España invertebrada』(1922)과 『대중의 반역 La rebelión de las masas』(1929)이다. 『대중의 반역』에서는 20세기 사회의 특징을 평범하고 두드러지지 않은 개인들로 이루어진 대중이 지배하는 것이라고 규정하고, 이들은 교양 있고 지적으로 독립적인 소수에게 사회의 지도권을 넘겨주어야 한다고 주장했다. 그의 저작에 관한 대표적 해설서는 호세 페라테르 모라가 쓴 『오르테가 이 가세트 : 그의 철학 개요』(1956)이다.

53) Jose Ortega Y. Gasset, La Deshumanizacion Del Arte, 장선영 역, 삼성출판사, 1976, 340쪽.

상기 예문의 각도에서 바라보면 은유는 동일성의 원리와 비동일성의 원리는 서로 상반되거나 대립되는 것이 아니다. 한 사물은 다른 사물과 표리의 관계에 있다는 사실을 인정하지 않을 수 없다는 점이다. 'A는 B이다'라고 하는 것은 A라는 사물을 A로부터 벗어나게 하여 B가 되게 하는 것이며, B가 되고 싶어 하는 A의 본능적 소망을 표현한 것이기 때문이다. A가 A인 채 그대로 있는 것은 현실이며 그러한 현실적 A로부터 도피하여 B가 되려는 것은 이상의 상태를 추구하는 욕구라는 것이 비동일성 이론의 골자이다.

길은
우리 모두의 낯짝들을 잃어버리게 하고
에미 애비 까맣게 잊어버리게 하고
자꾸 꿈을 지우면서
바보같이 길에 갇혀
무작정 우리를 걷게 만든다

전국의 어디에나 닿을 수 있는 길
그러나 걸어도 걸어도 길은
어느 마을로도 우리를 데려가지는 못한다
미지의 곳으로
우리를 나아가게 하는 것이 아니라
한시라도 길을
벗어나는 꿈을 깨뜨리기 위하여
튼튼한 절망으로 더욱더 걷게 하기 위하여
길은 항상 우리 앞에 열려 있으므로

—「길」 부분

위의 인용시에서 화자는 현실과의 소통 부재를 말하고 있다. 길은 보통 열려 있고 꿈과 희망을 성취하기 위한 소통의 통로이다. 그러나 이 시에서는 길이라는 표면과 이면의 사이에서 아이러니가 발생한다.[54] 그에게 '길'이라는 공간은 자신과 자신의 꿈을 "잃어버리게 하고, 잊어버리게 하"는 구실을 한다. 꿈을 꾸지 않고 "자꾸 꿈을 지우며 바보같이 갇혀"있는 공간으로 묘사되어 있다는 점이 낯설다. 기존의 서정시와는 달리 여기에의 길은 비극적 현실에서 도피하고자 하는 소망 충족을 향하여 열린 통로가 아니란 점이다.

김영석의 시에 자주 등장하는 길은 나아갈수록 꿈을 깨뜨리고 절망으로 이끄는 이미지로 기능한다. 소통과 유대의 길이 아니라 무작정 우리를 걷게 만드는 "불통과 절망의 길"[55]인 것이다. 하지만 그의 내면 깊은 곳에 자리한 길은 꿈을 짓밟는 현실의 공간에서 벗어나고자 하는 본능적 욕구에서 촉발된다. 시의 화자는 희망이라는 얄팍한 동일성의 세계를 지향하기보다 절망이라는 비동일성의 세계를 표방한다. 그의 길은 현실에서 도피하려는 게 아니라 대결의 대상으로서 길이란 점이 중시된다. 즉 "튼튼한 절망으로 더욱더 걷게 하기 위"한 기제로서 어두운 현실로 걸어 들어가는 열린 통로이기 때문이다.

> 쇠죽 끓듯 하는 출근길
> 여자 하나가 방금 치인 듯
> 마치 목 비틀린 풍뎅이처럼
> 사지를 따로따로 바둥거리며

---

54) 신덕룡, 「길에서 바람으로의 여정」, 김영석 시의 세계』, 국학자료원, 2012, 117쪽.
55) 위의 책, 같은 쪽.

피칠갑을 하고 길을 쓴다
그 여자가 다칠까 보아
차량들이 조심조심 우회하고
행인들은 재수 없는 날이라고
너그럽게 자신의 일진을 탓하며
고이 비켜 간다
두어 시간 뒤
다행히 순찰차로 병원에 옮겨져
의사가 자세히 보는 앞에서
여자는 안심하고 죽는다
한 시간만 일렀다면 살 수 있었다고
의사는 전문가답게 말한다
그러나
한 시간을 당기고 늘이는 일은
인력으로 못하는 일이다

—「현장」 전문

시 「현장」은 도심의 한복판에서 벌어진 교통사고의 현장을 묘사하고 있다. 그러나 아무도 그 사건을 자신의 일처럼 나서서 수습하기보다는 자기 갈 길만 바쁘게 비켜가는 현대인들의 비인간적인 세태를 풍자하고 있다. 정신없이 바쁜 출근길에 한 여자가 "마치 목 비틀린 풍뎅이처럼/사지를 따로따로 바둥거리며/피칠갑을 하고 길을 쓴다"고 한다. 교통사고로 차에 치인 여자가 사지를 따로따로 바둥거리며 길을 쓰는 모습은 눈뜨고 볼 수 없는 참혹한 현장이다. 시의 화자는 그 광경을 사지가 잘리고 목이 비틀린 풍뎅이라고 표현하고 있다. 얼마나 안타깝고 끔찍한 광경인지 짐작할 수 있다.

그러나 어느 누구도 그녀를 안타까워하기보다 사고 현장을 우회하거나 재수 없는 날이라고 운수 탓을 하며 지나간다. 보통 남의 탓을 하기에 바쁜 사람들이 스스로 자신의 일진을 탓하고 있는 아이러니다. 인용시에서는 "사태의 처참함을 드러내려는 표현 의지가 실상 문명과 인간의 내재적 잔인성을 충분히 고발하면서도 화자가 흥분하지 않는 일정한 거리 두기"56)의 태도가 체감된다. 두어 시간 뒤 다행히 순찰차로 병원에 옮겨져 의사가 자세히 보는 앞에서 여자는 안심하고 죽는다. 사고가 난지 두어 시간이 지난 뒤에서야 병원으로 옮겨지자 의사는 한 시간만 일렀다면 살 수 있었다고 아쉬움을 토로한다.

시의 화자는 전문가답게 말하는 의사의 말을 비웃듯 "한 시간을 당기고 늘이는 일은/인력으로 못하는 일"이라고 단언한다. 마지막 구절에서 한 시간을 당기고 늘이는 일이 과연 사람이 할 수 없는 신의 영역이라는 뜻이 아니다. 그 여자가 다칠까봐 조심조심 우회하지 않고 스스로 일진 탓을 하며 비켜 가지 않았다면 두어 시간이나 지난 뒤에 의사 앞에 가는 일은 없었을 것이라는 화자의 조롱 섞인 전언이다. 시적 화자는 인간과 비동일 영역에 있는 신과 대비하여 그만큼 비인간적이고 이기적인 현실을 「현장」이라는 시로써 증명한 것이다.

> 흙은 소리가 없어 울지 못한다
> 제 자식들의 덧없는 주검을
> 가슴에 묻어두고 삭일 뿐
> 소리를 낼 수가 없다

---

56) 앞의 책, 244쪽.

그러나 흙은
제 몸을 떼어 빚은 사람을 시켜
살아있는 동안
하늘에 종을 걸고 치게 한다
소리 없는 가슴들
흙덩이가 온몸으로 부서지는
소리를 낸다.

—「종소리」 전문

상기 인용시는 '흙'이란 자연과 인위적인 '종'이 이미 확연한 대립의 짝으로 이루어져 있다. 소리가 없는 흙과 소리를 내는 종이란 불화의 관계가 대비되어 있다. 지상의 모든 존재는 흙에서 나왔으며. 인간 또한 흙으로 만들어진 피조물에 불과하다. 흙은 소리가 없어 울지 못하지만 흙으로 빚은 세상의 모든 존재들은 소리를 내며 불화를 야기한다. 하지만 흙은 제 자식들의 덧없는 주검을 가슴에 묻어두고 삭이며 소리를 내지 않는 절대적 존재에 해당한다.

시적 화자는 흙을 통해 불립문자와도 같이 인간의 울음을 가슴에 묻고 품는 대자적 존재의 본모습을 보여준다. 하지만 인간들의 못다 한 말과 못다 한 울음을 대신 울게 하기 위해 흙은 "제 몸을 떼어 빚은 사람을 시켜 하늘에 종을 걸고 치게 한다"는 사실이다. 다시 말해서 침묵의 상징인 자연의 흙이 인간의 종으로 깨어나는 아이러니가 발생한다. 종소리는 소리가 아닌 소리, 침묵의 소리로써 현현한다. 자연의 '흙'은 인간의 '종'으로 깨어나 다시 "부서지는 소리"로 완성되기 때문이다.

김영석 시에서 한 대상은 다른 대상물과 표리의 관계에 있다는 사실을 인정하지 않을 수 없다는 점이다. '홁은 종소리다'라고 하는 것은 '홁'이라는 사물을 '종소리'로부터 벗어나게 하여 '종소리'가 되게 하는 것이며, '종소리'가가 되고 싶어 하는 '홁'의 본능적 소망을 표현한 것이다. 홁이 홁인 채 그대로 존재하는 것은 현실이며, 그러한 현실적 '홁'으로부터 도피하여 '종소리'가 되려는 것은 이상의 상태를 벗어난 욕구라는 것이 비동일성 이론의 골자인 것이다.57)

김영석의 시는 동일성의 세계를 지향하면서도 현실의 비극성과 괴리감에서 촉발된 의식으로 인해 비동일성의 세계와 짝을 이루는 특질을 선보인다. 그는 있는 그대로의 현실과는 합일이 불가능하다는 본능적 욕구에서 촉발된 지점을 시창작의 출발점으로 삼고 있기 때문일 것이다. 그러므로 그 의미의 파장과 진폭은 가히 충격적이라 할 만큼 매우 크고 깊다. 더구나 그의 시에는 어둔 역사의 이면까지 포함하고 있어 기존의 어떤 시론으로도 설명하기 힘들 정도로 새롭고 낯설다.

2) 언어와 현실의 동일화 의식

김영석이 언어와 현실을 동일화하고자 하는 의식의 기저에는 인간과 세계를 제대로 설명해 내지 못했다는 비판의식을 시발점으로 삼는다. 여기서 이분법적 사유구조는 과거의 형이상학이 만들어 놓은 유와 무, 선과 악, 주체와 객체 등 대립적인 개념에 대해 상하관계의 축을 구축한다. 그

---

57) 이에 대해 최서림은 "김영석의 새로운 서정시는 비동일성을 통과한 동일성을 이야기한다. 현실에서의 비동일성을 전제로 한 동일성을 이야기한다는 점에서 전통적 서정시와는 다른 측면을 확보하고 있다."고 문제를 제기한다. 최서림, 「김영석, 서정에 대한 고정관념에 도전하다」, 『시와미학』 2015년 봄호, 114쪽.

의 시세계의 심층에는 언제나 '두 얼굴'을 추구한다. 두 얼굴로의 해체는 하나로 '모음'[58]의 불가능성을 말한다. 하나의 중심으로 '모으는 사유'[59]가 불가능하다는 점에서 데리다의 해체철학이 반 · 로고스중심주의라는 사실이 유추된다.

반 · 로고스중심주의의 해체주의와 동양철학 특히 그 중에서 노자의 사유 방식과의 연계성은 '도란 무엇인가'라는 질문에서 시작된다. '도가 무엇인가?' 이 물음에 대해 두 가지 대답을 할 수 있다. 도를 문자[60], 차연[61], 텍스트와 연계해서 이해할 수 있다. 전자는 구성적 이해이고, 후자는 해체적 이해이다.

> 가슴 깊이
> 별을 지닌 사람들은
> 모두 감옥에 갇힌다
> 별 향한 창틀 하나 달린

---

58) 로고스(logos)의 어원인 그리스어의 'legein'은 '모으다'를 뜻한다. 그리고 로고스는 하나로 모아진 '진리', 진리를 표현하는 '말'이라는 뜻이 들어있다.

59) 이런 사유를 자크 데리다(Jacques Derrida)는 로고스중심주의(logocentrism)라고 부른다. 또한 데리다는 로고스 즉, 존재의 현존을 위해 모으기를 전개하는 철학사상을 '현존의 형이상학(metaphysics of presence)'이라 하고 모으기의 과정에 말(음성, 목소리)dl 중심적 기능을 하고 있다고 생각하는 철학적 견해를 '말(음성)중심주의(phonocentrism)'라고 한다.

60) 데리다 철학에서 '문자'는 표음문자와 표의문자로 분류되는 '글자'라는 뜻이 아니라, '모든 차이 나는 상징과 기호'로서의 뜻으로 사용되었다.

61) 라틴어 동사 'differre'와 프랑스어 동사 'differer'(영어로는 'to differ'와 'to defer')에는 '차이나다'와 '연기하다'의 두 가지 의미가 동시에 포함되어 있다. 데리다는 이 동사의 명사형인 'difference(차이)'와 'delay(연기)'의 뜻이 결합된 '差延'(differance, 'difference'의 'c'를 'a'로 대치하여)라는 신조어를 만들었다. 데리다는 이 용어를 이용해서 모든 이분법적 사고를 극복하는 전략을 시도한다.

감옥 속에

한번
푸른 하늘을 본 사람들은
모두 감옥에 갇힌다
하늘 향한 창틀 하나 달린
감옥 속에

타는 그리움으로
노래를 불러본 사람들은
모두 감옥에 갇힌다
귀를 향한 통로 하나 달린
감옥 속에

순한 짐승들은 숲 속을 서성이고
꿈꾸는 사람들은
한평생 감옥 속을 종종이고

사람들은 누구나
제 키만한 감옥 속에
조만간 갇히게 된다
갇혀서 마침내 작은 감옥이 된다.

―「감옥」 전문

위의 인용시에서 '별'은 우리가 가슴 깊이 품은 언어에 대한 소통의 욕망을 함축한다. 인간이라면 누구나 꿈을 꾼다. 그 꿈을 성취할 때까지 겪게 될 어렵고 힘든 지난한 격절의 과정을 화자는 "감옥에 갇힌다"고 진술한다. 그동안 인간에게 '별'은 희망을 노래하는 객관적 상관물이었다면, 이 시에서의 '별'은 그 "별을 향한 창틀 하나 달린 감옥"에 갇히게 하는 존재로 전락함으로써 우리에게 낯선 의식을 이끌어 낸다. 인간이라면 누구나 이 감옥으로부터 자유로울 수가 없다. 인간에게 욕망은 한계가 없다는 측면을 감안하면 이것은 "인간의 어찌할 수 없는 존재론적 조건"[62]에 해당한다.

하나를 이루면 또 다른 욕망의 꿈이 배가되므로 살아 존재하는 한 인간은 끝없는 결핍과 충족이 반복되는 감옥에 갇힐 수밖에 없는 존재가 된다. 따라서 '별'과 '감옥'은 숙명적인 불가분 관계, 벗어날 수 없는 인간 세계의 아이러니를 내포한다. 그것을 화자는 "순한 짐승들은 숲속을 서성이고 꿈꾸는 사람들은 한평생 감옥 속을 종종이고"라고 표현하고 있다. 시의 화자가 "제 키만한 감옥 속에 갇히게 된다"라고 말하는 까닭이 바로 여기에 있다.

인간이 자기에게 주어진 어떤 환경에도 순응하며 적응한다면 감옥에 갇힐 이유가 없다. 오히려 숲속을 유유히 서성이겠지만, 욕망의 감옥에 갇히는 한 욕망의 크기만큼 한평생 감옥 속에 갇힐 수밖에 없다는 전언이 담겨 있다. 결국 자기 자신의 욕망과 꿈의 다른 이름이 곧 감옥이라는 것을 깨닫게 되는 것이다. 사람이 꿈을 꾼다는 것은 살아있다는 증거이고 살아야 할 이유이기도 하다. 그러나 화자는 '소통'과 '불통'을 대립의 구도를 통해 이원대립의 경계가 동일하다는 사실을 해체하여 보여주고 있다.

---

62) 이승원, 「절제의 미학과 비극적 세계인식」, 『김영석 시의 세계』, 국학자료원, 2012, 205쪽.

흙을 먹고 또 먹었다
북처럼 가슴을 두르려도
소리를 내지 않기 위하여

모든 가슴과 가슴이
수만 평의 흙으로 끝없이 이어져
더 큰 가슴
김제 만경 빈 벌판을 이루고
아무도 흔들 수 없는
지평선 하나 걸어놓았다

흙을 먹고 드디어 하나가 된 가슴
너희들의 무쇠 발굽이
너희들의 날카로운 칼날이
이제는 우리들의 가슴을 겨누어도
다시는 피를 흘리지 않는다
이 흙의 넉넉한 힘이
네 칼날을 고요히 녹슬게 할 뿐
다시는 소리도 내지 않는다.

—「침묵」 전문

서정문학으로서의 시는 서정 주체인 시인과 세계인 대상과의 관계를 주체의 관점에서 표현한다. 따라서 서정시는 "세계를 원형대로 재현하는 것이 아니고 시인과 세계 사이의 관계성을 시인의 관점에서 주관화하는 문학 장르"[63]라 할 수 있다. 인용시 「침묵」에서는 시의 화자가 처해 있는 사회적 현실을 짐작해볼 수 있다. 70년대 산업화와 80년대 민주화 시대를

63) 허왕욱, 「시에서 대화 관계의 형성과 화자의 역할」, 『한국어문교육』 제6집, 1998, 383쪽.

지나온 화자는 사회적인 모순과 부조리에 대해 정면 대립하거나 맞서지 않는다.

오히려 올곧은 소리를 내지 않기 위하여 "흙을 먹고 또 먹었다" 말하지 않는 가슴, 소리 내지 않는 "모든 가슴과 가슴"이 "김제 만경 빈 벌판을 이루고" 있다고 화자는 말하고 있다. 이것은 화자가 살고 있는 사회적 현실, 즉 표현의 자유가 억압된 세계에서 할 말을 하지 못하는 젊은이들이 김제의 넓은 벌판을 이룰 만큼 많다는 것을 표현하고 있다. "북처럼 가슴을 두드려도/소리를 내지 않기 위하여" "흙을 먹고 또 먹"어 소리를 가슴속에 묻는 행위는 언어와 현실을 동일화하기 위한 과정와 다를 바 없기 때문이다.

이 시에서 '소리'라는 것은 즉 언어를 의미한다. 즉 로고스(logos)이다. 로고스(logos)란 언어(말), 진리, 이성, 논리, 법칙, 관계, 비례, 설명, 계산 등의 개념을 포함하고 있는 그리스어로 '말하다'가 그 어원이다. '말'은 곧 그 사람의 생각, 의식, 사상 즉 영혼을 의미한다. 때문에 소리를 내지 않기 위해 흙을 먹고 또 먹는 행위는 화자의 영혼을 흙속에 묻는 일이다. 영혼을 흙속에 묻는다는 것은 밖에 있는 육신도 함께 묻히는 것과 다르지 않다.

이와 같은 사실을 화자는 "너희들의 무쇠 발굽이/너희들의 날카로운 칼날이/이제는 우리들의 가슴을 겨누어도/다시는 피를 흘리지 않는다"라고 진술한다. 어떤 억압과 탄압에도 견뎌낼 수 있을 뿐 아니라 오히려 "네 칼날을 고요히 녹슬게 할 뿐" 그 어떤 소리도 "다시는 소리도 내지 않는다."라고 자신 있게 단언한다. 여타의 시에서는 좀처럼 발견되지 않는 마침표를 사용할 정도로 화자 자신의 결의에 찬 의식을 대신하고 있다.

이와 같은 의식은 유와 무, 유위와 무위, 지와 무지, 남과 여, 선과 악, 상과 하, 강과 약 등의 이분법적 대립을 해체하는 의의가 있다. 서양의 로고스중심주의는 언제나 유, 유위, 지, 선 등 전자를 더 중시하는 사유를 전개해 왔다면 데리다와 노자는 해체와 전복을 통해 '로고스중심주의'[64]의 전통에 숨어 있는 이원대립의 고리를 해체하고 새로운 사유가 엄연히 존재한다는 사실을 일깨워 주는 특징과 일치한다.

> 밥은 천지에 그득하되
> 볼 수도 없고 만질 수도 없다
> 그릇에 담겨져 비로소 보이지만
> 그것은 이미
> 밥이 눈 똥에 불과하다
> 그것을 모르는 한 사내가
> 제 밥그릇을 움켜쥐고 날뛰다가
> 그만 그릇을 깨어
> 밥알이 흩어져버렸다
>
> 흩어진 밥알은
> 철창 달린 정신과 병동 안에서
> 정신과 의사의 신중한 손으로
> 주워 담아야 한다
> 밥알을 남김없이 다 주워 모으고

---

64) 로고스중심주의는 로고스라는 개념을 중심으로 서구 형이상학의 전통이 전개되어 왔음을, 로고스가 서구의 사회, 문화, 사상 등 모든 영역을 지배해왔음을 의미하는 것으로 데리다가 처음으로 사용한 용어이다. 이때 로고스는 단지 언어, 논리뿐 아니라 이성, 질서, 합리성 등의 의미를 내포하고 있으며, 불변의 본질적, 절대적 권위를 의미한다고 볼 수 있다. 데리다는 로고스 중심적인 사고방식을 비판하고 이른바 해체(deconstruction)를 위해 반로고스중심주의적 사고를 지향한다. J. Derrida, 『그라마톨로지-Gramatology』, 김성도 역, 민음사, 1996.

그의 헤벌어진 두뇌를 꿰메는 일은
여간 골치 아프고 어려운 일이 아니다

—「흩어진 밥」 부분

위의 시 「흩어진 밥」에서 의미하는 밥은 우리가 일용할 양식으로 먹는 밥을 말하는 것이 아니다. 여기서의 밥은 바로 '도道'이자 '언어'를 의미한다. 도는 "밥은 천지에 그득하되/볼 수도 없고 만질 수도 없다"는 사실이다. 스스로 또는 누군가에 의해 "그릇에 담겨져 비로소 보이지만/그것은 이미/밥이 눈 똥에 불과"할 만큼 하찮은 것이다. 하지만 인간이 보이지 않는 것을 보려했고 만질 수 없는 것을 만지려 했던 것처럼 인간의 욕망은 시작도 끝도 없다.

이와 같은 무명에 빠진 한 사내가 "제 밥그릇을 움켜쥐고 날뛰다가/그만 그릇을 깨어/밥알이 흩어져버"린 사태에 직면한다. 이렇게 "흩어진 밥알은/철창 달린 정신과 병동 안에서/정신과 의사의 신중한 손으로/주워 담아야 한다"에서 확인되듯이 밥은 바로 인간의 정신을 내포한다. 하지만 한 번 깨져 흩어진 두뇌를 꿰매는 일은 매우 어렵고 힘든 일이다. 따라서 인용시는 정신과 의사의 신중한 손으로 어렵게 주워 담아도 그 결과로 얻은 것은 "밥이 눈 똥"에 불과하다는 해체적 사실을 발견하는 데 의의를 두고 있다.

청년아
어찌하여 새벽이 한사코
언 땅을 맨 발로 딛고 오는지 아느냐
먼 동 어스름에 어깨를 드러낸

저 굳건한 산맥들을
다시금 네 이마 위에 세우고
목이 메어 돌아서는 뜻을 아느냐
가난한 나라의 청년아
쓰레기 더미 버림받은 곳으로
가파른 바람받이 언덕으로
헐벗은 이웃들을 제일 먼저 찾아가
시린 손 잡아 일깨워 주고
방방곡곡 기울어진 감옥을 바로 세우며
어찌하여 새벽이 한사코
네가 부셔야 할 벽마다
돌 하나 더 높이 얹어 놓고 가는지
적은 고통 위에
큰 고통 하나 더 얹어 놓고 가는지
너는 아느냐
뜬눈으로 지새운 추운 네 방
희부연 창호지에 언 볼 부비며
날마다
말없이 그 큰 걸음으로
성큼성큼 빈 들판을 건너가는
새벽의 벗은 마음을 아느냐
청년아.

—「새벽의 마음」 전문

위의 시 「새벽의 마음」에서 '새벽'은 힘든 현실을 살아가는 이 땅의 '청년'의 모습이다. 희망이 없는 어두운 현실을 살아가고 있는 이 땅의 청년들을 춥고 깜깜한 '밤'(현실)이 '아침'(언어)을 향해 걸어가는 새벽으로 동일화하고 있다. 이 시에서 새벽은 "언 땅을 맨발로 딛고" 온다. '언 땅' 만으로도 추운 겨울밤이라는 것을 충분히 짐작할 수 있지만 새벽은 그 꽁꽁 얼어붙은 비극적 현실을 신발도 없이 맨발로 딛는 순수한 언어적 현실과 대면시킨다. 나아가 청년들에게 그 이유를 아느냐고 묻는 것으로 그래야만 하는 현실을 다시 상기시킨다. 서정시는 세계와 직접적인 상호작용을 하고 있기 때문에 화자의 관점은 동일화될 수밖에 없다. "대상으로서의 객관적인 세계가 주체의 주관 내부로 들어와 내면화"[65]되기 때문이다.

시의 화자는 어둠속에 묻혀 보이지 않았던 산맥이 서서히 날이 밝아 오자 그 큰 모습을 드러내고 청년과 마주서게 되는 장면을 보여준다. 아무것도 가진 것 없고 아무것도 할 수 없는 힘없는 청년들 앞에 너무 큰 짐을 두고 갈 수밖에 없어 목이 메인 채 돌아설 수밖에 없다. 하지만 화자는 "먼동 어스름에 어깨를 드러낸/저 굳건한 산맥들을/다시금 네 이마 위에 세우고/목이 메어 돌아서는 뜻을 아느냐"며 그 깊은 뜻을 또 아느냐고 묻고 있다. 그러나 그 물음은 염려와 의심이 아니다. 청년들을 향한 굳건한 믿음이 존재한다.

따라서 시의 화자는 "헐벗은 이웃들을 제일 먼저 찾아가/시린 손 잡아 일깨워 주고/방방곡곡 기울어진 감옥을 바로 세우"라고 말한다. 비록 힘들고 어려운 현실이지만 스스로 부딪혀 부숴야하는 벽이라는 것을 강조하고 있다. 결코 약해져서는 안 된다는 것을 새벽이 언 땅을 맨발로 걸으며 모범을 보인다. 그리고 오히려 "네가 부셔야 할 벽마다/돌 하나 더 높이 얹어 놓고 가는지/적은 고통 위에 큰 고통 하나 더 얹어 놓고 가"고 있

65) 윤여탁, 『시의 논리와 서정시의 역사』, 태학사, 1995, 108쪽.

는 참혹한 사실을 발견한다.

캄캄한 밤을 견디면 새로운 아침에 닿듯이 지금의 힘든 고통의 '현실'을 이겨내면 우리에게도 새로운 언어로 구축된 아름다운 세계에 도달할 수 있다는 믿음을 잠언처럼 진술하고 있는 것이다. 희망이라고는 찾아 볼 수 없는 막막한 현실 앞에 놓여 있는 청년이 결코 주저앉지 않기를 바라는 마음, 고통을 덜어주기보다 벽돌 하나를 더 높이 쌓아 놓으며 더 강인해지기를 바라는 간절한 의미가 담겨 있다. 고통을 이겨내고 "큰 걸음으로/성큼성큼 빈 들판을 건너가"기를 바라는 커다란 뜻을 담고 있는 것이다.

김영석의 시에서 비극적인 현실은 언어와 동일한 맥락을 이룬다. 즉 로고스(logos)를 의미하는데, 그것은 언어(말), 진리, 이성, 논리, 법칙, 관계, 비례, 설명, 계산 등의 개념을 포함하고 있다. '언어'란 곧 그 사람의 생각, 의식, 사상의 측면을 포괄하는 영혼의 개념과 같은 맥락이다. 그의 시에 등장하는 언어와 현실의 동일화 의식 기저에는 절대적인 진리, 순수한 근원, 진선진미의 유토피아가 있다는 사고방식은 허구라고 생각하는 입장과 동일하다. 여기서 검토한 노자와 데리다 식의 사유 방식은 그 어떤 의미의 차원에서도 인간에게 순수한 세계는 존재한 적도 존재할 수도 없다고 생각한다는 점에서 그의 창작 의도와 매우 유사한 사상 체계라고 정의할 수 있다.

3) 묘사적 재현과 양면적 사유

현대시에 실재감을 부여하는 방식으로서 시적 묘사의 역할이 점차 증대되어 온 것은 주지의 사실이다. 근대의 문예사조를 논의할 때, 한 시인의 작품이 묘사에 대해서 어떤 태도를 지니고 있는가 하는 점은 중요한 요소로 간주되어 왔다. 어쩌면 현실의 모습을 의도적으로 변용하여 굴절시키지 않는 것이 상상력을 빌려 자의적으로 재구성하여 하는 방식보다 강하게 현대시의 실재감을 실현하는 것인지도 모른다.

그러나 전통적인 현대시에서 묘사는 대체로 서사를 보존하며, 서사를 통해서 구축된 정보를 축적하는 역할을 한다는 점에서 서사에 종속된 역할을 담당했던 것은 주지의 사실이다. 미셸 푸코가 마그리트의 그림 「이것은 파이프가 아니다」에 대한 분석을 시도하면서 근대회화를 지배해 온 원리를 설명하는 논리는 현대시에서의 묘사와 서사의 종속적인 관계에 대한 이해에도 도움을 준다.

> 첫 번째 원칙은 조형적 재현(유사를 함축한다)과 언어적 지시(유사를 배제한다) 사이의 분리를 단언한다. 우리는 우사를 통해 보며 차이를 통해 말한다. 그래서 두 개의 체계는 교차하거나 요해되지 않는다. 어떤 방식으로든 종속이 있어야 한다.
>
> 텍스트가 이미지에 의해 규제되거나 (책이나 비명, 문자, 한 인물의 이름이 재현되어 있는 화폭들에서처럼) 혹은 이미지가 텍스트에 의해 규제되어야 한다. (그림이란 오직 좀 더 지름길을 따라가는 것이라는 듯, 말로 재현해야 할 것을 그림으로 마무리하는 책에서처럼)[66]

푸코가 묘사는 반드시 서사에 종속된 역할을 하고 있다고 말하고 있는 것은 아니다. 그러나 현대시의 역사를 거슬러 올라가면 갈수록 서사에 대한 묘사의 종속은 강해지는 양상을 보인다. 물론 이는 오래된 우리의 가

---

66) M. Foucault, 김현 역, 『이것은 파이프가 아니다』, 민음사, 1995, 51쪽.

치의식과 관련이 있을 수밖에 없다.

현대의 젊은 철학자들은 "철학은 오랫동안 진정으로 존대하는 것들을 말하고 또 그것을 이야기해야 한다는 강박에 사로잡혔었다."[67]라고 말한 바 있다. 이는 문학에도 적용될 수 있는 말일 것이다. 변하지 않는 본유 관념의 그림자일 뿐이라고, 그래서 늘 변화할 수밖에 없는 우리들의 세계를 모방하는 행위라고 간주했던 당대의 예술에 대해서 플라톤이 비판적인 태도를 보였던 것은, 바꾸어 말하자면 예술은 변하지 않은 본질의 재현에 전력을 다해야 하는 것이라는 주장이기도 하다

이러한 플라토니즘에 입각한 예술행위의 전통은 아직도 우리에게 강한 영향력을 행사하고 있다. 특히 현대시 속에서의 서사는 그것이 궁극적으로 상황에 의미를 부여하는 작품의 중심 목소리를 지행하고 있다는 점에서 플라톤적 가치관을 드러내는 데에 보다 효과적이라고 알려져 왔다.[68] 서사는 작품 속의 인물이 상황에 반응하는 과정을 의미한다. 구성이 복잡하고 이따금 중심을 이탈하는 경우도 있지만, 궁극적으로 "서사작용은 중심으로의 복귀라는 방식"[69]을 취한다.

김영석의 시는 '세상에는 피할 수 없는 현실이 있고 그 현실에 맞서고 있는 단독자로서의 내가 있다'는 보편적인 명제에 구체성을 부여하기 위

---

67) 윤성우, 『들뢰즈-재현의 문제와 다른 철학자들』, 철학과현실사, 2004, 13쪽.

68) 문학예술에 있어서 플라토니즘은 묘사와 이미지에 대해서 원본과 모델의 우위를 주장하는 태도로 연결될 것이다. 그러므로 이러한 플라토니즘에 입각한 예술가는 현실의 구체적인 묘사는 그 자체로서 어떤 의미도 있을 수 없다고 판단한다. 만약 묘사가 필요하다면 그것은 서사의 방향에 구체성을 더하는 것 이상도 이하고 아닐 것이다. G. Deleuze, 김상환 역, 『차이와 반복』, 민음사, 2004, 165쪽 참조.

69) 박성수, 「시간 이미지: 현실적 이미지와 가상적 이미지」, 『문학과과학』 제14호, 문학과학사, 1998, 189쪽.

해서 묘사라는 재현방법을 사용하고 있다. 그의 묘사는 냉혹한 현실의 자명함을 보여주면서 세계의 무의미성이라는 작품의 주제를 보강하고, 당연한 것으로 강화시킨다.

> 삽질하던 손을 멈추고
> 사내는 주위를 둘러본다
> 여전히 하늘은 푸르고
> 골짜기는 가랑잎만 살랑인다
> 손발이 묶인 어린 계집아이를
> 구덩이 속으로 사납게 밀어 넣는다
> 버둥대는 계집애의 질린 얼굴이
> 파놓은 흙빛과 하나다
> 후미진 양지밭에
> 흰 들국화가 오종종 몰려 서 있다
> 사내는 냄새를 맡아보고
> 꽃잎을 손으로 짓이겨본다
> 가랑잎 소리에 주위를 둘러보고
> 거칠게 수음을 하기 시작한다
> 산길을 내려가는 사내의 손에
> 딸애한테 주려고 꺾은
> 빨간 까치밥 열매가 들려 있다
> 하늘이 푸르고 적막하다
>
> —「범인」 전문

시 「범인」은 소설이나 영화의 지문 같은 느낌이 들 정도로 서술자의 지위가 약화되어 있다. 주인공의 행동과 배경을 자세하게 묘사하고 있어 단

몇 줄만으로도 무엇인가 어긋나고 있는 상황이라는 것을 충분히 인식할 수 있다. 이 시를 통해 화자는 인간의 숨겨진 내면적 모습을 대상과 이미지의 묘사를 통해 전달하고 있다. 감춰진 인간의 다면성, 인간과 자연, 사랑과 죽음이 서로 동떨어진 것이 아니라 어쩌면 한 쌍으로 같이 공존하지만 시시때때로 겉으로 드러나는 것이 달라질 뿐이라는 진술인 것이다.

시적 화자는 하늘은 푸르고 골짜기는 가랑잎만 살랑이는 평화로운 장면을 보여주면서 삽질하던 사내가 손을 멈추고 불안감에 주위를 둘러보는 장면이 제시된다. 가을날 푸르른 하늘 아래 가랑잎이 살랑거리는 평화로운 숲속에서 주위를 살피며 땅을 파고 있는 사내의 모습을 통해 인간과 자연의 양면성을 제시하고 있다. 이윽고 화자는 사내가 손발이 묶인 어린 계집아이를 구덩이 속으로 사납게 밀어 넣는다. 곧이어 "버둥대는 계집애의 질린 얼굴이/파놓은 흙빛과 하나다"는 장면을 포작한다.

겁에 질린 소녀의 얼굴빛과 흙빛이 동일하다는 묘사를 통해 화자는 사내가 얼마나 잔인하고 끔찍한 일을 저질렀는지를 에둘러 보여준다. 나아가 이런 행동을 후미진 양지밭에 흰 들국화가 오종종 아름답게 피어 있는 모습과 대조시킨다. 그리고 흰 들국화를 뜯어 냄새를 맡아보기도 하는 감성적 모습을 드러내다가 다시 그 꽃잎을 손으로 짓이기는 잔인한 그의 내면성과 대비시킨다. 그러면서 궁극적으로는 거칠게 수음을 하는 사내의 행동을 통해 인간의 무의식적인 인격의 모습을 충격적인 묘사로써만 수일하게 그려내고 있다.

그러나 충격은 여기서 끝나지 않는다. 산길을 내려가는 사내의 손에는 "딸애한테 주려고 꺾은/빨간 까치밥 열매"가 들려 있다는 사실이다. 화자는 이를 통해 같은 또래 계집아이의 갈라진 두 운명, 죽음과 삶으로 갈라진 두 운명이 아이러니하게도 각각 범죄의 대상과 사랑의 대상이라는 사실 또한 충격으로 다가온다. 하지만 무엇보다도 놀라운 것은 한 사람의 전혀 다른 얼굴, 인간의 양면성이다. 김영석 시인은 인간의 양면성과 그런 인간이 살아가는 자연과 인간의 불일치란 괴리감에 초점을 맞추고 있는 것이다.

> 아주 작은 한 사내가
> 초겨울의 땅거미를 밟고
> 감옥소의 철문을 나온다
> 언제나 그랬듯이
> 외진 가로수 밑으로 걸어가
> 아주 작게 웅크리고 앉아서
> 그보다 더 작은 어머니가 내놓은
> 두부를 말없이 먹는다
> 거듭되는 징역살이에
> 몸은 이미 거덜 난 지 오래지만
> 아직도 튼튼한 이빨 하나로
> 겨우 버티고 있는 그가
> 이빨은 소용없으니 세우지 말라고
> 조용조용히 일러주는
> 물렁물렁한 두부를
> 고개 수그리고 묵묵히 먹는다
> 지상의 촘촘한 그물코에 갈앉은
> 초겨울의 어둠 속
> 이윽고 달무리처럼
> 그의 이빨만 하얗게 남는다
>
> —「이빨」 전문

위의 시 「이빨」도 「범인」과 마찬가지로 한편의 영화를 보는 느낌이다. 대상의 행동을 풍경화를 그리듯 세밀하게 묘사하는 기법을 통해 영화 주인공의 행동을 모니터를 통해 보는 듯하다. 아주 작은 한 사내가 초겨울의 땅거미를 밟고 감옥소의 철문을 밀고 나온다. 말 그대로 아주 작은 몸집의 사내가 어둑어둑해지는 초겨울 저녁의 삭막한 감옥소의 풍경을 전경화한다. 사내는 언제나 그랬듯이 외진 가로수 밑으로 걸어가 아주 작게 웅크리고 앉아서 "그보다 더 작은 어머니가 내놓은/두부"를 말없이 먹고 있다.

'언제나 그랬듯이'가 말해주듯 그 작은 몸집의 사내는 감옥소를 드나드는 일이 이번이 처음은 아니다. 작은 몸집의 사내와 그보다 더 작은 어머니의 움직임이 얼마나 익숙하고 자연스러운지 확인된다. 또한 그 두 모자의 작은 몸집을 통해 그들의 삶이 얼마나 빈궁하고 초라한 형편까지도 가늠할 수 있다. "아주 작은 몸집, 초겨울, 외진 가로수, 아주 작게 웅크리고 앉아, 더 작은 어머니" 등이 그것을 짐작할 수 있는 대표적인 시어들이다. 화자는 거듭된 징역살이에 몸은 이미 거덜이 난 사내가 아직도 튼튼한 이빨 하나로 힘겹게 버티고 있는 비정한 현실을 객관적 묘사의 형식으로 보여주고 있다.

의도치 않게 반복되는 현실과의 어긋남으로 감옥소 출입이 반복되면서 몸은 물론 정신까지도 피폐해졌을 것이다. 그런 사내에게 남아 있는 것은 오직 '튼튼한 이빨' 뿐이다. 그러나 사내는 "이빨은 소용없으니 세우지 말라고/조용조용히 일러주는/물렁물렁한 두부"를 고개를 수그린 채 묵묵히 먹는다. 사내는 두부의 가르침에도 긍정도 부정도 하지 않는 자세를 취한다. 시의 화자는 가진 것 없고 힘없는 사내가 걸려들 수밖에 없는 현실의 양면성을 "이빨만 하얗게 남"은 정교한 묘사의 형식으로 함축해 내고 있는 것이다.

밥을 보면 무덤이 생각난다

소학교 다니던 시절
어느 해 따뜻한 봄날
마을 뒷산의 한 무덤 앞에는
무덤 모양 동그랗게 고봉으로 담은
흰밥 한 그릇이 놓여 있었다
지난 해 흉년이 굶어 죽은 이의
무덤이었다
새싹들을 어루만지는 봄볕 속에서
봉분은 그의 죽음의 무덤이고
밥은 그의 삶의 무덤인 양
서로 키를 재고 있었다

봄이 되면
눈물도 아롱이는 먼 아지랑이 속
다냥한 밥과 무덤 아롱거린다.

―「밥과 무덤」 전문

시 「밥과 무덤」에서 시적 화자는 '밥'을 보면 '무덤'이 생각난다고 한다. 그 기억의 이면에는 그가 소학교를 다니던 따뜻한 봄날에 마을 뒷산의 한 무덤 앞에 무덤처럼 동그랗게 고봉으로 담은 흰밥 한 그릇이 놓여 있던 장면을 떠올린다. 그것은 지난 해 흉년에 굶어 죽은 이의 무덤이었던 것이다. 따라서 화자에게 밥은 곧 무덤이고 무덤은 곧 밥이라는 공식으로 성립된다. 생전에 그토록 간절하게 원했던 흰밥 한 그릇을 죽고 나서야 고봉으로 담은 밥 한 그릇을 오롯이 받았을 무덤의 주인이었기 때문이다.

화자가 굳이 '소학교'라는 언표를 통해 비춘 시대적 배경을 가늠해 볼 필요가 있다. 그 시절 대부분의 많은 사람들은 밥을 먹는 날보다 굶는 날이 더 많았을 만큼 밥을 얻지 못해 죽음으로 내몰릴 수밖에 없었던 가난한 시간을 견뎌왔다. 그래서 화자에게 "봉분은 그의 죽음의 무덤이고/밥은 그의 삶의 무덤"으로 인식하고 있다. 치열한 삶은 밥을 얻기 위한 것이고 그 삶을 이겨내지 못한다면, 즉 밥을 얻지 못한다면 극단적 상황으로 내몰릴 수밖에 없다. 그렇기 때문에 밥을 얻기 위한 삶도 결국엔 무덤 같은 삶이라는 의식을 환기시켜 준다.

과거의 전통적인 시와는 달리 김영석의 시는 시의 중심을 향해 유기적인 역할을 수행하는 서사에 종속되지 않으면서도 대상 자체의 존재감을 독자적으로 보여주는 묘사가 등장한다. 이것은 지배적인 창작의 방식으로서 단순히 새로운 표현이라는 차원을 넘어 시인의 가치관도 변화하고 있다는 사실을 단면으로 보여준다. 과연 시가 보여줄 수 있는 중심, 본유 과념으로서의 진실 혹은 본질적인 가치라는 것이 존재하는가 하는 질문에 대한 회의적인 대답의 하나일 것이다.

이와 같은 대답은 김영석을 포함하여 현재의 시인들이 보편적으로 공유하고 있는 태도들 중의 하나일 것이다. 이렇게 변화된 인식은 묘사에 종속된 서사, 혹은 유기적 관계를 맺지 않는 묘사를 가능하게 하는 기반이다. 따라서 그의 시는 세상에는 피할 수 없는 현실이 있고 그 현실에 맞서고 있는 단독자로서의 내가 있다는 보편적인 명제에 구체성을 부여하기 위해서 묘사라는 재현 방법을 사용하고 있다. 그의 묘사는 냉혹한 현실의 자명함을 보여주면서 세계의 무의미성이라는 작품의 주제를 보강하고, 당연한 것으로 강화시키는 특질이 있다.

3. 강희안 시의 낯설게 하기 형식

과연 시인에게 시창작의 의미는 무엇이며, 그 과정은 어떤 질서로 표출되는가에 대한 고민은 창작 방법론을 탐구하는 일과 동일하다. 그것은 아마 독자의 입장에서 보면 한 시인의 연대기적 과정에 의한 좌절과 고통의 산물이 어떤 형식적 기교를 통해 드러났는가를 살피는 일도 된다. 독자가 한 권의 시집을 만난다는 것은 시인이 겪었을 남모를 고통의 시간과 지나온 숨결을 느끼는 것, 그가 살아낸 깊은 심연에서 그만의 독특한 시각으로 바라보았을 세상과 만나는 일이란 오롯이 창작 기법을 통해 드러나기 마련이다. 시는 시인 자신의 전 생애가 투사된 세계관이며 독창적인 자신만의 말하기 형식이기 때문이다.

강희안은 1990년 『문학사상』 신인 발굴에 「목재소에서」 외 4편의 시가 당선되며 문단에 등단한 이후 제4시집인 『물고기 강의실』(2012)에 이르는 파란과 격절의 과정을 거쳐 왔다. 본격적인 시작 활동을 하게 된 지 약 20여 년의 시간 동안 그는 총 4권의 시집을 냈다. 그의 시집을 읽으며 한 가지 특이한 의문을 품게 되었는데, 그것은 각각의 시집이 표방한 시적 형식과 세계 인식의 방법이 낯설다는 사실이다. 따라서 본 연구에서는 그의 첫 시집 『지나간 슬픔이 강물이라면』(1996)에서부터 『거미는 몸에 산다』(2004), 『나탈리 망세의 첼로』(2008), 『물고기 강의실』(2012)에 이르기까지 총 4권의 시집에서 시인이 개성적으로 확립한 창작 방법론의 변이 과정을 따라가 보려고 한다.

로버트 프로스트가 "모든 쓰여진 것은 극적인 것이라고 할 수 있다. 극적인 필연성은 문장의 본질과 깊은 관련을 가진다."[70]라고 한 진술을 놓고 볼 때, 시인이 세계관이란 자신만의 독자적인 언어의 결을 통해 그의 삶의 궤적과 세계를 인식하는 형식적 기법으로 드러나게 마련이다. 강희안 시인의 시를 연대기적으로 더듬는 작업은 한 시인이 겪어낸 구체적 삶의 현실을 어떻게 견디어 냈는가를 추적해 보는 일도 되지만, 또한 그와 연계된 어떤 새로운 언어 의식을 통해 새로운 창작 방법론으로 변모해 갔는가를 추적하는 일이기도 하다. 나아가 시집 간의 간극을 가늠해 본다는 것은 그의 첫 시집에 드러난 자연관이 어떤 과정을 거쳐 형이상학적 언어 인식으로 뻗어 나갔으며, 나아가 세계를 인식하는 새로운 시적 방법론을 어떤 방식으로 확립했는가를 살피는 일도 되기 때문이다.

1) 자연과 인간의 배타적 의식

강희안 시인은 1990년 시단에 데뷔한 이후 만 6년 만에 첫 시집 『지나간 슬픔이 강물이라면』을 상재한다. 서정시의 세계가 한 시인의 기억 속에 내재한 의식의 편린을 무의식적으로 소환하는 것이라면, 그의 첫 번째 시집은 서정시의 영역으로 편입된다. 그는 「저자의 말」에서 "나는 곤고한 삶의 한 모서리에서도 시를 쓰며 오늘에 이르렀다."라거나 "비록 젊은 날의 모나고 서투른 흔적이었지만, 그 속엔 아름다운 삶을 갈망해온 한 목마른 영혼이 있었다."[71]고 적고 있다. 이로 미루어 보면 그의 이십대는 유년의 결핍에서 오는 고뇌와 고통이란 무의식적 기제에 의해 시가 배태된다는 사실로 요약할 수 있다.

---

70) Robert Frost, "Introduction to <A way Out> "Perspective On Poetry, Ed. Edby James L, Calderwood and Harold E, Toliver. London: Oxford UP Inc. 1968), P.98

71) 강희안, 「저자의 말」, 『지나간 슬픔이 강물이라면』, 문학사상사, 1996.

프로이트는 무의식을 의식의 작은 세계를 품는 더 큰 세계라고 표현할 정도로 중시했다. 무의식은 치명적인 약점과 결핍들의 조각이기도 하지만, 긍정적으로 기억하고 싶은 파편들이기도 하다. 강렬한 인상을 남긴 것들은 의식의 흐름 속에 자리 잡지만, 부정적이고 잊고 싶은 것들은 의식의 가위질로 편집되어 깊은 심연 속에 조각조각 던져져 있기 때문이다.[72] 이런 이유 때문인지 시인의 첫 시집 곳곳에는 두 번째 이후의 시집에서 찾아보기 힘든 슬픔의 정서들이 두루 편재한다는 사실이다.

이와 같은 예는 강희안의 첫 시집을 관통하는 정서이므로 시집 요소요소에서 빈번하게 접할 수 있다. 예를 들어 “땅 깊은 곳 우리의 가난은 너무 캄캄하고”(「십자매에게」 부분), “마디 마디 끊기는 환상의 D단조”(「겨울나기」 부분)에서 확인할 수 있듯이 암울한 정서로써 두루 산재하고 있다. 어쩌면 시인 자신도 모르는 사이에 화자와 자연의 간극이 불우한 유년기의 슬픔으로 변주되었을 가능성이 크다. 그만큼 유년기의 깊은 슬픔에서 배태된 정서는 이론의 여지없이 그가 서정시를 쓰게 된 결정적 요인으로 작용한 듯하다.

강희안의 시적 출발은 「십자매에게」, 「시계 소리를 듣다보면」, 「겨울나기」, 「돌 그림자」, 「중학 국어 시간」, 「여름날의 그림자 · 1」, 「여름날의 그림자 · 2」 등의 시에 보이는 것처럼 그의 유년에 짙게 드리운 가난과 결핍에서부터 오는 부재에서 시작된다. 그만큼 그의 유년 시절은 그의 시를 추동하는 생장점 역할을 할 정도로 상처와 고독으로 점철된 비극의 시간이 내장되어 있다. 그의 시에 환기된 이런 부재의 세계는 자연과의 밀착된 정서에서 촉발되지만, 인간과의 배타적 의식으로 귀결되는 형식적 특질로 드러난다.

---

72) 연효숙, 「무의식의 감정과 감각의 힘에 대한 여성주의적 재구성—프로이트와 들뢰즈를 중심으로」, 『한국여성철학회』 제20권, 2013, 41~64쪽 참조.

엉겅퀴꽃을 보러 숲에 갔다. 그 어느 손으로도 꺾을 수 없는 젊은 넋들의 행방, 우수수 송이바람이 불어갔다. 홀로이 길을 찾는 한낮의 고요 속 뚜루루 낄륵 새의 울음도 끊어졌다. 어디로 가야 할까 잠시 망설였다. 하늘 숲 가까이 님프들은 치마폭 솔기마다 혼수昏睡의 꽃을 피워냈다. 길은 아무렇게나 함부로 뻗어 있었다. 나는 주소나 자동표지판으로 길을 찾는 근시의 사내, 뿌리칠 수 없는 습관 속에서 한참을 헤매다 엉겅퀴를 만났다. 처음 느끼는 자유였다.

—「엉겅퀴꽃을 보러 숲에 갔다」 전문

시집 『지나간 슬픔이 강물이라면』의 첫 장에 실려 있는 인용시는 시적 화자가 현재 겪고 있는 지난하고 답답한 문명의 현실에서 자신의 내면에 깊이 천착하고 있다. '엉겅퀴꽃'은 황폐한 땅에서도 잘 자라는 강인한 생명력을 상징하는 객관적 상관물에 해당한다. 스코틀랜드에서는 엉겅퀴가 덴마크와의 전쟁에서 승리할 수 있도록 중요한 역할을 했다고 해서 '나라를 구한 꽃'이라고도 불리는데, 이는 아마도 화자에게는 부재의 삶에서 '나를 구하는 꽃'의 의미와 비견될 만한 상징으로 표상된다.

'엉겅퀴꽃'은 힘겨운 위안과 새로운 다짐을 하고 있는 화자 자신과 배타성을 띤 채 표류하는 심리적 기제에 해당한다. 시의 화자는 곤고한 삶에 지칠 때나 어디로 가야할지 알 수 없을 때 깊은 고민에 빠진다. 그는 아무렇게나 뻗어 있는 수많은 길의 유혹 앞에서 자신이 묵묵히 가야 할 외로운 길에 대한 모성적 위로를 엉겅퀴에게서 받는다는 사실이다. 엉겅퀴는 화자 자신에게 처한 힘든 삶을 이겨내야 한다는 강한 의지의 상징이며, 자연에 대한 뜨거운 애착과 괴리감을 드러내는 중요한 단서가 된다.

강희안 시인에게 '숲'이나 '강'은 자신의 내면적 상처를 들여다보는 계기인 동시에 모성적 위로를 받는 실재이기도 하다. 이를테면 "강가에 나와 앉으니 돌이 되었구나 그을은 우리의 얼굴을 물살로 어루만져 주는 그대의 마음"(「강가에서」 부분), "강물이 보고 싶을 때"(「지나간 슬픔이 강물이라면」 부분), "숲의 그림자인 안개는 풍경 속으로 풀어진다"(「살아 있는 풍경」 부분)에서도 확인할 수 있듯이 '숲' 과 '강' 등은 그의 슬픈 마음을 어루만져주고 힘든 현실의 대척점으로 흘러 나가기를 기대하는 대상이기도 하다.

그러나 강희안의 시적 화자는 자신과 배타성을 띤 자연물들을 상정하여 황폐화된 내면을 극대화하는 데 주력한다. 예를 들어 「지리산 폭설」, 「목재소에서」, 「숲에선 무슨 일이」, 「지나간 슬픔이 강물이라면」, 「아직도 안개의 숲에서는」, 「저녁강」, 「살아 있는 풍경」 등등이 있는데, 이 시편들은 그러한 배타적 태도를 증명해 주는 그 대표적인 사례일 것이다. 우선 그의 문단 데뷔작인 「목재소에서」란 작품을 통해 자연과 인간의 배타적 측면을 어떻게 드러내는지 그 자세한 면면을 살펴볼 필요가 있다.

> 가슴을 구르는 원목처럼 뒤척이며
> 둥근 우리들 삶을
> 정사각형 혹은 직사각형의
> 모난 삶을 위해
> 톱질을 한다
>
> —「목재소에서」 부분

상기 인용시 「목재소에서」의 화자는 원목과도 같은 순수한 자연이 인공적인 어떤 힘에 의해 다른 모양, 다른 쓰임새로 전락하는 현상을 주시하고 있다. 화자는 자연의 절대성이 인간의 배타성과 만나 참혹하게 굴절되는 변화 과정에 대해 주목한다. 이 괴리감의 기저에는 인위적으로 가공된 세계에 대한 화자의 강렬한 거부감이 포함된다.73) 여기에는 자연의 순수한 의식이 생명이라면 인간의 권력적 욕망은 죽음의 세계와 다를 바 없다는 전언이 담겨 있다.

정신분석학자 프로이트는 불안을 유발하는 힘에 반대해서 투쟁하는 힘을 '방어'라고 했으며, 불안을 처리하고 마음의 평정을 다시 회복하기 위해 만든 벽을 '방어기제'라고 했다. 결국 인용시의 화자가 어떤 힘에 의해 자연이 깎여져서 훼손되거나 굴절되는 것을 거부하는 몸짓을 드러낼 수밖에 없다. 순수한 생명력이 넘치는 자연이 톱질을 당하게 되는 것은 순전히 인간 위주란 욕망의 척도에 따라 자연을 배타적으로 바라본 결과의 소산이기 때문이다.

> 지리부도는 비어 있다
> 새도 없다. 나무도
> 바람도 없다
> 지리부도는 사람마저
> 감추었는가
>
> 존재의 괄호처럼 비어 있는
> 집
>
> ―「독도법」 전문

---

73) 신경림 시인에 따르면, 이 시는 "갇혀 있기를 거부하기 때문에 다듬어지고 깎여지기를 거부한다로 메시지를 자의적으로 변역해서 읽어야 제 맛이 나기도 한다."라고 해석하기도 한다. 신경림, 「아무도 흉내내지 않았고, 누구도 흉내낼 수 없는 시」, 강희안, 『지나간 슬픔이 강물이라면』, 앞의 책, 113쪽.

일반적으로 학자들은 서정시의 경우 "서정적 자아는 시인이나 세계와 독립적으로 존재하기 어렵다."[74]는 관점에 대체로 동의한다. 세계를 인식하는 방식이 "서사적 거리 대신에 심미적 거리를 유지하기 때문에 이들의 관계는 직접적이고 직관적"[75]이기 때문이라는 설명이다. 시에서는 다수의 등장인물이 등장한다 하더라도 대체로 그들의 목소리는 시인의 사회적 위치에 의해 결정되며, 시인의 개인적 언술로 표현된다.

강희안 시에 노정된 무의식적 심리 태도는 능동적으로 삶을 선택할 수 없었던 유년기에 그대로 적용되어 드러난다. 그런 심리적 세계를 「독도법」의 화자는 모든 존재, 즉 새와 나무, 바람까지 없으며, 사람조차도 감춰버려 존재의 괄호처럼 비어 있는 집이라고 전제한다. 있지만 없는 것, 즉 어떤 힘에 의한 마지못한 존재는 화자에게는 이미 존재의 의미, 존재의 가치조차 없는 부재를 의미한다.

강희안의 시는 결핍을 결핍으로 인식하지 않고 욕망마저도 사라진 의식의 공황 상태에 이른 세계의 모습을 보여준다. '새'와 '바람'으로 제시된 순수한 자연마저도 거세해 버린 지리부도와도 같은 인간 세계의 배타성에 화자는 초점을 맞추고 있다. 인간의 세상과 타협하며 현실에 안주하기를 거부하는 화자의 존재론적 성찰을 엿볼 수 있는 대목이다. 그의 첫 시집 『지나간 슬픔이 강물이라면』은 비록 결핍에서 출발은 했지만 결핍을 채우기 위한 욕망의 산물이 아니란 점에서 기존 서정시와는 변별력을 띤다.

이와 같이 강희안은 낭만적인 언어로서 자연과의 동일성보다는 배타

---

74) 오성호, 「시에 있어서의 리얼리즘 문제에 관한 시론」, 『다시 문제는 리얼리즘이다』, 실천문학사, 1992, 285~287쪽.
75) 여홍상 편, 『바흐친과 문학이론』, 문학과지성사, 1997, 186쪽.

적 괴리감에 집중한다. 그가 「저자의 말」에서 "어떤 시류에도 눈길 주지 않고 나만의 길을 외롭게 걸어가려 한다. 그것이 비록 외롭고 쓸쓸한 일일지라도 외로움의 참다운 힘을 알기에 나는 두렵지 않다."는 언명도 이와 직결된다. 그의 첫 시집의 시는 표면적으로 보면 자연과 인간의 동일화를 추구하는 전통 서정시와 유사한 측면도 있다. 그러나 그 이면에는 인간과 자연의 배타적 의식으로 겪는 지난한 고투의 과정이 첨착되어 있다. 그의 시가 서정시의 동일화의 원리에서 비껴나 있는 의식의 기저에는 새로운 연대기에 걸맞는 웅전의 언어를 탐색해 나가려는 그의 의지와 무관하지 않다는 점에 그 가치가 있다.

2) 언어와 존재의 대화적 관계

강희안의 시에서 서정적 자아는 시인의 경험적 자아가 변용되어 나타난 것으로 세계 속에 위치해 있는 주체이다. 서정적 자아는 시의 세계를 주관하는 주체인 동시에 시를 전개해 나가는 화자이다. 따라서 강희안의 시는 "주관적 경험을 형상화하는 시의 장르적 특성상 대상에 대한 주체의 능동적 의식 작용은 서정적 자아에 의해 이루어진다."[76]는 사실이다. 아

---

76) 서정적 자아와 유사한 개념을 지닌 이름으로 서정적 주체, 서정적 주인공, 시적 주체, 퍼소나, 시의 화자 등이 사용되고 있다. 이들은 서로 분명하게 구분되어 쓰이는 것이 아니므로 그 구분을 확정하기란 쉽지 않다. 본고는 대체로 '주인공'이 작품 내의 이야기 전개를 중시하는 개념이고, '화자'가 시의 수용 과정에 초점을 둔 개념이라고 보며, '주체'는 이들보다 좀더 포괄적이면서도 작자 변인의 성격을 함유하는 개념으로 본다. 본고가 중시하는 부분은 창작 과정이므로 이들과 구분하여 세계와의 타자 관계임을 지칭하는 '서정적 자아'라는 용어를 사용하기로 한다. 그러나 이들의 용어는 서로 넘나들어 사용되는 면이 많다.

도르노의 말대로 시는 "사회적 관계의 주관적 표현"[77]이란 관점에서 그는 등단 6년 만에 첫 시집 『지나간 슬픔이 강물이라면』(1996)을 출간한다. 그리고 그 이후 8년 만에서야 두 번째 시집인 『거미는 몸에 산다』(2004)를 세상에 상자하기에 이른다.

강희안 시인은 자신이 이렇게 긴 시간 동안 침묵해야 했던 이유에 대해 「시인의 말」을 통해 "앞의 3년 동안은 첫 시집 세계의 동어 반복에 불과하다는 의식이 늘상 나를 곤혹스럽게 했고, 뒤의 5년은 본격적인 언어 인식의 실마리를 얻고 난 이후의 세계"[78]라는 점을 밝힌다. 그에게 지난 8년의 시간은 첫 시집과의 연결고리를 스스로 끊고 새로운 시세계를 모색하고 구축하기 위한 긴 침잠의 시간이었던 것이다. 이와 같이 그는 두 번째 시집 『거미는 몸에 산다』에서는 첫 시집 『지나간 슬픔이 강물이라면』에 첨착되어 있던 서정 주체의 낭만적 언어 표현과의 결별을 선언한다. 그래야 자신이 추구하는 새로운 언어의 세계에 들 수 있다는 의식 때문이라 짐작된다.

이어서 강희안 시인은 "나에게 시 쓰기란 언어와 존재의 틈을 비집고 들어가는 일, 혹은 언어의 근거를 밝히는 것이었다. 기의와 기표의 관계란, 특히 인간에 관한 한 존재성을 결정하는 토대가 되기 때문에 무엇보다도 중요하다. 행위의 경계선을 따라가다 보면 '언어는 존재의 집'이 아니라 '존재는 언어의 집'이란 사실과 맞닥뜨릴 수밖에 없기 때문이다."[79]라고 두 번째 시집의 자서인 「시인의 말」에서 언급한 바 있다. 하이데거

77) T. W. Adorno, 김주연 역, 『아도르노의 문학이론』, 민음사, 1985, 21쪽.
78) 강희안, 「시인의 말」, 『거미는 몸에 산다』, 앞의 책.
79) 위의 책.

는 '언어는 존재의 집'이라고 명명하면서, 언어는 존재가 머무는 장소란 점을 강조한다.

하이데거가 세계와 사물을 인식하는 통로로서 인간의 사유를 지배하고 인간을 부리는 언어의 우위성을 내세웠다면 강희안은 '존재는 언어의 집'이라는 명제를 통해 존재 안에 언어가 거하며 존재 자체가 언어를 부리는 존재의 우위성을 강조하고 있다. 이러한 견해는 노자의 사유와도 정확하게 일치한다. 도는 스스로 그냥 있는 것, 그 어떠한 이름이 붙기 이전의 존재, 어떤 서술을 갖춘 의미화된 존재와 대립되는 존재를 가리키기 때문이다. 이것은 그가 얼마나 언어의 근거를 밝히는 과정에 몰두했으며 존재와 언어의 관계성, 존재의 실재와 만나기 위한 과정의 일환으로 유추된다. 이렇게 치열한 고투의 시간을 보낸 고민의 흔적은 다음의 시에 잘 드러나 있다.

> 집이 하도 고물딱지 같아서 TV와 장롱, 전화기도 새로 바꾸고 방도 도배를 말끔히 했다. 아내는 가구에 광택제를 뿌리며 닦아댔고, 난시청 지역인 까닭에 나는 VHF는 물론 UHF 안테나까지 높이 달았다. 그간 TV 화면은 폭풍주의보 속 물결처럼 흔들렸고, 장롱의 문은 언제 넘어질지 모르는 상태여서 늘 잠자리에서 불안에 시달려야 했다 전화기 또한 상대방은 잘 들리지 우리 쪽은 잘 들리지 않는 혼선과 난청의 답답함에 시달려온 지 10여 년, 그런 이유로 나는 눈과 귀가 좀 침침해지고 말도 하는 쪽보다 듣는 쪽에 가까워 갔으며, 죽음에 대한 공포 의식도 내가 모르는 사이 이미 관념의 일부로 공유해 온 것이었다
>
> 이튿날 아침 전화벨 소리에 놀라 잠에서 깨어났을 때, 새 TV와 새 가구를 들였지만 처음 TV와 처음 가구가 없어졌고 집도 다시 있지 않았다
>
> —「가구에 대하여」 전문

강희안 시인의 두 번째 시집 『거미는 몸에 산다』(2004) 첫 장에 실려 있는 위의 인용시에는 시는 언어와 존재에 관한 시인의 의식 지향성이 잘 드러나 있다. 시인에 의해 설정되는 서정적 자아는 세계와 시인 사이에 존재한다. 서정적 자아는 "시인 자신이면서 동시에 시인에 의해 창조된 존재"[80]이기 때문이다. 시의 화자는 집이 오래되고 낡아 고물딱지 같은 집을 바꿀 수는 없어서 가구를 새로 들인다. 전자제품과 가구를 새로 바꾸고 도배도 말끔히 했다. 그런데 놀랍게도 가구를 바꾸자 집의 존재 자체가 사라져 버린다.

여기서 말하는 모든 가구는 시인이 의식적으로 버리고자 했던 첫 시집에서의 서정적이고 낭만적인 언어이다. 혼선과 난청에 시달렸듯 낡은 언어로는 새로운 집을 지을 수 없어 모든 가구를 교체한다. 하지만 화자의 의도와는 달리 "처음 TV와 처음 가구가 없어졌고 집도 다시 있지 않았다"고 고백하고 있다. 즉 모든 언어(가구)를 바꾸자 존재(집)의 의미도 바뀌게 되었다는 시인의 체험적인 전언이다. 강희안 시인은 바로 '언어는 존재의 집'이 아니라 '존재는 언어의 집'이라는 명제를 상황의 아이러니로써 증명하고 있다.

> 어느 봄날, 세 살배기 자식놈과 더불어
> 난생 처음 성북동삼림욕장에 갔다네
> 주차장 가로질러 산책로 숲길로 들어서자
> 녀석은 무엇이 그리도 신기한지
> 두 눈 휘둥그레 치뜨고는 연신 웅얼거리네

---

80) 허왕욱, 「시에서 대화 관계의 형성과 화자의 역할」, 『한국어문교육』 제6집, 1998, 388쪽.

전봇대 보고는 기린, 철쭉 보고는 닭
방갈로 보고는 코끼리, 새 둥지 보고는 달
구름 보고는 사자, 흔들리는 나무 그림자 보고는 귀신
소나무 보고는 고슴도치, 돌담 보고는 기차
풍향계 보고는 헬리콥터, 날아오르는 멧새 보고는 별
벼랑 아래 펼쳐진 숲 보고는 바다
숲 한가운데 우뚝 솟은 바위 보고는 고해(래)
와! 고해 바다 고해 바다…
어처구니없게도 고해의 바다라니

마음으로써 형상을 짓지 말라 했거늘!

―「슬픈 동화」 전문

위의 시 「슬픈 동화」는 세 살배기 아이의 눈에 비친 세상의 사물을 있는 그대로 형상화한다. 아이는 세상의 사물에 대해 기존의 관념이 없으므로 아직 인식이 고착화되지 않은 순수한 상태이다. 시의 화자는 아이가 기존에 학습한 대로 사물의 모양과 색깔의 유사성만을 통해 웅얼웅얼 은유화하는 아이의 모습을 그리고 있다. 대상을 자신의 방법대로 이름을 붙이는 모습을 바라보던 화자는 어처구니없게도 모종의 깨우침에 직면한다.

시의 화자는 아이가 "숲 한가운데 우뚝 솟은 바위 보고는 고해(래)/와! 고해 바다 고해 바다…"라는 아이의 어눌한 발음에서 '고래가 사는 바다'를 어른들이 사는 '고해의 바다'로 발음하는 오류를 발견한다. 다시 말해서 아이가 사물을 명명하는 방식이 결코 어른과 다르지 않게 "마음으로써 형상을 짓"는 과정이었다는 사실을 재발견한 것이다. 아이의 언어에서 화자가 사용하는 관습화된 언어를 반성하는 계기가 되었으므로 말 그대로 슬픈 동화였던 것이다.

말문이 트이자마자 그는 실실 혀를 굴린다. 저마다의 뼈와 관절을 풀어놓는다. 마음이든 시간이든 질질 늘려 팔이든 얼굴이든 닥치는 대로 얽어맨다. 이마도 여러 겹 굵은 노끈으로 동여맨 지 이미 오래다. 그는 머리마저 까무룩 밀어버린 채 바깥일엔 무심한 척한다. 오직 말을 잃은 일만이 그의 전생애인 듯 오물거린다. 생각이 쏟아질까봐 전전긍긍한다. 그는 용의주도하게 온몸마저 친친 감아 버렸다. 시간의 허구렁을 샅샅이 뒤져도 보이지 않는 매듭, 바람마저 드나들 수 없는 배꼽 하나 짓고 있었다. 구렁구렁 고이는 가래를 뱉으며 그는 곁눈질만 한다. 말의 촉수를 거두어들이자 영생을 얻었는지 고즈넉하다. 그는 조만간 돌이 될 것이다

—「거미는 몸에 산다」 전문

거미가 자신의 몸에서 실을 뽑아내 실제의 집을 짓는 존재라면 시인은 자신의 내면에서 말을 뽑아내 언어의 집을 짓는 존재이다. 인용시의 그는 닥치는 대로 얽어매고 용의주도하게 온몸을 친친 감아 외부와의 소통을 절연시켜 버리는 존재로 제시된다. 말로써 자신의 존재를 드러내는 시인이 말의 촉수마저 거두어들이는 것이다. 그는 조만간 불립문자와도 같은 단단한 '돌'의 언어를 꿈꾸며 깊은 침묵에 든 것이다. 시인의 언어란 다름 아닌 길고 긴, 홀로 묵묵히 견디면서 세계와 내밀하게 만나는 지점에서 실현된다. 따라서 그에게는 영생을 얻을 만큼 고즈넉한 존재의 집이었던 것이다.

강희안 시인의 언어관에서 기의와 기표의 관계란, 특히 인간에 관한 한 존재성을 결정하는 토대가 되기 때문에 무엇보다도 중요하다. 그는 "행위의 경계선을 따라가다 보면 '언어는 존재의 집'이 아니라 '존재는 언어의 집'이란 사실과 맞닥뜨릴 수밖에 없기 때문이다."[81]라고 썼다. 이렇듯 언

어에 대한 자의식이 두 번째 시집에서 두드러지게 나타난다. 기의와 기표에 관한 오래된 언어학의 명제를 되짚어갈 필요는 없다. 여기서 '행위의 경계선'이라는, 어느 정도 다의성을 지닌 표현에 유의해야 한다.

강희안 시인이 '행위의 경계선'이란 표현을 통해 의도한 한 것은 "언어와 존재의 접면接面일 터인데, 이때 행위란 존재의 운동 방식이자 언어의 운동 방식이기도 하다. 언어와 존재 둘 다가 제 나름의 고유성을 갖고 있다는 말"[82]과 다르지 않다. '언어가 존재의 집'이라는 것은 언어에 의지해서만이 사물이 그 존재 의미를 획득한다는 것이며, '존재가 언어의 집'이라는 것은 존재 자체가 언어가 기거하는 장소란 의미가 내포되어 있다. 이때 후자의 경우 언어는 그 자체의 독자성을 획득하는 실재가 된다. 그의 시에서 언어란 이미 실체이자 질료를 포괄하는 한 몸의 개념으로 현시되기 때문이다.

3) 말놀이와 다중적 현실 인식

말놀이란 소리가 같거나 비슷하지만 의미가 전혀 다른 단어들을 이용한 언어유희, 즉 말장난이라고 일컫는다. 말놀이를 이용한 시에는 언어 속에 또 다른 언어가 담겨 있다. 그래서 이런 시를 읽을 때는 하나의 언어가 담고 있는 의미를 이해하기 전에 언어 속에 숨어 있는 언어를 먼저 찾아내야 한다. 이런 태도는 시가 기표(기호 표현)의 세계라고 믿는 데서 시작된다. 말놀이를 이용한 시는 전후의 문맥이나 상황에 따라서 그 대상을

---

81) 강희안, 「시인의 말」, 『거미는 몸에 산다』, 앞의 책.
82) 권혁웅, 「기호의 제국」, 『문예연구』, 2004년 겨울호, 313쪽.

요구하며 의미작용의 불안정성이 언어기호의 본질이라고 보는 후기 구조주의와 관계가 있다.[83]

말놀이는 낱말의 소리에 중점을 두고 두 언어와의 괴리감을 환기시키면서 재미와 풍자를 유도하여 정서적 충격을 주는 현대시의 가장 적합한 기법이다. 이때 그 말장난의 근거는 발음은 같거나 비슷하지만 의미는 전혀 다른 낱말에서 비롯된다. 서양에서의 말놀이의 연원은 마태복음 16장 18절에 나오는 그리스어 'Petros'와 'Petra'를 병치시킨 데서 찾아볼 수 있으며, 우리 시의 경우 고시조에서 말놀이의 용처가 확인된다.[84] 이를 증명할 수 있는 대표적인 현대 이론가로서 소쉬르의 '기호의 자의성'이 대표적인 실례에 해당한다.

> 기표를 기의에 결합 시키는 관계는 자의적이다. 또는 좀 더 간략히 언어 기호는 자의적이다 라고 말할 수 있는 바, 그 이유는 우리가 기호를 기표와 기의의 연합에서 비롯되는 전체라는 의미로 사용하기 때문이다.
>
> 가령 <soeur:누이>이라는 개념은 그것의 기표 구실을 하는 s－o－r

83) 홍문표, 『문학비평론』, 양문각, 1995, 373쪽.

84) 林悌의 시조 「북천이 맑다거늘」은 이음동의의 말놀이를 보여주고 있다. "북천이 맑다거늘 우장 없이 길을 가니/산에는 눈이 오고 들에는 찬비로다/오늘은 찬비 맞았으니 얼어질까 하노라"라는 이 시조 중장에 나오는 '찬비'는 '차가운 비'로 해석할 수가 있다. 그러나 이 부분을 차가운 비가 아닌 기생 '한우(寒雨)'로 풀이한다면 시의 의미 작용은 확실히 달라진다. 이러한 해석은 '찬비'와 '한우'가 이음동의의 말놀이를 위해 존재하고 있다는 사실을 인정했을 때 가능해진다. 기생 한우를 맞은 것을 찬비를 맞은 것으로 의미를 이동시키고 동시에 그 때문에 얼어잔다는 것은 기실 한우를 품고 잔다는 뜻으로서 열정의 밤이 되므로 역시 의미의 이동이 된다. 이와 같은 기법은 일종의 기지이자 말재롱의 말놀이를 성립시킨다고 할 수 있다. 박진환, 『현대시 창작이론과 실제』, 조선문학사, 1995, 196쪽 참조.

> 라는 일련의 소리들과는 아무런 내적 관계도 맺고 있지 않다. 그 개념은 다른 어떤 소리에 의해서도 똑같이 표현될 수 있을 것이며, 그 증거로 언어들 사이의 차이점과 서로 다른 언어들의 존재 그 자체를 들 수 있다. 한 가지 실례를 들자면, <boeuf:황소>라는 기의가 국경선 한쪽에서는 b−o−f를 기표러 갖는 반면에 다른 한 쪽에서는 o−k−w(Ochs)를 그 기표로 갖는다.[85)]

말놀이는 주로 현대의 젊은 시인들에 의해 사용되고 있으며, 유희성의 측면보다는 언어의 허구성을 폭로하려는 의도로도 널리 차용된다. 발음이 같거나 비슷한 언어를 사용할 뿐만 아니라 낱말을 음절별로 분절하거나 재조합하여 띄어쓰기에 변화를 주는 등 새롭고 다양하게 재구되고 있다. 기표와 기의 사이에는 본질적으로 간극이 있고, 그렇기 때문에 '유희 공간'이 발생한다. 시인들은 바로 이러한 유희 공간에 틈입하여 독자들에게 다양한 즐거움과 의미의 영역을 확장하는 데 기여하기도 한다.

강희안이 즐겨 차용하는 창작 방식 중 하나인 말놀이의 효과 중에서도 가장 빈번하게 나타나는 형식이 바로 동음관계이다. 동음관계는 한글, 영어 등의 동음이의어로 등장하여 언어의 다의성과 연계성, 이에 따라 달라지는 시적 효과를 증폭시키는 역할을 담당한다. 일반적으로 동음관계란 소리音는 같지만 뜻意味이 다른 글자를 가리킨다.

동음이의어는 강희안의 시에서 여러 의미를 내포하며 시 전체의 구조에 두루 영향을 끼치는 형태로써 드러난다. 결국 그의 시에 변주되는 동음관계는 시 속에서 하나의 목소리가 아닌 여러 목소리를 내며 시에서 암시성, 다의성 등을 내포하여 그 의미를 증폭시키는 다양한 역할을 수행하

85) F. Saussure,『일반언어학 강의』, 최승언 역, 민음사, 1990, 85~86쪽.

고 있어 주의력을 환기시키는 기법이다. 이때 연계성이 있는 동음이의어를 통해 구사된 말놀이는 두 가지 의미를 파장을 고려해 보아야 한다.

발음은 같지만 의미가 다른 것이 동음이의어지만 말놀이에 쓰인 동음이의어는 서로 다른 의미를 따로 떼어 생각하기보다는 말놀이가 주는 서로 다른 뜻의 연계성을 통해 시 전체를 재구해야 한다는 것이다. 하나의 시가 완성되어 미학적 특질을 드러내기 위해서는 무엇보다도 통일성이 전제되어야 하기 때문이다. 동음이의어를 활용한 시에서 어떤 연계성을 찾아내는 일은 언어의 자동제어 기능에 역행하는 형식이기 때문이다.

> 自動制御란 어떤 行爲系의 결과를 재도입함으로써 얻어지는 제어방식으로 반송되는 정보에 의하여 그 계의 작용과 방법을 모델로 바꿀 수 있을 때 이루어진다. 이는 還流活動의 원리로서 이 원리에 의하여 언어는 고도로 발달된 컴퓨터처럼 스스로 기능장해를 제거하는 하나의 능력이라 할 것이다. 그러므로 언어도 하나의 자동제어기구라고 볼 수 있다. 넓은 의미에서 언어의 자동제어기능으로서 널리 알려져 있는 예로서는 음성의 변화에 의하여 어떤 불편한 同音異義가 생겼을 때 이를 제거하는 과정이 그렇다. 예컨대 영어에서는 −ea와 −ee의 구별은 소실되었다. 이 때문에 queen(여왕)과 quean(음녀)은 원래 동음〔kwi:n〕이었는데 동음의 이러한 애매성 때문에 quean쪽이 소실되기에 이르렀다.[86)]

위의 예에서 확인되듯이 동음이의어를 활용한 말놀이는 자동제어를 묵인하기보다는 연계성을 찾아내어 시로 형상화하는 것이 보편적인 특질이다. 자동제어 기능에 의해 소실된 언어가 있더라도 말놀이를 구사하는

---

86) 소두영, 『구조주의』, 민음사, 1986, 93쪽.

시인에게는 무엇보다도 그 소실된 언어를 찾아내는 노력이 선행되어야 한다. 강희안 시는 은유보다는 환유를 중시하여 언어의 양면성은 드러내는 데 초점을 맞추기 때문이다. 따라서 그의 시창작 방법론에서는 말놀이가 주는 언어의 다양성과 새롭고도 낯선 언어를 창조하는 데 큰 의미가 있다.

> 상습 애연가들은 기도를 조심하라 가래는 비등점 없이도 물목에 떠서 끓는다 목마른 기도와 말의 개폐를 조율하는 수상기관에 은거한다 원래는 환절기마다 둥글넓적 점막의 보호자로 출현하지만, 푸른 수심에 잠긴 주일에도 크릉크릉 신음 소리 그치지 않으리라 그들은 워낙 생명력이 질기므로 가래로도 쉽게 막지 못한다 외부 환경에 따라 세력을 넓힐 때, 몽그르르 칵— 한 덩이 꽃을 뱉는 것이다 말씀의 줄기라도 잡는다면 먹잇감이나 은신처로 삼기에 제격이다 몇몇 변종들은 관상용으로 자리 잡아 기관지에 널리 소개되기도 했다
>
> 병약한 흡연자들은 모두 기도하라 가래는 부드럽게 끓어올라 기도를 막는 안락한 죽음의 종족이다
>
> —「가래의 힘」 전문

위의 시 「가래의 힘」은 강희안의 시에서도 빈도수가 가장 잦은 동음이의어가 자유자재로 구사되고 있어 흥미롭다. 애연가들의 기도에 끓는 '가래'는 "워낙 생명력이 질기므로 가래로도 쉽게 막지 못한다."는 구절에서 보이는 '가래'와 "병약한 흡연자들은 모두 기도하라 가래는 부드럽게 끓어올라 기도를 막는 안락한 죽음의 종족이다"에 나타나는 '기도'처럼 동음어가 다양한 쓰임새로 등장한다.

그뿐만 아니라 '비등점'이라는 단어를 매개로 하여 가래가 '끓는' 것이

물이 '끓는' 것과 동음관계를 구축하고 있다. 가래 끓는 '기관지'가 "기관지에 널리 소개되기도 했다"에서와 같이 동음어로 치환되어 활용될 수 있다는 사실을 능청스럽게 보여주고 있다. 그런데도 전혀 시가 서툰 비약이나 작위적인 느낌으로 떨어지지 않는다는 사실에서 그의 언어 구사력이 얼마나 탁월한가를 짐작할 수 있다.

> 간간 소금의 집착은 질기다 수제비 반죽에 섞이기 십상이다 저희끼리 돌돌 눙쳐 놓는다 간간 소금은 이기적이다 어물쩡 영생의 말씀을 덧붙인다 제가끔 목줄에서 떼고 싶은 견고한 상징이다 간간 소금은 힘이 세다 맑은 핏줄에도 압력을 넣는다 세상의 둥근 식탁을 차지하고 싶다 간간 소금은 잔혹하다 허튼 부패의 수작에 강하다 모난 성깔 주저앉히기 십상이다 간간 소금은 엄격하다
>
> —「소금의 유혹」 부분

부분 인용한 「소금의 유혹」에서는 "간간"이라는 부사가 "질기다", "힘이 세다", "잔혹하다", "강하다", "엄격하다"처럼 무려 다섯 개의 서술어를 포괄한다. "간간"이란 말은 '종종'이란 부사어로도 쓰이지만 '간간하다'라는 형용사의 구실도 한다는 점이다. 따라서 이 말은 시 전체에 보이는 '강력하다'라는 의미망까지 다양하게 수렴한다. 이와 같이 시에서 동일한 단어가 아니라 비슷한 의미의 다른 단어로 대치하여 시의 긴장감을 더해줄 뿐 아니라 의미의 구심력을 마련하는 효과를 자아낸다.

강희안 시에 등장하는 동음관계는 두 개 이상의 동음어를 한 편의 시에 같이 사용하여 독자로 하여금 의미 관계를 유추하게 하는 특질을 지닌다. 여기에서 동음어는 소리는 같으나 의미가 다른 단어를 말하며 소리가 동

일하다는 점에서는 동음어라고도 하며 의미가 다르다는 뜻에서 이의어라고도 한다. 이 두 가지 형식을 합해 동음이의어라고도 부르는데, 그의 시는 이런 일반적인 특징에서 벗어나는 특질을 선보인다. 권혁웅의 지적대로 그의 기호는 "무엇에 대한 표상으로서의 기호가 아니다. 그것은 실재계로 진입하는 입구이며, 실체가 자리 잡고 있는 거주지"[87]이기 때문이다.

강희안 시의 두 번째 특질로 빈번하게 등장하는 말놀이의 요소는 유음관계이다. 유음관계는 서로 다른 단어가 비슷한 의미를 나타내는 양상을 의미하는데, 이것은 음운을 의도적으로 치환시켜 발음은 비슷하지만 의미가 전혀 달라 독자의 상상력을 자극한다. 유음관계는 전혀 다른 이면을 드러내기도 하고 언어의 의미에 집중하게도 한다. 즉 시의 주제를 드러내고 시를 낯설게 하는 역할을 수행한다는 측면에서 표리부동의 특질로 드러난다.

동서고금을 막론하고 시에서 표현의 문제는 시의 생명이라고 여겨질 정도로 가장 긴절한 요소이다. 또한 시는 늘 새로움을 추구하므로 새롭다는 것은 친숙하지 않다는 것, 자동화 되지 않는 '날것'을 의미한다. 자동화, 습관화에서 벗어나야하는 것, 그것이 바로 러시아 형식주의자들이 강조한 '낯설게 하기'이며, 리차즈가 주장한 '포괄의 시'[88]가 여기에 해당한다.

---

87) 권혁웅, 앞의 책, 314쪽 참조.

88) 리차즈(I. A. Richards)는 시의 구조적 특성을 두 가지로 나누어 설명하고 있다. 그것이 곧 배제의 시(exclusive poetry)와 포괄의 시(inclusive poetry)의 이론이다. 전자는 시를 만들고 있는 이미지(체험 내용)들이 조화와 통일을 지향하는 구조다. 따라서 조화와 통일에 기여할 수 없는 이미지들은 제외된다. 이지적인 고전주의에 뿌리를 두고 있는 구조라고 할 수 있다. 이와는 달리 후자는 모순 충돌을 일으키는 복잡다단한 체험들을 포괄 수용하는 구조를 중시한다.

우리가 사는 세계에서는 처음에 새롭던 것들도 차츰 시간이 지나면 타성화되고 일상화되기 마련이다. 익숙한 어떤 대상을 전혀 새로운 것으로 표현하려면 익숙한 일상 언어에서 낯선 언어로 새롭게 변용해야 하는데, 이 같은 방법 중 하나가 바로 말놀이인 것이다.

강희안의 시에서 유음관계는 개념적인 부분만이 아니라 시가 담고 있는 의미에서 다소 차이를 보이는 어휘까지 포함된다. 「영화관에서는 왜 팝콘을 먹는가」라는 시의 "영화의 시작 논리는 늘 팝콘과 콜라가 결탁한 시장 논리였다"의 경우에서 보면, '시작 논리'와 '시장 논리'는 '시작始作하다'와 시작詩作하다의 의미가 중첩되어 있다.

그러나 다시 '시장 논리'로 의미를 바꿔 다양화하고 있는 사실을 확인할 수 있다. 「문명은 문맹의 텍스트였다」란 시에서는 '문명'과 '문맹'은 의미적으로는 대립관계를 형성하지만 형식적으로는 유음관계에 해당된다. 무엇보다도 시의 제목으로 정한 「문명은 문맹의 텍스트였다」라는 시는 유음관계를 통해 밥의 따뜻함과 법의 냉혹함을 전달하려는 의도의 일환으로 부각되어 있다.

강희안의 시에서 유음관계는 국어뿐 아니라 외국어의 영역까지 영향을 미치고 있어 낯선 느낌을 자아낸다. 「비트박스를 개봉하는 3가지 방식」의 시 중 "비트박스에 담기자 mother는 murder의 혐의를 부인합니다"란 구절에서 'mother'와 'murder'는 유음관계에 해당된다. 「엘리베이터 엘리게이터」의 시에서 '악어'를 뜻하는 영어 단어는 '앨리게이터'이지만 '엘리게이터'로 표기하여 의도적으로 '엘리베이터'와의 유음관계를 유도하고 있다.

나아가 「컬럼버스의 신대륙은 인도였다」란 시에서는 'rain'과 'rein', 「New-sugar 뉴스입니다」의 'New-sugar'의 '뉴'와 '뉴스' 등 유음을 활용한 예도 발견된다. 다음의 시 「똑똑하다」에서도 영어의 유음과 국어의 동음이 등장하여 시적 의미망을 넓혀주는 특질을 지니고 있다.

> Knock 소리가 들리거든 당장 일어나라 누구라도 지금은 편히 앉아 있을 때가 아니다 안사람이 깊은 사색에 잠겨 있는 동안 바깥사람은 사색이 되어 간다 절대 Knuck 놓고 볼일 보지 마라 내가 밀어내기에 힘쓰는 동안 그는 끌어당기느라 골몰한다 단단한 두개골을 두드려 본 적 있는 사람이라면, 파열음 'K'자가 왜 묵음에 빠졌는지 알게 되리라 신은 인간에게 '똑똑'할 수 있는 능력을 주셨기 때문이다 신도가 똑똑했으므로 목사도 똑똑했다
>
> 문밖의 신은 인간이 '똑똑'하자 어쩔 줄 몰라 허둥댔다
>
> —「똑똑하다」 전문

상기 인용시 「똑똑하다」에서 '똑똑 하다'와 '똑똑하다'는 국어에서의 유음어이고 'Knock'과 'Knuck'은 영어에서의 유음어이다. 그런데 "절대 Knuck 놓고 볼 일 보지 마라"에서 'Knuck'은 국어의 '넋'과 유음관계이다. 이와 함께 "안사람이 깊은 사색에 잠겨 있는 동안 바깥사람은 사색되어 간다"에서 앞의 '사색'과 뒤의 '사색'도 유음관계이면서 말놀이에 해당된다.

이와 같이 말놀이는 여러 형태의 동음과 유음이 독자들에게 흥미를 이끌어낸다. 이와 더불어 독자가 작품에 직접 참여하여 완성하는 '독자 참여시'[89]라는 새로운 양식적 실험에 도달한다. 그 결과 독자들의 재미와 사고의 폭을 넓혀 주는 동시에 참여의 기쁨을 누리면서 시적 의미와 깊이에

89) 손남훈, 「환은유의 연쇄, 세속적 시의 탄생」, 강희안, 『물고기 강의실』, 천년의시작, 2012, 127쪽 참조.

자연스럽게 빠져드는 효과를 자아내기 때문이다.

이와 같이 강희안의 시에서 보이는 말놀이를 분석해보면 다음과 같은 특징을 보여준다. 그는 동음관계, 유음관계 등을 적절히 활용하는 데 특별한 기지를 보여주고 있다는 사실을 확인했다. 그는 처음부터 가장 주된 창작 방식인 말놀이에서 착안된 시에서 기표와 기의의 관계에 주목했던 것이다. 특히 제3시집 『나탈리 망세의 첼로』와 제4시집 『물고기 강의실』은 그의 비시적인 창작 방식을 실현하는 데 주된 요소로 등장한다.

강희안 시인은 특히 동음어와 유음어를 수시로 사용하여 언어가 주는 즐거움과 연상 작용이 주는 재미를 독자들에게 전달하여 독자 참여시를 유도하고 있기도 하다. 이러한 사실은 제4시집 '시인의 말'을 살펴보면 "세속적 놀이에 가담할 독자께 일독을 권한다"[90]라고 말했듯이 말놀이가 차지하는 비중이 높다는 것을 이미 밝혀 놓았다. 그에게 말놀이란 중요한 시적 장치이며 의도적인 장치였다는 사실이 확인된다. 그러한 점에서 그의 시는 형식과 내용 두 측면에서 낯설게 하기의 효과를 거두는 가치가 있다.

4. 김영석 · 강희안 시의 방법론

김영석과 강희안 시의 가치와 효용성에 대해 편견이나 의구심을 제거하고 그들만의 독특한 언어의 질서를 확정해 보았다. 그들의 시가 전근대적 시대 착오성을 벗어나 상투성의 한계에 부딪힌 현대시의 새로운 영역을 개척하고 있다는 점에 가치를 두기 때문이다. 형식주의 비평 방법을

---

90) 강희안, 앞의 책 참조.

전제로 하여 그들의 시가 지닌 자연, 언어, 현실이라는 세 가지 프레임을 통해 창작 방법론을 유추해 보았다. 그들의 새로운 시 쓰기의 방법과 시인의 창작 의식이 어떤 면모를 갖추고 있는가에 대해 면밀하게 살펴보고, 가능한 한도 내에서 그들의 시적 특질과 가치는 다음과 같이 비교된다.

김영석의 시는 동일성의 세계를 지향하면서도 현실의 비극성과 괴리감에서 촉발된 의식으로 인해 비동일성의 세계와 짝을 이루는 특질을 선보인다. 그는 있는 그대로의 현실과는 합일이 불가능하다는 본능적 욕구에서 촉발된 지점을 시창작의 출발점으로 삼고 있기 때문이다. 그러므로 그 의미의 파장과 진폭은 가히 충격적이라 할 만큼 매우 크고 깊다. 더구나 그의 시에는 어둔 역사의 이면까지 포괄하고 있어 기존의 어떤 시론으로도 설명하기 힘들 정도로 새롭고 낯설다는 점이다.

강희안 시인은 첫 시집의 세계가 비록 결핍에서 출발은 했지만 결핍을 채우기 위한 욕망의 산물이 아니란 사실이다. 낭만적인 언어로서 자연과의 동일성보다는 배타적 괴리감에 집중한다는 점에서 여타의 전통 서정시와는 다른 형질이 내포되어 있다. 그의 첫 시집의 시는 표면적으로 보면 자연과 인간의 동일화를 추구하는 전통 서정시처럼 보인다. 그러나 그 이면을 자세히 살펴보면, 인간과 자연의 배타적 의식으로 겪는 지난한 고투의 과정이 창작의 방법론으로 드러나 있어 낯설게 다가오는 특질이 있다는 점이다.

김영석의 시에서 비극적인 현실은 언어와 동일한 맥락을 이루는 로고스(logos)를 의미한다. 그것은 언어(말), 진리, 이성, 논리, 법칙, 관계, 비례, 설명, 계산 등의 개념을 포함하고 있다. '언어'란 곧 그 사람의 생각, 의식, 사상의 측면을 포괄하는 영혼의 개념과 같은 맥락이다. 그의 시에 등장하는 언어와 현실의 동일화 의식 기저에는 절대적인 진리, 순수한 근원, 진선진미의 유토피아가 있다는 사고방식은 허구라고 생각하는 입장과 동일하다. 여기서 검토한 노자와 데리다 식의 사유 방식은 그 어떤 의미의 차원에서도 인간에게 순수한 세계는 존재한 적도 존재할 수도 없다고 생각한다는 점에서 김영석의 창작 의도와 매우 유사한 사상 체계라고 집약된다.

강희안 시인의 해체적 언어관도 김영석 시인의 노장적 언어관과 동일한 맥락에서 이해된다. 그는 자신의 언어 의식을 한마디로 '행위의 경계선'이란 표현하는데, 여기서 바로 언어와 존재의 접면이다. 이때 행위란 존재의 운동 방식이자 언어의 운동 방식이기도 하다. 언어와 존재 둘 다가 제 나름의 고유성을 띠고 있다는 말과 다르지 않다. '언어가 존재의 집'이라는 것은 언어에 의지해서만이 사물이 그 존재 의미를 획득한다는 것이며, '존재가 언어의 집'이라는 것은 존재 자체가 언어가 기거하는 장소란 의미가 내포되어 있다. 이때 후자의 경우 언어는 그 자체의 독자성을 획득하는 실재가 된다. 그에게 언어란 이미 실체이자 질료를 포괄하는 한 몸의 개념으로 현시되기 때문이다.

이 같은 대답은 김영석을 포함하여 현재의 시인들이 보편적으로 공유하고 있는 태도들 중의 하나일 것이다. 이렇게 변화된 인식은 묘사에 종속된 서사, 혹은 유기적 관계를 맺지 않는 묘사를 가능하게 하는 기반이다. 따라서 그의 시는 세상에는 피할 수 없는 현실이 있고 그 현실에 맞서고 있는 단독자로서의 내가 있다는 보편적인 명제에 구체성을 부여하기 위해서 묘사라는 재현 방법을 사용하고 있다. 그의 묘사는 냉혹한 현실의 자명함을 보여주면서 세계의 무의미성이라는 작품의 주제를 보강하고,

당연한 것으로 강화시키는 강점이 있다.

강희안의 시에서 보이는 말놀이를 분석해보면 다음과 같은 특징이 추출된다. 그는 동음관계, 유음관계 등을 적절히 활용하는 데 특별한 기지를 보여주고 있다는 사실을 확인했다. 그는 처음부터 가장 주된 창작 방식인 말놀이에서 착안된 시에서 기표와 기의의 관계에 주목했던 것이다. 특히 제3시집 『나탈리 망세의 첼로』와 제4시집 『물고기 강의실』은 그의 비시적인 창작 방식을 실현하는 데 주된 요소로 등장한다. 그는 특히 동음어와 유음어를 수시로 사용하여 언어가 주는 즐거움과 연상 작용이 주는 재미를 독자들에게 전달하여 독자 참여시[91]를 유도하고 있기도 하다. 이러한 사실은 제4시집 '시인의 말'을 살펴보면 "세속적 놀이에 가담할 독자께 일독을 권한다"[92]라고 말했듯이 말놀이가 차지하는 비중이 높다는 것을 이미 밝혀 놓았다. 그에게 말놀이란 중요한 시적 장치이며 의도적인 장치였다는 사실이 확인된다.

이와 같이 김영석과 강희안의 시를 비교한 결과 형식주의의 중요한 목표의 하나인 과학적으로 낯설게 만드는 방식에 관한 유의미한 결과에 도달했다. 그들의 시는 자연, 언어, 현실이란 테마를 전제로 하여 자기 나름의 특수화된 창작 기법을 선보인다. 문학 연구를 하나의 과학으로 보는 개념은 형식주의자들로 하여금 문학의 독창적 특성을 밝히는 동인이 된 것이다. 야콥슨은 문학 전체나 개개의 문학 텍스트가 아니라 문학성이 바로 문예학의 대상이라고 선언한 것처럼 김영석과 강희안 시의 연구 대상은 문학이 아니라 문학성, 다시 말해 주어진 작품이 시작품이게 해주는

91) 손남훈, 앞의 글, 127쪽 참조.
92) 강희안, 앞의 책 참조.

어떤 것이기 때문이다. 그러한 점에서 그들의 시는 형식과 내용 두 측면에서 낯설게 하기의 효과를 거두는 독보적인 가치가 있다.

5. 마무리

본 연구는 김영석과 강희안 시인의 시적 새로움을 형식주의비평 방법을 동원하여 자연, 언어, 현실이란 3가지 각도에서 살펴보려는 데 그 목표를 두었다. 한 시인의 시세계는 그가 현실을 바라보고 인식하는 방법과 밀접히 연관되어 있기 때문이다. 시인이자 평론가인 두 시인은 각기 나름의 독창적인 언어 의식을 통해 시창작에 힘쓴 시인으로 시단에 알려져 있다. 그들의 시적 특질을 조심스레 고구해 본다는 것은 그들이 우리 시단을 얼마나 풍요롭게 했는가에 관한 작은 지형도를 그려보는 일이기도 했다. 따라서 본 연구에서는 그들이 창작 방법론적으로 드러낸 시적 특질과 그것의 가치에 대해 공통분모를 추출하여 3가지 방식으로 분석해 보았다. 이를 간단히 정리하면 다음과 같다.

김영석과 강희안의 시를 시 자체만을 가지고 그들의 시적 본질을 다 조망한다는 것은 결코 쉽지 않은 일이다. 시의 창작 방법이란, 이해나 분석 등 지성적인 연구 방법으로 밝혀질 수 있는 과정도 아니다. 무엇보다도 중요한 것은 분석이나 연구를 통해 시적 이미지와 그 세계를 파악하고자 하는 것이 아니라 두 시인의 시적 모티프인 낯설게 하기의 방식으로 보여준 의미의 대척점을 유추하는 데서 출발해야 한다는 점이다. 그럴 때만이 그들의 시와 결부된 미학적 본질과 그들이 지향하는 무의식의 심층에 접근이 가능하다는 형식주의자들의 주장에 귀 기울일 필요가 있기 때문이다.

이와 같은 관점으로 본 연구의 2장은 김영석의 시인의 시를 중심으로 형식주의 비평 관점에서 조망해 보았다. 김영석이 낯설게 바라보는 창작 방법론을 통해 비극적 현실을 어떻게 인식하고 그 경계를 어떻게 응전해 가고 있는가에 관해 분석한 결과는 다음과 같다.

김영석의 초기시는 기존의 서정시처럼 행복한 동일성의 세계를 지향하기보다는 현실의 비극성과 괴리감에서 촉발된다. 비동일성의 세계로 어긋나는 기법의 이면에는 있는 그대로의 현실과는 합일이 불가능하다는 본능적 욕구가 작동하고 있다. 따라서 그의 시적 대척점에는 자연과 인간, 언어와 현실을 동일화하려는 노장적인 해체 의식이 자리잡고 있다. 이는 절대적인 진리, 순수한 근원, 진선진미의 유토피아가 있다는 사고방식은 허구라고 믿기 때문이다. 세상에는 피할 수 없는 현실이 있고 그 현실에 맞서고 있는 단독자로서의 내가 있다는 보편적인 명제에 구체성을 부여하려는 과정에 골몰한다. 그러한 실천의 일환으로 그는 묘사에 종속된 서사, 혹은 유기적 관계를 맺지 않는 묘사라는 재현 방법을 사용하는 새로운 창작 기법적 특질을 선보이고 있다.

3장에서는 실험시에 속하는 강희안 시인의 시를 통시적인 관점에서 시를 어떻게 낯설게 만들고 있는가에 관해 밝혀보았다. 자연과 자아의 관계, 새로운 언어 의식과 말놀이를 구사하는 방식과 그것의 창작 의도에 대해 여러모로 살펴본 까닭이 바로 여기에 있다.

강희안의 초기시는 표면적으로는 자연과 인간의 동일화를 추구하는 전통 서정시의 계열로 비친다. 그러나 그 이면을 자세히 들여다보면, 인간과 자연의 배타적 의식의 과정이 창작의 방법론으로 드러나 있다. 그것은 기존의 인간 중심의 낭만적 세계에 균열을 내려는 의도에서 기인한다. 그가 '행위의 경계선'이란 표현을 통해 의도한 것은 언어와 존재의 접면인데, 이때 행위란 존재의 운동 방식이자 언어의 운동 방식이기도 하다는 사실이다. 언어와 존재 둘 다가 제 나름의 고유성을 띠고 있다는 말과 다르지 않다. 따라서 특히 그는 동음어와 유음어를 수시로 사용하여 언어가 주는 즐거움과 연상 작용이 주는 재미를 독자들과 공유한다. 그는 이 기법을 통해 독자가 직접 시를 읽으며 함께 완성하는 독자 참여시라 명명할 만한 새로운 형식적 실험에 도달한다.

4장에서는 김영석과 강희안 시가 지닌 낯설게 하기의 부분적 특질과 가치에 대해서 가늠해 보았다. 그들의 시가 낯설다는 것은 그만큼 현재의 타성적 삶에 의지하지 않고 자기만의 방식으로 독보적인 세계 인식에 이르렀다는 말과 동일하다. 김영석 시가 전통적 관점의 미학적 의장으로써 비동일성의 인식으로 현실인식을 담아냈다면, 강희안 시의 경우에는 현대적인 비시非詩의 기법으로 사회 비판의식을 담아내고 있다는 점이다. 김영석의 경우 표현 의장이 익숙한 반면 그것을 인식하는 관념적 측면이 새롭다면, 강희안의 경우 표현 의장 자체는 파격을 띠고 있지만 내용적인 부분은 우리의 일상적 현실과 맥락이 맞닿아 있어서 친숙하다는 측면에서 변별력이 있다,

본 연구는 문학을 문학답게 만들어주는 것, 즉 문학성의 궁극적 기원을 시작품의 내용이 아닌 형식에서 찾는 데 두고 출발했다. 예술 형식은 예술 자체의 법칙에 의해 설명 가능하므로 시작품 연구의 영역은 자연히 시의 고유의 성질에 집중한 것이다. 이것이 바로 문학성이므로 문학의 내용이나 소재 대신에 문학의 형식적 측면에 역점을 두어 문학의 특수성, 즉

문학성을 밝혀본 것이다. 즉 시적 텍스트의 의미 생산 방식들을 체계적으로 지배하는 법칙을 뜻하는, 그 텍스트의 약호들(codes)을 세분화한 것이다. 김영석과 강희안의 시도 형식적인 측면에서 이러한 특징과 일맥상통하는 예술적 특질을 지니고 있다. 그들의 시작품은 우리의 상투적인 인식 습관들을 탈상투화하여 우리로 하여금 처음으로 그것들의 본모습을 인정하게 만드는 파격에 이르기 때문이다.

제2부
김영석 편

대표시

종소리 외 19편

흙은 소리가 없어 울지 못한다

제 자식들의 덧없는 주검을

가슴에 묻어두고 삭일 뿐

소리를 낼 수가 없다

그러나 흙은

제 몸을 떼어 빚은 사람을 시켜

살아있는 동안

하늘에 종을 걸고 치게 한다

소리없는 가슴들

흙덩이가 온몸으로 부서지는

소리를 낸다.

썩지 않는 슬픔

멍들거나

피흘리는 슬픔은

이내 삭은 거름이 되어

단단한 삶의 옹이를 만들지만

슬픔은 결코 썩지 않는다

옛 고향집 뒤란

살구나무 밑에

썩지 않고 묻혀 있던

돌아가신 어머니의 흰 고무신처럼

그것은

어두운 마음 어느 구석에

초승달로 걸려

오래 오래 흐린 빛을 뿌린다

무지개

흔들리는 그네에 앉아서 보면
먼 산이 가까워지고
가까운 산이 멀어진다
바다가 산이 되고 산이 바다가 된다

흔들리는 그네에 앉아서 보면
이 마을과 저 마을이 하나가 되고
양달과 응달이 하나가 된다
그네는 흔들리면서
이쪽과 저쪽을 지우고
그네에 앉아 있는 그대마저 지우고
마침내 이 세상에
빈 그네 제 그림자만 홀로 남는다

흔들리는 사이,
그 빈 자리
하늘빛처럼 오래 오래
산새알 물새알은 반짝이고
풀꽃들은 피고 지리라

눈부신 싸움

허공에 그어지는 저 포물선

아름다운 무지개는

영원히 그렇게 뜨고 지리라

미루나무

그대가 그리우면
나는 때로 먼 하늘을 바라본다
거기 아슬한 하늘 깊숙이
빈 둥지를 안고 홀로 서 있는
그림자 여윈 미루나무 한 그루

마른 삭정이와 바람으로
겨우 성글게 얽은 둥지 하나
그대가 하냥 그리울 때면
저 여윈 키의 높이
그 빈 가슴 성긴 틈새로
말없이 먼 하늘을 바라본다.

섬

별 속에는 섬이 있다
아직 아무도 가보지 않은
섬 하나 떠 있다
꺼지지 않는 그 섬 하나 있기에
멀리 보는 눈빛마다
별들은 오래오래 반짝이리

꽃 속에는 섬이 있다
아직 아무도 발 딛지 않은
섬 하나 숨어 있다
지워지지 않는 그 섬 하나 있기에
닿지 않는 손끝에서
꽃들은 철철이 피어나리

눈물 속에는 섬이 있다
아무도 노 저어 닿지 못한
섬 하나 살고 있다
손짓하는 그 섬 하나 있기에

멀리서 그대와 나는

날마다 저물도록 헤매이리

편지 배달부

나는 편지 배달부
이 세상 밖 어디선가 끝모를 하늘에선가
날마다 날마다 와서 쌓이는
내 마음 빈 뜰에 꽃잎처럼 쌓이는
내용 없는 하얀 편지들
한 줄기 바람과 햇빛을 따라
그 하얀 편지를 들고
모래알을 만나러 모래밭으로
싸리꽃 산토끼를 만나러 낯선 숲으로
송사리 물강구 소금쟁이 만나러
옛날 잃어버린 손거울 같은 연못으로
나는 날마다 찾아갑니다
고단하면 갈잎 위에 잠시 쉬다가
이내 그림자도 가볍게 덜어내면서
내용 없는 말씀 빨리 전하러
아침마다 이슬 차며 집 떠납니다.

나는 거기에 없었다

가을걷이 끝난 텅 빈 들판에
이따금 지푸라기가 바람에 날리고
지금은 아무도 살지 않는
외딴 빈 집
이따금 낡은 문이 바람에 덜컹거린다

바람에 날리는 지푸라기와
바람에 낡은 문이 덜컹거리는 소리는
누가 보고 들었는가?
시를 쓰는 내가?

나는 거기에 없었다.

말을 배우러 세상에 왔네

말을 배우러 나는 이 세상에 왔네
말을 익히며 말을 따라
산과 바다와 들판을 알았네
슬픔이 어떻게 저녁 못물만큼 무거워지는지
삶의 쓰라림과 희망이
어떻게 안개처럼 유리창에 피고 지는지
말을 따라 착하게도 많이 배웠네
이제 아이들에게 말을 가르치면서
말을 배우러 이 세상에 왔노라고
나는 다시 한번 새삼 깨닫네
더 깊고 더 많은 말을 배우기 위해
이제는 익힌 말을 다시금 버려야 하네
가을산이 잎 떨군 빈 가지 사이로
아주 먼 길을 보여주듯
말 떨군 고요의 틈으로 돌아가서
푸른 파도가 밤낮으로
바위에게 웅얼거리는 소리를
쪽동백이 날빛에 흰꼬리새 부르는 소리를

이제는 남김없이 들어야 하네

그 말을 배워야 하네

아이들에게 말을 가르치고

말을 배우러 나는 이 세상에 왔네.

배롱나무꽃 그늘

사랑하는 이여
사람은 너무 크거나 작은 것들은
아예 듣도 보도 못하나니
제 이목구비만한 낡은 마을을 세우고
때도 없이 시끄럽게 부딪치나니
사랑하는 이여
이제 이 마을 살짝 벗어나
너무 크고 작아 그지없이 고요한 곳
저 배롱나무 꽃그늘에서 만나기로 하자
그 꽃그늘에 고대古代의 호수 하나 살고 있고
호수 중심에 고요한 돌 하나 있으니
너와 나 처음 만난 눈빛으로
배롱꽃 등불 밝혀 돌 속으로 들어가
이제 그만 아득히 하나가 되자.

이슬 속에는

한 방울 이슬 속에는

어디론가 끝없이 떠나는 사람들의

뒷모습이 어른거린다

콩꽃같은 흰 옷고름이

안쓰럽게 얼비치고

가슴에 묻은 날카로운 칼날도

눈물에 삭고 휘어

이따금 찌르레기 소리에 반짝인다.

그리움

한 사람을 그리워한다는 것은
갈꽃이 바람에
애타게 몸 비비는 일이다
저물녘 강물이
풀뿌리를 잡으며 놓치며
속울음으로 애잔히 흐르는 일이다

정녕 누구를 그리워하는 것은
산등성이 위의 잔설이
여윈 제 몸의 안간힘으로
안타까이 햇살에 반짝이는 일이다.

꽃

거울을 깨고 보라

꽃같이 잠든

이름 모를 한 마리 짐승

그 짐승의 잠 위에 내려 쌓이는

흰 눈을 보라.

바람이 일러주는 말

홀로 길을 걸으면
지나가던 바람이 일러준다
맨 처음에 길은
내 마음의 실마리에서 시작된 것이라고

들꽃을 보고 있으면
지나가던 바람이 일러준다
맨 처음에 꽃은
내 마음의 빛깔을 풀어놓은 것이라고

굽이굽이 흐르는 강물도
푸른 하늘을 나는 새들도
먼 옛날
내 마음이 아기자기 자라난 것이라고

멀고 가까운 온 누리 돌아서
아득한 별까지 두루 지나서
한사코 내 귀에 속삭이는 바람이

바로 내 마음의 숨결이라고
지나가던 바람이 일러준다.

거지의 노래

나는 거지라네
몸도 마음도 다 거지라네
천지의 밥을 빌어다가
다시 말하면
햇빛과 공기와 물과 난알을 빌어다가
세상에서 보고 겪은
온갖 잡동사니를 빌어다가
마른 수수깡으로 성글게 엮듯
잠시 나를 지었다네
달이 뜨면 달빛이 새어 들고
마파람 하늬바람 거침없이 지나간다네
그래도 거지는
빌어 온 것들로 날마다 꿈을 꾸고
빌어 온 물과 소금으로 눈물을 만든다네
나는 처음부터 빈털터리 거지였다네.

잃어버린 것

아주 먼 옛날에
무엇인가 잃어버린 것이 있다
내내 살아오면서
문득 문득 그리워지는
무엇인가 잃어버린 것이 있다
잃어버린 것이 남긴 그 빈 곳에
산도 있고 바다도 있고
낯선 도시도 수많은 책도 있지만
날 저물도록 안타까이 헤매어도
여전히 어디나 빈 곳이 있다
고향에서 또 아득히 고향이 그립듯이
무엇인가 잃어버린 것이 있다

오늘은 그 빈 곳에
마른 길섶의 풀줄기 하나가
빈 열매 껍질을 단 채
바람에 흔들리며 버석거린다.

산도 흐르고 들도 흐르고

강물만이 흐르는 것은 아니다
산도 흐르고 들도 흐르고
마음 안팎에
그대가 지은 굳건한 집도
집에서 여기저기 도시로 가는
그 많은 길들도 강물처럼 흐른다
바람이 갈 길을 부산하게 서두르는
수수밭가에 서서
텅 빈 그대의 가슴속
그 저무는 하늘가 초승달을 보라
풀잎 하나가 안쓰러이
붙잡고 있는 초승달을 보라
흐르는 것은 강물만이 아니다.

모든 구멍은 따뜻하다

살아있는 것들은 모두
제 구멍 속에서 태어나
제 구멍 속에서 살다 간다
천지는 큰 구멍 속에서 살고
천지간에 꼼지락거리는 것들은
저만한 작은 구멍 속에서 산다
바람이 불면 구멍마다 서로 다른
갖가지 피리소리가 난다
딱따구리도 굼벵이도
제 구멍 속에서 알을 품고 새끼 치고
싸리꽃은 제 구멍만큼 흔들리면서
씨앗을 흩뿌린다
빈 구멍들의 피리소리도 아름답지만
크고 작은 구멍의 허공은
자궁처럼 참 따뜻하다.

어느 저녁 풍경

—기상도氣象圖 2

늦가을 해거름
작은 시골 마을 호젓한 방죽가에
스스로 몸을 던져 빠져 죽은
한 여자의 시신을 둘러싸고
사람들이 웅성웅성 모여 서 있다
어른들 틈에 머리를 디밀고 구경하는
아이들은 저희들끼리 무어라 떠들어대고
자전거를 타고 온 순경은
사람들에게 무언가를 연신 묻고는
고개를 끄덕이며 수첩에 적고 있다
여자의 머리칼은 개구리밥 장구말 같은 것들이
물이끼와 함께 뒤얽혀 있고
물에 허옇게 불어버린 얼굴 위로
소금쟁이 한 마리가 천천히 기어간다
간간이 들려오는 뉘 집 개 짖는 소리
빈 들판에 막 쌓이기 시작하는
연푸른 저녁 빛을
개쇠뜨기나 하늘지기가 가녀린 손으로
자꾸 쓸고 또 쓸어 쌓는다

기러기 떼 한 줄이

하늘의 빨랫줄처럼

오래오래 조용히 걸려 있다.

면례緬禮

—기상도氣象圖 3

산역꾼 몇이 초가을 햇살을 받으며
그림자처럼 조용히 움직이고 있다
파 놓은 생땅 흙이 선홍색이다
모두 흰 장갑을 끼고
한쪽에서는 낱낱이 백지에 곱게 싼
유골을 조심스레 풀어서 늘어 놓고
한 중늙은이는 구덩이에 들어가
흙바닥에 여러 겹 백지를 깔아 놓는다
뼈를 가까스로 다 맞추어 놓았는데
완전히 삭아서 없어진 곳이
군데군데 비어 있다
하얗게 빈 곳에 햇살이 눈부시다

배롱나무 가지에 앉아 있는
이름 모를 산새 하나가
그림자처럼 움직이고 있는 산역꾼들을
죽 지켜보고 있다.

고양이가 다 보고 있다

고양이가 허공 속
어느 나라에서 오는지
아는 사람은 아무도 없다
마치 이 꿈속에서
저 꿈속으로 드나들 듯이
보이지 않는 것들이 사는 허공 속에서
보이는 것들이 사는 이 세상에
어떻게 그놈이 홀연히 나타날 수 있는지
그것은 참 알 수 없는 수수께끼다
도대체 어느 나라에서 온 첩자인지
무엇을 염탐하러 소리 없이 다니는지
초상집 구석이나 무너진 폐가에
배롱나무 그늘 같은 데에
없는 듯이 웅크리고 앉아 있다가
어느새 감쪽같이 사라진다
문득 돌아보면
어딘가 거기 앉아서
내내 조용히 우리를 보고 있는데

문득 돌아보면
거짓말처럼 그것은 보이지 않는다
새도 비행기도 허공 밖을 날 수밖에 없고
뜨고 지는 해와 달도
푸른 밤 별조차도
허공 속을 가리키는 표지일 뿐이어서
허공 속을 드나드는 길은
도무지 찾을 수가 없는데
하, 그놈은 귀신같이 나타나
언제 어디서고 우리를 지켜보고 있다
그러고 보니 고양이가 숨어 있지 않은 곳은
아무 데도 없다
푸나무에도 벌레에도 돌멩이에도
아니, 보이는 모든 것 속에
그놈이 숨어 서로를 지켜보고 있다
우리도 결국 우리 속에 숨어 있는
그놈의 눈을 통해 무엇인가 보고 있다
모든 것이 고양이의 눈이다
고양이가 다 보고 있다

맹물

태초에
모든 것이 물에서 시작되었다고 한다
산천초목 날짐승 길짐승이
모두 물에서 나왔다고 한다
그런데 이제 세상은
모두가 자기는 맹물이 아니라고
핏대를 세우며 박 터지게 싸우는 통에
하루도 조용할 날이 없다
참다못한 맹물이
그만 좀 시끄럽게 하고
제발들 돌아오라고 외치는데
아무 소리도 나지 않으니
아무도 들을 수가 없다
그런데 바보는
이 맹물이 외치는 소리를
참 용케도 알아듣는다

바보야 히히 웃어라
바보야 여기 맹물이 있다
맹물처럼 웃어라 바보야
히히 맹물이다 바보야.

관상시에 대하여

김영석

관상觀象은 상象을 직관한다는 뜻인데 주역周易의 방법이기도 하다. 그래서 주역 철학을 관상 철학이라고도 한다. 또 한편으로 동양의 시적 전통에서는 시 작품을 평할 때 흔히 기상氣象이 늠연하다느니, 기상이 보이지 않는다느니 하는 말들을 하는데, 이러한 표현에서 알 수 있는 바와 같이 상, 즉 기상이란 것은 시에서도 전의적轉義的으로 매우 핵심적인 개념이 되어 있다.

동양의 철학과 시는 상을 직관하는 것을 중시하는 전통이 있고 서양의 철학과 시는 의미 의 사고를 중시하는 전통이 있다. 한 쪽은 직관의 길이요 다른 쪽은 사고의 길이다. 상과 직관은 일차적이고 자연적인 것이요 의미와 사고는 이차적이고 문화적인 것이다.

그런데 오늘날은 사고의 힘이 일방적으로 지배하는 상황이 되었다. 그 결과 의미의 지적 조작에 의해 무수한 이데올로기가 생산되어 세상은 갈등과 투쟁이 그치지 않게 되고 과실재(hyperreality)와 과공간(hyperspace)이라는 유희적 세계가 난무하게 되었다. 심지어는 이른바 순수 모조(pure-simulation)까지 등장하는 바람에 도대체 무엇이 현실이고 초현실인지, 무엇이 참이고 거짓인지 신조차 알 수 없는 지경이 되어버렸다.

이러한 상황에서 참다운 현실 혹은 자연으로 돌아가고자 하고, 사고의 인위적이고 지적인 조작으로부터 직관의 자연적인 본능으로 회귀하고자 하는 반동이 생기는 것은 지극히 당연한 일이다. 바로 여기에서 동양의 시적 전통에 따라 상의 직관을 위주로 하는 관상시가 요청되는 것이다.

상이란 기氣가 움직이는 모습, 즉 기상氣象이다. 기는 우주의 본체라고도 할 수 있는 것이므로 이 세상의 모든 존재와 현상은 기의 생성이 아닌 것이 하나도 없다. 그럼에도 불구하고 기가 움직이는 모습은 볼 수가 없다. 우리는 다만 기가 움직여 생성한 사물과 현상을 볼 뿐이고 그 사물과 현상의 구체적인 움직임을 통해서 기의 움직임을 느낄 수 있을 뿐이다. 그래서 상을 구체적 동작과 구별하여 순수 동작이라 부르는데 우리말의 <짓>과 같은 뜻이라 할 수 있다. 예컨대 손짓, 발짓, 눈짓 등 구체적 동작 속에서 우리는 상이라는 순수 동작 즉 짓이 나타나고 있음을 알 수 있다. 예컨대 싹을 보면 위로 솟으려는 기운을 느끼게 되고 기쁜 일이 있는 사람한테서는 밝게 피어나는 기운을 느끼게 되는데, 바로 이 느껴지는 기의 움직임, 즉 기운이 짓이요 상이다.

기는 자연이다. 기는 사람을 포함하여 천지만물을 생성하면서 처음도 끝도 없이 자연 전체에 일관하여 흐른다. 사람의 마음도 이 생성의 정점에 있는 기의 산물인 것은 더 말할 나위가 없다. 따라서 몬物과 몸身과 마음心은 불연속적인 것이 아니라 연속적인 것이다. 이 연속성 때문에 우리는 자연 혹은 상을 직관할 수 있게 된다.

직관이란 곧 느낌이다. 느낌은 두뇌의 사고를 통해서 간접적으로 이루어지는 것이 아니라 직접적인 몸의 접촉을 통해서 이루어진다. 다시 말하면 느낌은 가슴이나 창자와 같은 내장 기관의 앎과 같은 것이다. 그러므로 느낌은 모호하고 무정형적인 것이기는 하지만 사고에 의해 자연을 왜

곡하기 이전의 가장 확실한 앎이라 할 수 있다.

그런데 사람의 마음은 상을 직관하는 자연적 차원에만 머물러서는 만족할 수가 없다. 상은 결국 지각과 의식의 여러 단계를 거치면서 변성되고 분절된 기호적 의미 속에 정착하게 된다. 이리하여 사람의 마음은 기호적 의미를 가지고 사고의 길을 걷게 되면서 문화적 차원에서 작동하기 시작한다. 자연을 문화로 교체하여 살 수 밖에 없는 것이 인간의 숙명인 것이다. 사람은 이제 사고에 익숙해진 만큼 직관의 힘은 쇠미해져서 직접 자연으로 돌아가 거듭거듭 생신하여 나올 수 있는 일이 어려워졌다.

상을 직관하자면 사고의 길이 생성된 과정을 역순으로 더듬어 내려가 의미의 뿌리를 파고 들어가야 한다. 후기 구조주의 철학자 들뢰즈는 의미의 뿌리를 파고 들어가다가 이른바 명제 안에 존속하는 순수 사건을 최종적으로 발견했는데 이것은 일견 직관의 대상인 상과 비교적 흡사한 것으로 생각된다. 그러나 이 순수 사건이 문법적으로 부정법의 차원에서 언표되는 것인 한 구체적 의미로 분화되기 이전의 순수 의미는 될지언정 상과는 근본적으로 차원이 다른 것이다. 상이라는 순수 동작은 순수 의미 이전의 분절되지 않은 자연으로서 직관의 대상일 뿐이고 순수 의미는 어디까지나 의미인 만큼 의식 공간에서 분절된 것으로서 사고의 대상일 뿐일 수밖에 없기 때문이다.

따라서 우리가 직접 자연 또는 실재가 나타난 현실을 보자면 '몬—몸—마음'의 연속성 속에서 마음과 자연의 접촉점인 몸을 주목할 수밖에 없다. 몸은 감각과 직관의 원천이다. 잘 알려진 바와 같이 원시인과 어린이의 심성의 본질적 특징은 감각과 직관의 기능이 압도적이라는 데에 있다. 그리고 융에 의하면 개체발생학적으로나 계통발생학적으로 사고와 감정은 이 감각과 직관으로부터 파생된 것이라 한다.

이와 같은 까닭에 융은 인간 정신의 네 가지 기능을 좌표화하면서 사고—감정의 대극을 수직축으로 놓고 감각—직관의 대극을 수평축으로 하여 십자가 모양으로 교차시키고 있다. 비합리적 기능인 감각—직관은 자연과 접촉면을 이루면서 수평적 넓이를 형성하고, 이로부터 파생한 합리적 기능인 사고—감정은 자연과의 접촉을 버리고 수직적인 깊이를 형성한다. 이 수직적 깊이에서 인간의 지적 조작이 일어나고 인위적인 문화가 일어나면서 자연과 멀어지게 되는 것이다.

이 좌표를 바르트의 기호 모형에 비교해 보면 그 의미가 좀 더 뚜렷해진다. 바르트의 모형에서 1차 기호는 기표와 기의가 결합하여 지시적 의미를 형성하는 객관적 수준의 단계다. 이 수준의 언어를 언어—현실(language—realities)이라 하고, 이 수준의 기호가 전달하는 이미지를 기호학자들은 흔히 날 이미지(raw image)라고 부른다. 그런데 이 1차 기호가 다시 하나의 기표가 되면서 새로운 기의와 결합하게 되는데 이 단계를 2차 기호라 한다. 그러니까 2차 기호는 객관적 수준의 1차 기호가 주관과 문화의 렌즈를 통과하면서 굴절한 결과 형성된 함축 의미의 체계라 할 수 있다. 동일한 방식으로 2차 기호는 또 다른 함축 의미로 굴절하면서 3차 기호로 발전한다.

여기서 1차 기호인 언어—현실의 수준은 융의 감각—직관의 수평축에 대응하고, 2차 기호부터는 사고—감정의 수직축에 대응한다고 볼 수 있다. 수평축은 자연 혹은 현실과 접촉면을 형성하는 환유적 결합축이고 수직축은 자연 혹은 현실로부터 멀어지면서 인위적 문화가 형성되는 은유적 계열축이다.

바르트는 이런 까닭에 2차 기호부터는 신화라고 말한다. 그런데 이 주장은 기호학적 모형을 전제하고 있다는 점에 유의해야 한다. 엄밀히 말해서 인간의 심성론적 측면에서 본다면 유아적 원시 심성의 특성을 지닌 감각―직관이 이데올로기의 전 단계인 신화의 상像을 인식시키기 때문이다. 따라서 1차 기호가 형성되기 이전으로부터 1차 기호에까지 근본적으로 신화는 침투되어 있다. 다만 이 경우의 신화는 자연적인 것이라는 점에서 2차 기호의 그것과 구별된다. 2차 기호부터는 합리적 기능인 사고―감정에 의해서 인위적이고 능동적으로 신화가 구성되기 때문에 바르트는 기호학적 관점에서 바로 이 단계부터 신화라고 말했던 것이다. 어쨌든 바르트 식으로 말한다면 모든 문장은 신화인 셈이다. 그리고 이 단계의 신화는 분화된 사고―감정이 능동적으로 작동하여 형성한 이데올로기와 언제나 같이 가는 것이므로 또한 모든 문장은 이데올로기의 운반체인 셈이기도 하다. 신화와 이데올로기가 난무하면 할수록 자연과 현실은 왜곡 날조되고 갈등과 투쟁은 확대 심화될 수밖에 없다.

지금까지의 설명에서 대강 알 수 있듯이 결국 관상시가 겨누고 있는 것은 신화와 이데올로기를 가능한 한 걷어내고 자연과 현실을 있는 그대로 보자는 것이다. 자연과 현실을 마주하고 조용히 관상하자는 것이다. 그렇게 하자면 우선 사고―감정의 수직적 깊이를 최소한으로 축소하고 감각―직관의 수평적 넓이를 극대화해야 한다.

그런데 인간의 정신 기능은 서로 상보적 관계에 있기 때문에 한 가지의 기능만 순수하게 작동하지는 않는다. 사고, 감정, 감각, 직관 등이 서로 다소간에 섞이기 마련이다. 예컨대 직관적 사고와 같이 두 기능이 섞이게 되는 것이다. 그러므로 아무리 감각―직관 차원에서 대상을 바라본다고 해도 사고와 감정의 수직적 깊이가 완전히 사라질 수는 없는 것이다. 그리고 내향적 감각이나 내향적 직관의 경우는 주관적 현실이나 정신세계의 영상이 나타나기 때문에 일견 초현실성을 띠기도 한다. 따라서 감각—직관의 수평축이 극대화되는 데 비하여 사고—감정의 수직축이 얼마나 능동적인가 수동적인가 하는 구별이 중요하다. 관상시에서는 사고와 감정은 언제나 수동적이다.

결론적으로 말하자면, 관상시란 눈에 보이는 것이나 의미만을 가지고 너무 생각하지 말고 눈에 보이는 것 너머의 그리고 의미 이전의 보이지 않고 개념화되지 않는 움직임, 즉 상을 느껴보자는 것이다. 상은 느낄 수밖에 없는 것이고 느낌이야말로 개념과 달리 모호하지만 가장 확실한 앎이기 때문이다. 또한 동시에 인식론적 측면을 떠나서라도 시적 감동은 물론이고 모든 예술적 감동에 있어서 그 '감동感動'이란 결국 감각—직관의 느낌과 섞여져 있는 미분된 감정에 불과하기 때문이다.

시집 『외눈이 마을 그 짐승』, 문학동네, 2007.

별과 감옥의 상상체계

— 김영석의 『썩지 않은 슬픔』

남진우(시인 · 문학평론가)

시간의 흐름과 함께 점차 성숙해 가는 시인이 있는가 하면 아예 처음부터 성숙한 모습으로 시단에 나오는 시인도 있다. 자연연령과 정신연령이 일치하지 않을 수 있는 것처럼 세월의 장벽을 뛰어넘어 일찌감치 그 독자적인 재능을 선보이는 시인도 있는 법이다. 그런 유형에 속하는 시인은 대개 시적 연륜의 축적과 함께 완만하게 변모 · 발전하는 포물선의 궤적을 그리기보다는 항상 일정 수준 이상의 높이를 유지한 채 자신의 세계를 꾸준히 확대시켜 나가는 방사형의 궤적을 그리는 것이 보통이다. 데뷔 후 20년이 지나서야 첫 시집 『썩지 않는 슬픔』을 펴낸 김영석 시인은 바로 이러한 후자의 경우를 보여주는 전형적인 실례로 여겨진다. 그의 데뷔작 중의 하나인 「단식」(74년 한국일보 신춘문예 당선작)은 이십대의 나이에 씌어진 작품임에도 불구하고 이미 충분히 농익은 언어 구사력과 정신의 집중력을 과시하고 있는 수작으로서 이 시인의 향후 시세계를 예측케 해 주고 있다.

> 죽음 곁에서 물을 마신다
> 잠든 세상의 끝

마른 땅 위에
온몸의 어둠을 쓰러뜨리고
무구한 물을 마신다

너희들의 빵을 들지 않고
너희들의 옷을 입지 않고
너희들의 허망한 불빛에 눈뜨지 않고

주춧돌만 남은 자리
다 버린 뼈로 지켜 서서
피와 살을 말리고
그러나 끝내
빈 손이 쥐는 뿌리의 약

바람이 분다
무구한 물도 마르고
씨앗처럼
소금만 하얗게 남는다

—「단식」 전문

문단에 갓 나온 신인의 작품이라고는 믿어지지 않을 만큼 이 시는 고도로 절제되고 응축된 언어—정신의 밀도를 함유하고 있다. 모든 비본질적인 잔가지를 단호히 떨쳐버린 정신의 냉엄함과 강밀함을 형상화한 이 시에서 우리가 만나게 되는 것은 화자와 '너희들'로 대별되는 가치의 선명한 이원화, 그리고 주춧돌—뼈—씨앗—소금으로 이어지는 결정結晶 이미지라고 할 수 있다. 삶의 허망함을 초극하고자 하는 화자의 의지는 무구한

물조차 마른 다음에 남는 하얀 소금을 주시토록 한다. 그것은 극도로 엄정한 자기 단련과 자기 부정 끝에 얻어지는 작은 소득이다. 이러한 금욕적인 준엄함은 위 시의 특성일 뿐만 아니라 이후 이 시인의 시 세계를 관류하는 기본 정조로 자리잡게 된다. 그에겐 현상의 다채로움과 풍요로움은 일순간의 환영에 지나지 않으며 중요한 것은 어디까지나 본질인 것이다. 그것은 시류와 세태에 대한 거부, 평준화되고 균질화된 삶의 방식으로부터의 일탈이란 의미를 내포하고 있다.

그렇다면 시인은 어떻게 해서 외관의 현란함을 넘어서 영속적인 본질, 사물의 핵심에 이를 수 있게 되는가. '너희들의 빵', '너희들의 옷', '너희들의 허망한 불빛'을 거부하고 안으로 파고드는 내면의 굴착 작업 끝에 시인이 궁극적으로 도달하고자 하는 지점은 어디인가. 먼저 우리는 이 시인의 상상공간에서 큰 비중을 차지하고 있는 광대한 공간의 입벌림과 왜소한 개인의 대비를 주목하지 않을 수 없다. 예컨대 「아구-잠언1」라는 작품에서 시인은 매우 의미심장한 에피소드를 들려준다. "온통 입 뿐이어서/웃음이 절로 나는" 아구를 저녁거리 삼아 배를 가르자 "아주 작고 이쁜 입을 가진/통통하게 살오른 참조기 한 마리가/온전히 통째로 들어"있다. 두 마리 생선을 함께 끓여서 맛있는 저녁을 "아귀아귀 먹어치우"다 "문득/저 텅 빈 허공의/주린 뱃속"에 생각이 미친다.

> 저 광대한 허기 속에서
> 우리들은 시원하게 숨쉴 수도 있고
> 모두가 공평하게
> 아주 서서히 소화되는 동안

이렇게 맛있는 저녁을 즐기면서
아직 살찔 수 있다니
얼마나 다행한 일인가

—「아구–잠언1」 부분

아구의 내장 속에 삼켜진 참조기처럼 아구를 먹고 있는 인간 역시 광대한 공간 속에 갇혀 소화되고 있는 중이라는 시인의 전언은 평범한 일상적 사실에서 예기치 않은 삶의 진실을 끄집어내 맞닥뜨리게 하는 이 시인의 범상치 않은 솜씨를 엿보게 해준다. 시인은 무사하게 보이는 일상의 평온이 감추고 있는 허위를 여지없이 발가벗기고 삶을 지탱하고 있는 비극적 조건에 눈돌리도록 만든다. 거대한 먹이사슬의 틈바구니에 끼어 있는 왜소한 인간에게 행복이란 지극히 한시적인 것이고 착각과 망각을 통해서만 가능한 것일 따름이다. 그러나 시인은 삶의 비극성 앞에서 절망의 포즈를 취하기보다는 "이렇게 맛있는 것을 즐기면서/아직 살찔 수 있다니/얼마나 다행한 일인가"라고 짐짓 능청을 떤다. 시인의 이러한 냉소가 곁들인 통찰은 삶에 어느 정도 달관한 자만이 지닐 수 있는 여유와 성숙한 세계인식의 소산이라 할 수 있다.

광대한 공간에의 삼켜짐은 다시 다음 두 가지 방향으로 그 상상의 선로가 뻗어나간다. 그 하나가 허위와 기만으로 가득찬 소시민적 삶의 형태와 자아 매몰 현상에 대한 비판이라면 다른 하나는 현실 세계의 소란스러움에 대비되는 무한 공간의 평온과 적막이다. 한편에 이기적인 인간들의 자기소모적 아귀다툼이 있다면 다른 한편에 그런 인간의 삶에 일체 관여하지 않는 우주와 자연 질서의 초연함이 있는 것이다. 시인이 보기에 우리 시대 대다수 사람들은 자신과 자기 가족의 안위만을 생각할 뿐 공적인 대의에 대해 눈감고 있으며 그 결과 극히 살풍경하고 비인간적인 일들이 도처에서 벌어지고 있다고 진단한다. 「현장」이란 작품에서 출근길에 길가에 피투성이가 된 채 쓰러져 있는 여자를 보고도 지나는 차량이나 행인 가운데 누구 하나 나서서 손을 쓰지 않음으로써 끝내 그 여자를 죽게 만든 현상을 통해 원자화된 현대인의 메마른 심성과 현대사회의 삭막함을 드러낸 것은 그 대표적인 예라 할 수 있다. 그래서 시인은 우리 시대 소시민들을 물의 깊이는 외면한 채 "가볍게 떠서/물도 적시지 않고/하루라도 더 햇볕을 즐기"(「소금쟁이-잠언3」)기 위해 애쓰는 소금쟁이, 혹은 오늘 하루는 "운좋게 살아 남았"지만 "내일을 몰라" 불안해 하며 "밖에 들릴까 무서워/방구석에서/홀로 컹하고 짖어보"(「개죽음-잠언5」)는 개에 비유하며 희화화하고 있다. 그러나 이처럼 자기보신에만 여념이 없는 삶도 허망하긴 마찬가지이니 "눈이 거의 3만개나 되는 잠자리"도 "맥없이 거미줄에 걸"(「잠자리-잠언4」)린 처지로 전락한다. 시인은 이처럼 시집 곳곳에서 정서적 일체감과 윤리감각이 마비된 우리시대 삶의 양태를 단죄함과 아울러 인간 본성의 양면성을 들추어내 비판하고 있다.

> 손발이 묶인 어린 계집아이를
> 구덩이 속으로 사납게 밀어 넣는다
> …<중략>…
> 산길을 내려가는 사내의 손에
> 딸애한테 주려고 꺾은
> 빨간 까치밥 열매가 들려 있다
>
> —「범인」 부분

어린이 유괴범이 밤늦게 돌아와
제 어린 딸을 무릎에 앉히고
볼 부비며 밥을 먹고 있다
마약 밀조범이
노모의 보약을 지어들고 돌아와
식구들과 단란하게 밥을 먹고 있다

―「파도」 부분

시인은 도덕적으로 지탄받는 존재들이 실은 다름 아닌 우리 이웃, 더 나아가 바로 우리 자신이라고 말한다. 끔찍한 범죄를 저지른 자들도 집에선 자상한 아버지요 효성스러운 아들인 것이다. 잘못을 보고도 묵인하고 지나치고 마는 우리 모두는 이들 범인과 공범의 처지에 놓여 있다. 과연 「증인」이란 작품에서 시인은 범인과 증인이 구분이 되지 않는 시대, 범인이 곧 증인이며 증인이 언제라도 범인이 될 수 있는 우리 시대의 속성에 대해 일침을 가하고 있다.

우리 모두가 증인이므로
아무도 증언하지 않는다
다만 진실은
무사한 나날의 평화 속에
그 일상의 소란한 침묵 속에
감쪽같이 가려지고
새는 새소리로 지저귀고
개는 개끼리 컹컹 짖어댈 뿐
말짱 개인 천지에
서로 멀거니 바라보며 지나칠 뿐

증인은 한 사람도 찾을 수 없다.

—「증인」 전문

진실이 그 진정성을 상실하고 거짓이 화려한 가면으로 실체를 은폐하고 있는 시대에 증인이란 있을 수 없다. 시인은 파행적으로 뒤틀린 삶의 구조를 꿰뚫어 보면서 그것을 하나의 덫으로 인식한다.

햇빛 밝은 빛나는 세상
어느 구석
어느 허공에
그림자도 드리우지 않고
소리없이 숨어 있는 덫

—「덫」 부분

이 시인의 시 속에 종종 등장하는 덫이나 그물 그리고 감옥 이미지는 존재의 수인에 불과한 인간 실존의 비극성을 거듭 상기시켜 준다. 인간이 누리는 잠시의 평안과 행복은 덫 속에 갇혀 살면서도 덫을 인식하지 않으려 하는 기만 혹은 인식하지 못하는 무지에 의해 가능한 것이다. 삶 속에 도사리고 있는 위협 요소들에 대한 시인의 민감한 반응은 단순히 도덕적 불감증에 걸린 현대인을 향한 상투적 비판의 차원에 그치지 않고 모든 삶이 지닌 허망함과 부질없음에 시선이 미치도록 만든다. 사람들이 제아무리 아등바등하며 온갖 일을 꾸며보아도 그것은 결국 "세상의 허공을 장악한 덫/덫의 관대한 품 안에서"(「덫」)일어나는 것에 지나지 않는 것이다. 시인은 이를

사람들은 누구나
제 키만한 감옥 속에
조만간 갇히게 된다
갇혀서 마침내 작은 감옥이 된다

—「감옥」 부분

라고 간명하게 표현하고 있다. 그래서 시인은 「범인」이란 시에서 어린 소녀를 유괴 · 살해하는 사내의 끔찍한 범행을 기술하면서 짐짓 그 현상과 무관한 듯이 자족적으로 펼쳐진, 여전히 '푸르고 적막한' 하늘을 대비시키고 있다. 인간이 하는 모든 행위와 사유 그리고 꿈마저도 그것이 선한 것이든 악한 것이든 무한한 우주의 차원에서 보면 한갓 일과성의 거품에 지나지 않는 것들인 것이다. "우주 안에서 구물거리는 우리들의/뱁새눈으로는" 이 세상의 근원이자 삶의 근본 원리인 "밥을 볼 수가 없다"(「밥」) 시인은 노자나 장자의 어법을 빌려, 역사의 지평 바깥에서 움직이는 초시간적 우주의 질서는 인간의 능력으로는 범접할 수 없는 것이라고 말한다.

그러나 인간의 유약함과 삶의 불확실함에 대한 뼈저린 인식이 이 시인으로 하여금 허무주의에 침윤토록 하지는 않은 것으로 보인다. 오히려 시인은 삶의 비극적 조건을 헤치고 나아가는 정신의 강인함에 더 많은 관심과 애정을 표시하고 있다. 인간은 무한한 우주 공간의 한편에 놓여 있는 왜소한 존재이긴 하지만 그 왜소함 속엔 결코 무시할 수 없는 가치와 의미를 숨겨 지니고 있다. 시인은 "멍들거나/피흘리는 아픔은/이내 삭은 거름이 되어/단단한 삶의 옹이를 만들지만/슬픔은 결코 썩지 않는다"(「썩지 않는 슬픔」)고 진술한다. 썩지 않는 슬픔은 그 인간의 내부에 자리잡고서 오래오래 빛을 뿌린다. 이 빛에 의해 삶은 다시금 그 의미와 가치를 되찾는 것이다. 이 과정을 이해하기 위해서는 작아지기–내려가기, 갇힘–묻힘에 대한 이 시인 특유의 상상체계를 더듬어볼 필요가 있다.

우리는 앞에서 이 시인의 시에서 쉽게 찾아볼 수 있는 무한한 우주공간과 대조되는 인간의 왜소함에 대해 논의한 바 있다. '왜소한' 인간은 무한한 우주와 가변적인 운명에 '갇혀'있는 존재이기도 했다. 그런데 흥미로운 것은 이 인간의 왜소함이 어쩔 수 없이 감내할 수밖에 없는 부정적 조건이 아니라 적극적인 지향점으로 나타날 수도 있다는 점이다. 이때 작아짐–갇힘은 인간이 이 세계 속에서 자신을 정립시키기 위해 선택 · 추구하는 가능성의 영역으로 떠오른다. 작아짐–갇힘은 이제 광대한 세계 속에 던져진 인간으로 하여금 자신을 추스르고 거듭날 수 있도록 해주는 최소한의 바탕이 된다. 이번 시집에 실린 가장 감동적인 시 가운데 하나인 다음 작품에서 이점은 역력히 드러난다.

아주 작은 한 사내가
초겨울의 땅거미를 밟고
감옥소의 철문을 나온다
언제나 그랬듯이
외진 가로수 밑으로 걸어가
아주 작게 웅크리고 앉아서
그보다 더 작은 어머니가 내놓은
두부를 말없이 먹는다
거듭되는 징역살이에
몸은 이미 거덜난 지 오래지만
아직도 튼튼한 이빨 하나로
겨우 버티고 있는 그가

이빨은 소용없으니 세우지 말라고
조용 조용히 일러주는
물렁물렁한 두부를
고개 수그리고 묵묵히 먹는다
지상의 촘촘한 그물코에 갈앉은
초겨울의 어둠 속
달무리처럼
그의 이빨만 하얗게 남는다

—「이빨」 전문

처연하기 이를 데 없는 이 한 폭의 풍경화는 거센 세파에 시달리고 찌들린, 낙오된 인간 군상이 체현하는 마지막 생존의 양식을 보여준다. 화자는 객관적으로 풍경을 묘사할 뿐 시의 전면에 나서지 않고 숨어 있다. 감옥에서 막 풀려난 아주 작은 사내와 그를 맞이하는 그보다 더 작은 어머니가 웅크리고 앉아서 두부를 건네고 먹는 모습을 통해 시인은 삶의 고단함과 애틋함을 절실하게 육화시켜 표현해 놓고 있다. 일단 사내는 자유의 몸이 된 것 같이 보이지만 시의 후반부의 '지상의 촘촘한 그물코'란 표현이 암시해주듯 보다 광대한 감옥에 갇힌 신세에 지나지 않으며 따라서 비극성의 강도는 조금도 변치 않았다고 할 수 있다. 그런데 위 시에서 시인이 두 인물의 체구가 작다는 것을 유난히 강조한 것은 물리적 크기의 왜소함만을 지칭한 것이라기보다는 아마도 여유롭지 못한 이들의 삶의 조건을 환기시키고자 하기 위해서일 것이다. 그러나 다른 관점에서 보자면 이들의 작음은 정의롭지도 순순하지도 못한 이 세상에서 이들이 스스로를 지키기 위해 부득이 택할 수밖에 없었던 마지막 생존 방식을 의미할 수 도 있다. 즉 이들은 작아짐으로써, 자신을 최소화함으로써 자신에게 주어진 불행한 조건을 최소화하려고 하는 몸짓을 보여주고 있는 것이다. 광대한 세상에 맞서기 위해 이들은 일반적으로 지향되는 욕망과 의지의 확장이 아니라 정반대로 작아짐 · 줄어듦의 방식을 택한 것이다. 작아짐으로써 이들은 세상과 타협치 않고 자기만의 삶을 살고 지킬 수 있게 된다. 작아짐은 당연히 내면적 응축을 가져오며 이는 다시 단단함의 이미지를 불러온다. 부피의 축소는 밀도의 상승을 가져오기 때문이다. 최대로 응축되어 단단해진 존재－「단식」에서의 소금과 같은 결정 혹은 「빈 들판 하나」에서의 '마른 흰 뼈 한 자루'－는 빛을 뿜는다. 과연 위 시는 거듭되는 징역살이로 몸이 거덜난 사내에게 남은 유일한 것이 튼튼한 이빨이라고 말하고 있다. 그 이빨은 초겨울의 어둠 속에서 하얀 빛을 내뿜는다. 적극적인 자기방어와 세계에 대한 적의를 표상하는 그 단단한 이빨 앞에 세태에의 순응을 의미하는 물렁물렁한 두부를 내놓는 어머니의 소박한 소망은 아마도 먹혀들지 않을 것이다.

이처럼 작아진다는 것은 광대한 세상의 감옥에 맞서 자기 스스로를 감옥화한다는 것에 다름 아니다. 최소한의 내면 공간만 남겨 놓고 작아짐으로써 그 존재는 역설적으로 자유를 획득한다. 내적 감금과 유폐는 이제 적극적인 선택의 대상이 된다. 작게 웅크린 존재가 내뿜는 빛, 이 점을 가장 잘 구현해 보여주는 것이 바로 밤하늘에 떠 있는 별이다.

가슴 깊이
별을 지닌 사람들은
모두 감옥에 갇힌다
별 향한 창틀 하나 달린
감옥 속에

—「감옥」 부분

별 속에는 섬이 있다
아직 아무도 가보지 않은
섬 하나 떠 있다
꺼지지 않는 그 섬 하나 있기에
멀리 보는 눈빛마다
별들은 오래오래 반짝이리

—「섬」 부분

우리들의 감옥은 너무나 멀리
서로 떨어져 있다
걸어도 걸어도 도달할 수 없는
적막한 모래의 시간
전화도 없고
별빛처럼
감옥의 불빛만 아슬히 멀다

—「먼 감옥」 부분

무기수들이 창을 닦는다
탈옥을 꿈꾸며 창을 닦는다
밤하늘의 잔별만큼 많은
이 세상 낱말의 수만큼 많은

창문을 하나씩 붙들고
오늘도
무기수들이 창을 내다본다

—「창」 부분

인용한 시편에 잘 드러나 있는 것처럼 이 시인의 시에서 지상의 감옥이 어떻게 천상의 별과 연결될 수 있는지, 그 시적 비약을 따라잡기 위해선 바로 작아짐–갇힘의 긴밀한 상관성을 인식하지 않으면 안 된다. 외적 무한과 내적 감금이란 상반된 요소는 별(무한)과 감옥의 통일 속에서 하나로 만난다. 작아져서 갇힌 존재가 내뿜는 빛은 눈부시게 밝지도 화려하지도 않다. 오히려 그 빛은 안쓰럽고 가엾기까지 한 것이다. 그 빛은 '흐리'(「썩지 않는 슬픔」)고 "아슬히 멀다"(「먼 감옥」). 밤하늘에 별이 떠 있듯이 지상엔 감옥에 갇힌 죄수의 운명을 사는 사람들로 가득차 있다. 그래서 시인은 "연약한 봄이/이 땅에 변함없이 세우고 있는 것은/오직 하나/끝내 무너지지 않는 감옥뿐이다"(「감옥을 위하여」), 혹은 "형벌처럼/봄은 다시 또/온통 천지를 쇠사슬로 묶는구나"(「봄」)라는 역설적인 영탄을 토하기도 한다. 이러한 작아짐–갇힘의 이미지는

동생은 오늘도
목발을 베고 누워 꿈을 꾼다
밥티기꽃 같은
아주 작은 꿈을 저 혼자 꾼다

—「동생」 부분

와 같은 축소 이미지나,

바다는 벙어리의
귓속에 잠들어 있고

바다는 벙어리의
붉은 가슴 속을 출렁이고 있고

—「바다」 부분

와 같은 묵언 · 침묵의 이미지로 변주되기도 한다. 아울러 우리는 이 시인의 시 속에서 작아짐—갇힘과 짝을 이루고 있는 이미지로 내려감—묻힘의 이미지를 지적하지 않을 수 없다. 안으로 응축해 들어가는 운동은 내밀한 심층으로의 하강과 이어질 수밖에 없는 것이다. 이 시인의 시 속에선 “어쩌지도 못하는 마음들이/끊임없이 내려쌓는다”(「비」)는 구절처럼 하강의 심상이 자주 등장한다.

눈을 감는다
무거운 돌 하나 떨어져 내린다
떨어져 내리는 돌이 무거워
눈을 뜨고
두 손이 책을 받든다
돌아앉은 산과 들이 빗장을 지른 채
아 에 이 오 우
자욱히 돌비를 맞고 서 있다

…<중략>…

너의 손 위에 쌓이는 돌
너의 가슴에 쌓이는 돌
쌓여서 무덤, 무덤, 이루는 고대古代의 꿈.

—「무거운 돌」 부분

위 시에서 돌의 광물성과 하강의 심상은 서로 밀접한 상관관계를 맺고 있다. 무거운 것은 떨어져 내리며 떨어져 내림으로써 점점 더 무거워진다. 떨어져 내 리는 돌은 대지 위에 쌓여 무덤을 이룬다. 그 무덤의 다른 이름이 탑이다.

그 탑을 보기 전에는
마을을 지나고
들을 건너고
산을 넘어서
가물가물 스러지는 실낱 같은 길들이
어디서 끝나는지
해마다
왜 무덤을 찾아가 절을 하는지
나는 정말 몰랐다

—「탑을 보기 전에는」 부분

왜 시인은 이처럼 탑과 무덤을 관련짓는가, 그것은 이 시인의 상상 속에서 탑이 돌을 쌓아올려 이루어진 것이 아니라 돌이 떨어져 내려 쌓임으로써 형성된 것이기 때문이다. 떨어져 내리는 돌은 한 많은 인간이 흘리는 눈물에 다름 아니다. 아니 실은 그 눈물 속으로, 눈물을 흘리는 인간의 가슴 속으로 돌은 둔중하게 떨어져 내리는 것인지도 모른다. 이때의 탑은 인간의 밖에 자리잡고 있는 객관적 실체가 아니라 인간의 내부에 자리잡고 있는 가상의 그 무엇이다.

> 이제
> 주름진 빈 손등 위로 떨어지는
> 한 방울의 눈물 속에
> 그 무겁고 커다란 돌덩이들이
> 파문도 없이
> 모다 잠기는 것을
> 사람들의 가슴 속에
> 그렇게 많은 돌덩이들이 쌓여 있음을
> 나는 정말 몰랐다
> 그 탑을 보기 전에는
>
> ―「탑을 보기 전에는」 부분

한 방울 눈물 속에 커다란 돌덩이들이 떨어져 잠긴다는, 그래서 탑을 이룬다는 시인의 개성적인 발언은 삶의 곤핍함을 딛고 연면히 진행되는 삶에의 의지를 암시한다. 슬픔은 부질없이 소모되는 것이 아니라 밑으로 가라앉아 단련을 거듭한 끝에 부동의 광물성으로 응집돼서 우뚝 서는 것이다. 슬픔은 인간의 가슴=대지 속에서 시간적 시련을 겪은 끝에 견고함의 가치를 획득한다. 천상의 돌(별)에 지상의 돌이 조응하는 셈이다. 이 시인의 시 속에서 높은 빈도로 등장하는 절벽 벼랑 빗돌 기념비 등의 돌 이미지는 바로 이러한 신산한 삶의 조건에 뿌리박고서 그 삶 속에서 긇어오르는 에너지를 집결시킨 견인주의적 상상력의 투사물이란 의미를 담고 있다.

새벽에 산에 올라
흰피톨처럼 아직 빛나고 있는
하늘의 별들을
땀 젖은 칼날의 이마에 비추어본 사람은
홀로이 깨달았으리라
지상의 척도로는 재어볼 수 없는
인간의 키를
발바닥과 이마의 그 절벽의 높이를

—「두 개의 하늘」 부분

사시사철
차가운 빗돌 하나 서 있다
드넓은 하늘을
대담한 직선으로 생략한 이마
별이 떨어지는 날카로운 포물선에
금이 간 가슴
사시사철 빗돌 하나 서 있다

—「기념비」 부분

절벽이 그리웠다
절벽을 찾아서 어머니는
마치 한줄기 감마선이 투과하듯
축대와 담벼락과 집들을 뚫고
산으로 올라갔다

얼음 덮인 강철 칼날의
절벽을 열고
그 중심 차돌의 고요 속으로
어머니는 스며들었다

—「차돌」 부분

물론 이러한 단단한 광물의 경지가 저절로 얻어지는 것은 아니다. 광물의 단계에 이르기 위해서는 오랜 인고의 시간을 거쳐야만 한다. 대지에 묻혀 긴 잠을 자고 난 뒤에야 석화石化는 가능한 것이다. 그것은 "흙을 먹고 또 먹었다/북처럼 가슴을 두드려도/소리를 내지 않기 위하여"(「침묵」)에서의 흙으로 메워진 가슴이며, 전쟁이 스치고 지난 뒤 "호젓한 메깥 기슭에 있는/공터의 그 큰 입을 모두 메웠다/그 뒤 공터는 한쪽은 기름진 사래밭이 되어/남새들이 자라고/한쪽은 예대로/잡초만 무성하다"(「잡초」)에서 시체를 파묻고 난 뒤의 공터이며, "가슴마다 흙더미로 봉분한/울음의 무덤들도 덮어주면서/저리 큰 침묵으로 다독여주는"(「저녁」)에서의 저녁이다. 인간 세상의 온갖 비극이 파묻혀 긴 세월을 보낸 다음에야 그래서 밖으로 전혀 소리를 내지 않는 단계에 도달해서야 돌—광물은 완성되는 것이다. 이처럼 작아져 갇힌 것 혹은 내려가 묻힌 것들은 대지의 용광로 속에서 서서히 경성의 차고 맑고 단단한 광물성의 존재로 탈바꿈한다. 그 탈바꿈이 정점에 이를 때 이 시집의 서두를 장식하고 있으며 이 시인의 가장 아름다운 시이기도 한 「종소리」가 태어난다. 온 누리 가득 울려 퍼지는 청아한 금속성의 울림을 들어보라.

흙은 소리가 없어 울지 못한다.
제 자식들의 덧없는 주검을
가슴에 묻어두고 삭일 뿐
소리를 낼 수가 없다
그러나 흙은
제 몸을 떼어 빚은 사람을 시켜
살아있는 동안
하늘에 종을 걸고 치게 한다
소리 없는 가슴들
흙덩이가 온몸으로 부서지는
소리를 낸다.

―「종소리」 전문

위 시에서 천상의 종소리를 가능케 하는 것은 다름 아닌 지상의 흙이다. 종을 치는 사람도 종을 이루는 광물질도 다 대지에서 나온 것들이다. 질곡과 수난으로 가득찬 역사적 기억을 간직하고 있는 흙으로 빚은 종에서 나는 소리가 맑고 투명할 수만은 없을 것이다. 그 종소리엔 대지에 묻혀간 한 많은 인간들의 저주와 신음과 아우성이 고스란히 담겨 있는 것이다. 그렇다고 해서 그 종소리가 그러한 고통과 원한의 직접적 드러냄에 그치는 것은 아니다. 그러한 모든 부정적 요소들을 다 걸러내고 승화시킨 다음에야 나올 수 있는 소리인 것이다. 소리 없는 가슴들을 대신 울어주는 종소리는 그래서 아름다우면서도 슬프기 이를 데 없는 것인지도 모른다.

우리는 지금까지 감옥(돌)에서 별(종)에 이르는 김영석 시인의 시적 지형도를 답사해 보았다. 작아짐–간힘, 내려감–묻힘의 상상력에 의해 축조된 그의 시 세계는 시 속에 등장하는 광물 이미지만큼이나 견고한 시적 완성도 또한 지니고 있다. 20여년 만에 처음 시집을 펴낸 사실로도 알 수 있듯이 그는 과작의 시인이며, 이런 과작이 이 시인 특유의 절제와 극기의 소산이라는 점에서 그의 앞으로의 시 작업에 거는 우리의 기대는 한층 높아지고 가혹해질 수밖에 없다. 기대가 높아지는 것과 비례해서 평가는 보다 엄격해질 것이고 요구는 더 많아질 수밖에 없는 것이다. 이 시인은 우리가 그러한 평가와 요구를 해도 충분할 만큼의 시적 역량을 지니고 있음에도 불구하고 지금까지 자신의 작업 결과를 공개하는 데 지나치게 인색했다. 그의 앞으로의 시 작업이 질과 양에 걸쳐 새로운 비약을 맞기를 희망하며 이 글을 마치기로 하자.

『현대시』, 1993년 12월호

무량無量한 마음의 에로티즘
– 김영석의 사설시

오홍진(문학평론가)

1. 들어가며

김영석의 사설시辭說詩는 산문으로 된 이야기를 바탕으로 시작詩作이 펼쳐지고 있다. 시가 운문의 양식이라는 점을 감안한다면, 사설시는 운문과 산문의 결합을 통해 이루어지는 셈이다. 사설시 모음집인 『거울 속 모래나라』(황금알, 2011)에서 김영석은 "시와 산문이 하나의 구조로 결합되면서 좀 더 높은 수준의 새로운 시적 영역이 열릴 수 있도록 시도해 본 것"이 사설시라고 밝히고 있다. 시(운문)와 산문이 하나의 구조로 결합되면서 이루어지는 새로운 시적 영역은 김영석의 사설시가 지향하는 어떤 장소를 가리킨다. 요컨대 그는 무엇보다 시와 산문이 하나로 구조화되는 과정에 주목하고 있는바, '새로운 시적 영역'은 이런 점에서 산문(이야기)이나 운문(시)으로 환원될 수 없는 잉여의 지점에서 생성된다고 보면 좋을 것이다.

'사설시'에서 '사설'은 이야기를 의미한다. 정확히 말하면 김영석에게 사설은 이야기하고 싶은 욕망과 긴밀하게 이어져 있다. 무언가를 절실하게 이야기하고 싶은 욕망이 '사설'에 방점을 찍는 사설시를 잉태한다. 하지만 '사설'에 방점이 찍힌 사설시는 시인을 이야기꾼으로 만들어버릴 수 있다. 이야기꾼은 이야기를 통해 자신의 욕망을 표출하려고 한다. 이야기에 대한 욕망이 정작 운문으로서의 시의 특성을 사라지게 하는 형국이다. 돌려 말하면 이야기가 강조될 경우 사설시는 독자들에게 하나의 서사양식으로 받아들여질 가능성이 높다. 실제로 김영석의 사설시를 읽다 보면, 이야기에 압도되어 시를 감상하는 것은 뒤편으로 물러서는 경우가 많다. 이야기가 먼저 나오고, 그 이야기에 대한 시인의 감흥을 시로 표현하는 사설시의 형식이 이야기의 비중을 상대적으로 높이는 결과로 나타나고 있는 것이다.

이 지점에서 우리는 시인이 말하는 '새로운 시적 영역'의 의미가 무엇인지 생각해 볼 필요가 있다. 그는 '새로운 시'라고 말하지 않고, 굳이 '새로운 시적 영역'이라는 표현을 사용하고 있다. 요컨대 그에게 사설시는 기존의 시의 영역을 넘어서는 곳에서 뻗어 나온다. 이야기의 비중, 달리 말하면 산문의 비중이 높은 사설시의 특성은 바로 여기서 기인하거니와, 이 점은 우리에게 김영석의 사설시를 바라보는 하나의 틀을 제공한다. 곧 사설시는 이야기에 대한 시인의 욕망이 없다면 결코 형성될 수 없는 특이한 양식이라고 할 수 있다. 시인은 시의 형식으로는 담아낼 수 없는 이야기를 시 바깥에 존재하는 발화로 표현함으로써 시의 영역을 확장시키는 '시적 모험'을 감행하고 있다. 이야기가 있고, 그 다음에 한 편의 시가 있다. 그 반대의 경우는 성립할 수 없다. 이야기를 읽은 독자들은 이야기가 주는 여운을 느끼며 시인의 시를 감상한다. 자연스럽게 이야기는 시를 해석하는 바탕으로 작용한다.

그렇다면 김영석은 무엇을 이야기하기 위해 '사설시'라는 특이한 영역에 발을 들여놓은 것일까? 그것은 더 이상 서정의 영역으로만 가둬둘 수 없는 (현대)시의 위상 변화와 관련이 있다. '아우슈비츠 이후에도 서정시는 가능한가?'라는 아도르노의 도발적인 질문에 나타나듯, 현대시의 위기는 곧 동일성의 시학에 기반한 서정시의 위기를 의미한다. 대상에 대한 순간의 느낌을 현현(epiphany)하는 서정시의 가상적 아름다움을 현대의 시인들은 더 이상 표현하지 않는다. 급격한 근대화의 물결이 빚어낸 도구적 이성의 세계에서 미적 가상을 꿈꾸는 것 자체가 불가능해졌다는, 이 우울한 시대인식을 앞에 두고 지금 이 시대의 시인들은 시를 쓰고 있다. 2000년대 중반의 한국문학에 신선한 충격을 준 소위 '미래파' 시인들의 시작을 생각해 보라. 그들은 자기 내면의 이야기를 끊임없이 풀어 헤치며 무의미하고 살벌한 현대세계의 공포와 마주했다. 김영석의 사설시에는 분명 현대사회를 향한 시인들의 비극적 세계인식이 스며들어 있다. 시(어)로는 표현할 수 없는 이야기를 산문으로 표현함으로써 그는 이 시대의 비극과 마주할 수 있는 힘을 얻는다. 시대의 비극이 '새로운 시적 영역'을 낳는다. 아니, 시인은 시대의 비극을 온몸으로 끌어안으며 '새로운 시적 영역'으로 들어선다고 말하는 게 정확하겠다. '새로운 시'가 아니라 '새로운 시적 영역'의 창출에 김영석 사설시의 중요한 특징이 있는 셈이다.

2. 이야기와 그 너머의 시

이야기는 메시지의 전달에 집중한다. 함축적인 의미를 중시하는 시 언어와는 달리 이야기의 언어, 곧 산문의 언어는 의미를 명시적으로 밝힘으로써 이야기가 하고자 하는 바를 분명하게 전달한다. 산문의 언어를 시의 언어와 구분하는 이유는 바로 여기에 있는바, 산문과 운문의 구조적 통합을 지향하는 김영석의 사설시는 이렇게 보면 시의 언어와 산문의 언어 사이에서 쉽지 않은 줄타기를 하고 있다고 봐야 할 것이다.

김영석의 사설시는 이야기(사설)의 형태를 취하고 있는 산문의 영역과 시의 형태를 띤 운문의 영역으로 구성되어 있다. 시인은 이야기를 먼저 제시하고, 그에 바탕하여 한 편의 시를 생산한다. 이야기는 그러니까 한 편의 시를 탄생시키는 근원적인 배경으로 작용한다. 그렇다고 시가 이야기에 종속되는 것은 아니다. 시는 주제적인 측면에서 이야기와 연결되어 있지만, 이야기의 영역에서 보여주는 메시지를 뛰어넘는 맥락을 독자들에게 제공한다. 이를테면 「두 개의 하늘」에서 시인은 피간성皮間性의 자살을 이야기의 영역에서 다루고 있다. 피간성은 "중학교부터 대학을 마칠 때까지 줄곧 학비를 면제 받은 특대장학생이었고, 그 어렵다는 회계사가 되었고, 사람들이 흔히 노른자위라고 일컫는 세무서의 요직들을 두루 거친 다음에 국세청에서 주로 기업체의 세무 감사를 맡고 있었다."

이렇게 세속적인 성공의 가도를 달린 피간성이 자살한 이유는 무엇일까? 성공의 신화에 깊이 물든 "우리 동창생들"의 시선으로는 도저히 이해되지 않는 이 사람의 죽음을 우리는 과연 어떻게 받아들여야 할까? 피간성이 죽은 뒤에야 동창생들은 산비탈의 작은 블록집에서 아홉 식구를 근근이 부양하며 살았던 "그의 을씨년스럽기 짝이 없는 살림살이 형편"을 알게 된다. "아직도 세상의 때가 묻지 않은 듯한 그를 두고 호박씨나 까는 위선자쯤으로" 여겨왔던 동창생들의 생각을 피간성은 죽음의 형식으로 깨버린 셈이다. 이야기는 사실 이 내용이 전부이다. 피간성의 낡은 수첩에 적힌 독백체의 일기가 발견되었지만, 이야기의 구성상으로 보면 이 부분은 시작을 위한 계기로 서술되고 있다고 보는 게 타당하다.

마침내 이제 나는
살 속의 수천 마리 지렁이들을
아홉 식구의 검은 무명베 솜이불로
다 가리지 못하고
한 짐 자갈을 채워 눌러도
캄캄하게 새어나오는
지렁이의 막막한 울음과 함께
블록 벽을 무너뜨리며 쓰러진다

물은 아래로 아래로 흘러가면서
제 몸을 스스로 맑게 통일하지만
나는 사람이므로
산자락의 하늘 하나를 남겨두고
나머지를 죽인다

—「두 개의 하늘」 부분

이야기가 피간성의 죽음을 알리는 데 집중하고 있다면, 시는 피간성의 죽음을 목도한 존재의 순간적인 느낌을 표현하고 있다. 수첩에 적힌 내용들을 추려 시인은 시를 쓴다. 그 글—시에는 동창생들은 채 인식하지 못한 피간성의 내면이 적나라하게 들어 있다. 그의 일기를 그대로 인용해도 됐을 텐데, 시인은 왜 시의 형식을 빌려 피간성의 내면을 드러내려고 했을까? “두 개의 하늘”에 내포된 상징성만으로 이 질문에 답변할 수는 없을 것이다. 피간성의 글에 나타나는 "두 개의 하늘"을 시를 쓴 시인 또한 명쾌하게 해명하지는 못하고 있기 때문이다. 요컨대 "두 개의 하늘"은 이야기의 영역에서 보자면, '의미의 잉여'와 같은 부분이다. 산문의 언어로는 표현할 수 없는 자리에 시인은 시의 언어를 배치한다. 시의 언어는 보이지 않는 세계를 향해 있다. 산문의 언어가 일상의 논리를 표현하는 데 치중한다면, 시의 언어는 일상적 삶의 이면에 감추어진 진실을 언어로 포착한다. 일상의 논리 너머에 진실이 있다는 것, 일상의 논리에 빠진 동창생들의 시선을 벗어나야만 피간성의 죽음에 얽힌 진실에 도달할 수 있다는 것. 그리고 그 시적 진실은 위 시에서 "지렁이들의 막막한 울음"이라는 이미지로 구현되고 있다.

시인은 피간성의 시선으로 세상을 본다. 세속적인 성공을 거둔 이의 시선(그것은 동창생들의 시선이다)이 아니라, 세속의 바깥에 있는 존재의 시선으로 세상을 보려고 한다. "갈수록 부서지고 갈라지는 마음을/새벽의 힘줄로 동"인 채 시인은 피간성이 죽음으로 내보인 진실과 힘겹게 마주하고 있다. 피간성의 삶을 '이해'한다고 해서 그의 죽음에 새겨진 진실과 조우할 수 있는 것은 아니다. 시인은 피간성의 삶을 이해하지도, 인식하지도 않는다. 이해하고, 인식하는 행위는 대상과 대상을 바라보는 나(주체)를 분리하는 사고에 바탕을 두고 있기 때문이다. 그리하여 시인은 스스로 피간성이 된다. 나의 시선은 곧 타자의 시선이다. 나는 타자의 시선으로 세상을 본다. 피간성―타자의 눈으로 세상을 바라보니 비로소 타자의 고통이 보이기 시작한다. "살 속의 수천 마리 지렁이들"의 막막한 울음은 이러한 과정을 거쳐 피간성을 죽음에 이르게 한 중요한 단서로 부각된다. 막막하다는 것은 길이 보이지 않는다는 의미를 내포하고 있다. 자신의 삶이 동창생들의 시선을 통해 재단될 때마다 피간성은 무엇을 생각했을까? 자신이 부양해야 할 아홉 명의 가족을 보며 피간성은 또한 무엇을 생각했을까?

가슴속에 갇힌 수천 마리 지렁이들의 울음을 억지로 삭여야만 했던 이 인물의 삶은 이야기의 영역을 넘어서는 시적인 순간을 함축하고 있다. 김영석은 이야기로는 다 풀어내지 못한 이 순간을 "지렁이들의 막막한 울음"으로 표현한다. 시인은 이야기의 너머에서 이야기로는 다 말할 수 없는 어떤 순간을 발견하고, 그것을 시의 형식으로 담아낸다. 이야기가 시의 형식과 만나 그 의미 맥락을 더욱 확장하는 경우라고 봐도 좋고, 시가 이야기와 어울려 그 맥락을 더욱 구체화하는 경우라고 봐도 좋겠다. 김영석의 사물시는 이렇듯 이야기의 영역에 함몰되지 않고 그 너머의 시적 영역으로 나아가고 있다. 시의 영역으로 쉽게 포섭할 수 없는 문제를 그는 이야기로 전달한다. 그가 들려주는 이야기에는 근대인의 시선으로는 다 가갈 수 없는 다채로운 세계가 펼쳐져 있다. 이야기의 세계는 시의 세계로 이어지고, 시의 세계는 다시 이야기의 세계를 이끌어낸다. 가슴 속에서 끊이지 않고 울리는 지렁이의 그 막막한 울음을 시인은 이야기라는 보편적인 형식을 에둘러 시화詩化하고 있는 것이다.

3. 죽음의 비극과 그 너머

「지리산에서」라는 제목의 사설시에서 시인은 "인간의 秘義를 본 듯한 그 충격적인 작은 사건"을 이야기하고 있다. 지리산 등반 도중 발견한 "백골 한 구"가 그 사건의 중심에 자리하고 있는바, 시인은 역사의 어느 한 지점에서 비참한 최후를 마쳤을 이 백골 한 구를 통해 인간사의 비극을 에둘러 드러낸다. 백골의 주인은 과연 무엇을 위해 죽었을까? 이데올로기에 희생된 민중의 애달픈 삶을 시인은 지리산 골짜기에 묻힌, 이름 모를 백골의 형상으로부터 이끌어낸다. 지리산 여기저기에 묻혀 있을 저 한 많은 인생들의 삶을 누가 보듬어줄 수 있을까? '한恨'이라는 말로도 채 담아내지 못할 이들의 비극을 앞에 두고 시인은 다만 노래를 부를 뿐이다. 그 노래는 "아무도 놓여날 수 없었던 모순의 꿈/네 뼈에 짝을 이룬 저 자유의 사슬"에 암시되는 대로, 유토피아를 향한 간절한 열망과 맞닿아 있다. 어디에도 없는 유토피아를 이 세상에 건설하기 위해 수많은 사람들이 자신들의 소중한 목숨을 기꺼이 바쳤다. 어디에도 없는 세상을 이루기 위한 이들의 '모순된 꿈'을 지금의 우리는 어떻게 받아들여야 할까? 시인은 "아득히 내리는 눈발 너머/등 굽은 어머니의 한 사발 정한수에/지리산이 갈앉"는다고 노래한다. 등 굽은 어머니만 있는 게 아니다. "한 사발의 하늘 위로 소리 없이 떠가는/기러기 한 줄/그 투명한 끝을/어디선가 아버지가/한사코 잡아당기고 있다"는 인상 깊은 장면에 드러나듯, 아버지 또한 한 사발 정한수 속에 담긴 인연의 끈을 여전히 놓지 않고 있다. 죽음이란 결국 이 인연의 한 고리에 불과하다는 것일까?

어느 시대에나 죽음의 비극은 여지없이 있었다. 이를테면 1612년 임자壬子 3월 그믐의 설핏한 해거름에 허균은 장독으로 숨을 거둔 권필의 곁에 하염없이 앉아 있었다. 권필은 광해군의 처족들과 권신들을 풍자한 시를 지은 '죄'로 죽임을 당했다. 허균은 "이제 나 홀로 어디로 가야 하느냐"(「독백」)라고 한탄한다. 죽은 자는 저승으로 가면 되지만, 산 자는 갈 곳이 없다.

죽은 자는 죽어서 서럽고, 산 자는 살아서 서럽다. 그런가 하면, 280여 년이 지난 어느 날, 일본군에 패한 동학군 대장 전봉준은 매서운 겨울바람을 온몸으로 받으며 정읍으로 향하는 논두렁길을 혼자서 창황히 걷고 있었다. "척왜척화"의 꿈을 이루지 못한 이 희대의 사내는 논두렁길에 주저앉아 "아무도 없느냐"라는 말을 계속해서 외치고 있다. "등줄기로 떨어지는 겹겹의 채찍 그림자"(「아무도 없느냐」)에 맞선 이 사내 역시 어디에도 없는 유토피아를 꿈꾼 대가로 비참하게 죽었다.

「마음아, 너는 거름이 되어」에서는 매월당 김시습의 기이한 죽음이 묘사되어 있다. 만수산 무량사의 한 늙은 스님의 입으로 전달되는 이야기의 중심에는 '똥통'이 있다. 매월당이 똥통 속에 들어가서 입적을 했으며, 3년 동안 관곽을 무량사 곁에 두었다가 장사를 지내기 위해 관을 열어보니 그 얼굴이 마치 살아있는 것과 같았다는 신비로운 이야기를 들으며 시인은 인간의 죽음에 새겨진 비의에 한 걸음 더 다가선다. 매월당은 생전에도 스스로 똥통 속에 들어갔는데, 세조가 어린 단종을 제치고 왕위에 올랐다는 소식을 들은 날 그는 처음으로 똥통 속에 들어가 큰소리로 울었다고 한다. 훗날 세조가 관원들을 통해 벼슬을 내렸을 때도 그는 똥통 속에 들어가 관원들의 접근을 아예 차단해버렸다.

시인은 매월당의 삶을 관통하는 똥통–분뇨의 상징적 의미가 얼핏 생각하는 것과 달리 쉽게 풀리지 않는 구석이 있다고 고백한다. "부정하고 혼탁한 세속의 현실과 권세를 풍자하고 냉소하는, 그리고 엄격한 자기 책벌의 가열한 도덕적 의지를 보여준다는 차원에서만은 그 의미가 잘 이해되지 않는 구석이 있"다는 것이다. 권력에 대한 풍자와 자기 책벌의 도덕의지를 넘어서는 이 지점을 시인은 마음의 영역에서 발견한다. 마음은 이야기의 영역이 아니라 시적 영역에 속한다. 마음을 도덕이라는 의미 영역에 가두어둘 수는 없다는 말이다. 이러한 마음의 영역에서 본다면 똥통은 "너희들이 내어버린 세상"을 의미한다. "너무 커서 손아귀를 움켜잡지 못한 것들/너무 작아 육신의 눈으로는/볼 수 없었던 것들"을 똥통에 처넣고 매월당은 기꺼이 그 속으로 뛰어든다. 그러니 "너희들이 그토록 즐기는 고기와 떡을/이제 마음은/입이 없어 먹지 못한다". 너희들이 더러워하는 것들을 온몸으로 끌어안음으로써 매월당은 도리어 너희들의 세상과는 다른 또 하나의 세상을 구축할 수 있었던 것이다.

이제 나는
너희들이 더럽게 내어버린 오물을
다툼 없이 홀로 차지한다
오물의 감추인 뼈와 씨앗을
그 맑은 하늘과 흰 구름을
대지의 더운 입김으로 껴안는다

마음아, 무량한 마음아
너는 언제나
이 세상의 가장 더러운 거름이 되어
늘 푸른 만민의 허공으로 눈 떠 있어라.

—「마음아, 너는 구름이 되어」 3~4연

그 세상에는 우선 다툼이 없다. 오물을 차지하려는 사람들은 없을 것이기 때문이다. 다툼이 없는 세상에는 그럼 무엇이 있을까? "무량한 마음"이 있다. 헤아릴 수 없는 마음이 욕망으로 가득 찬 "이 세상의 가장 더러운 거름이 되"는 세계는 어찌 보면 지리산에 파묻힌 백골의 주인이나, 녹두 장군 전봉준이 그토록 열망했던 세계였는지도 모른다. 똥통에서 입적한 매월당의 무량한 마음을 시인이 지금 이곳으로 불러내는 이유는 여기에 있다. 그는 죽음의 비극으로 점철된 이 세계에 "너희들이 내어버린 세상을/내가 가지마"라고 선언하는 존재를 내세우고 있다. 매월당의 이러한 행위를 무조건적인 희생정신이라고 의미화할 필요는 없다. 똥통 속으로 들어간 매월당의 기이한 죽음은 말 그대로 '기이한' 죽음일 뿐이기 때문이다. 중요한 것은 매월당의 기이한 죽음 자체가 아니라, 그 죽음을 시화하는 시인의 정신에 있다. 김영석은 비극의 역사를 수놓은 죽음의 이면에서 "무량한 마음"을 보고 있다. 무량한 마음은 비현실적인 마음이 아니다. 무량한 마음은 지금 우리가 사는 이 현실에 굳건히 뿌리를 내리고 있다. 그것은 자기의 욕망을 이루려는 이기적인 마음이 아니라 "너희들이 더럽게 내어버린 오물을/다툼 없이 홀로 차지한다"는 이타적인 마음을 향하고 있기 때문이다. 요컨대 시인은 무량한 마음에서 죽음의 비극을 넘어서는 시의 힘을 발견한다.

「포탄과 종소리」를 참고한다면, 그 힘은 포탄 껍데기에서 희망의 종소리가 울려 나오는 이치에 뿌리를 두고 있다. "육이오 전란의 유물임이 분명한 커다란 포탄 껍데기"를 마당가의 대추나무에 걸어놓고 스님은 하루 세 끼 공양 시간을 알리는 종소리를 울린다. 죽음의 포탄이 생명의 종소리로 화하는 이 순간을 시인은 놓치지 않는다. 죽음의 이면에는 또 다른 생이 있다는 것일까? 물건은 그것을 쓰는 이들의 무량한 마음에 따라 그 쓰임새가 달라진다는 것일까?

하나의 쇠붙이가 종과 포탄으로 나뉘어
한쪽에서는 폭음이 울리고
또 한쪽에서는 종소리가 울리네
한 몸 한 마음이 천지와 만물로 나뉘어
저저금 제 소리로 외치고 있네
대추나무에 포탄 종을 걸어 놓은 까닭은
이제는 포탄과 종이 하나가 되어
하늘 끝까지 땅 끝까지 울리라는 뜻이네
잘 익은 대추가 탕약 속에서
갖은 약재를 하나로 중화시켜
생명을 살려내고 북돋우듯이
대추나무 포탄 종을 울리라는 뜻이네
천지는 나의 밥이고
나는 또한 천지의 밥이니
쉼 없이 생육하고 생육하라는 뜻이네

푸른 바다의 천 이랑 만 이랑 물결들이
안타까이 어루만지다가 돌아가는
작은 연꽃 섬에서는
봄 가을 날마다
대추나무의 포탄 종을 울렸었네.

—「포탄과 종소리」 전문

하나의 쇠붙이가 종과 포탄으로 나뉘었으니, 종과 포탄은 결국 한 몸에서 나온 것이 된다. 한 몸에서 나온 것들이 하나는 생명을 죽이는 포탄이 되고, 하나는 공양 시간을 알리는 종이 된다. "한 몸 한 마음이 천지와 만물로 나뉘어/저저금 제 소리로 외치고 있네"라는 시구에 드러나듯, 시인은 나눌 수 없는 것을 억지로 나누어버린 이 세상을 향해 비판의 칼날을 드리우고 있다. 그리하여 대추나무에 걸린 포탄 종을 보며 시인은 "천지는 나의 밥이고/나는 또한 천지의 밥이니/쉼 없이 생육하고 생육하라는 뜻"을 읽어낸다. 생육의 길은 생명의 길이다. '포탄 종'이라는 말에 드리워진 삶과 죽음의 역설은 죽음마저도 생육의 길로 끌어들이려는 시인의 마음을 에둘러 표현한다.

하지만 포탄이 저절로 종이 되지 않는다는 것을, 돌려 말하면 죽음이 곧바로 생의 자양분이 되지 않는다는 걸 시인은 분명히 알고 있다. 삶에서 죽음으로, 혹은 죽음에서 다시 삶으로 가는 여정은 이렇듯 무량한 마음으로 이 세상을 보는 것만큼이나 어려운 일이다. 죽음에 대한 이야기를 통해 죽음 너머의 무량한 마음(시의 영역)을 들여다보려는 김영석의 시작은 이 지점에서 죽음과 생의 영역을 관통하는 시적 사유의 길로 들어선다. 죽음과 생이 하나라고 말하는 것은 쉽다. 마음속에서 그 둘은 하나일 수밖에 없다고 말하는 것은 더 쉽다. 그러나 그 쉬운 말들이 우리가 살아야 할 이 현실과 동떨어져 있다면, 그것은 시적 사유를 빙자한 가짜 깨달음에 불과하다. 요컨대 죽음을 이야기하려면 우리는 먼저 우리가 사는 이 현실—생에 대해 말할 수 있어야 한다. 김영석의 사설시에는 이러한 현실, 곧 우리의 생이 어떻게 표현되고 있을까? 우리는 이제야 김영석이 사설시를 통해 세운 가장 중요한 장소에 들어가게 되는 것이다.

4. 이성의 신화와 그 너머

「매사니와 게사니」라는 제목이 붙은 사설시에서 김영석은 우리에게 "그림자 없는 사내의 이야기"를 들려주고 있다. 그림자가 없다는 건 살아 있는 사람이 아니라는 말이다. 유령과 같은 존재. 그런데 그가 들려주는 이야기의 사내는 죽은 자가 아니라 살아 있는 자이다. 살아 있는 사람에게 그림자가 없다는 건 무슨 의미일까? 살아 있지만 죽은 존재라는 것일까? 최근 우리 시에 자주 등장하는 좀비(살아 있는 시체)나 유령과 같은 비존재의 유형에 속하는 '그림자 없는 사내'를 시의 세계로 불러냄으로써 시인은 인간-이성이 세운 건축물의 토대를 아예 뒤흔들어버리려고 한다. "도대체 꿈이 아니고서야 세상에 어떻게 이런 일이 일어날 수 있단 말인가."로 시작하는 '매사니와 게사니'의 이야기는 이성의 눈으로는 의미화할 수 없는 사건을 다루고 있다는 데서 문제적이다. 요컨대 사건은 일어났는데 그것을 해결할 방법이 없다. 삽시간에 장안의 화제가 되어버린 '그림자 없는 사내'의 문제를 해결하기 위해 저명한 의사와 과학자들이 모인다. 첨단 장비를 바탕으로 그들은 온갖 검사와 실험을 다 해 보았지만 그림자가 사라진 원인은 전혀 밝혀지지 않는다. 원인은 알 수 없는데, 그 사내에게는 특이한 변화가 계속해서 일어난다.

우선 그는 예전의 왕성한 식욕이 사라지고 아주 적은 음식물을 섭취하며 연명한다. 또한 사물과 현상에 대한 변별력이 흐려졌으며, 아무 일에도 흥미와 의욕을 느끼지 않는 심각한 무기력증에 빠져버렸다. 그의 직업이 변호사라는 걸 생각한다면, 이런 현상들이 선천적으로 이루어진 것이 아니라는 건 분명하다. 선천적인 것도 아니고 그렇다고 후천적인 원인도 찾을 수 없는 이 사건은 지방도시의 젊은이가 같은 증상을 보이면서 일파만파로 번지기 시작한다. 거의 매일 그림자 없는 사내가 나타났는데, 이상한 건 어린이는 이 재앙의 희생자가 되지 않는다는 점이었다. 거기다가 임자 없는 그림자들이 철모르는 어린애를 빼놓고는 닥치는 대로 사람들을 죽이는 상황까지 벌어진다. 그림자가 죽인 시체에는 한 방울의 피도 남아 있지 않아 사람들을 더욱 공포의 도가니로 몰아넣었다. 종잇장처럼 하얗게 말라버린 시체를 본 사람들의 마음에 서서히 공포가 자리 잡으면서 사회는 그야말로 거대한 혼란 속으로 빠져버린다.

바늘구멍만 한 틈이라도 보이면 그림자가 스며들어 아파트가 무너지고, 교량들이 폭삭 가라앉는다. 나무로 뒤덮였던 산이 눈 깜짝하는 사이에 벌건 속살을 드러내는 믿지 못할 일이 벌어지기도 한다. 사람들은 언제부터인지 모르지만 그림자 없는 사내를 '매사니'로, 임자 없는 그림자를 '게사니'로 부르기 시작한다. 그들에게 이런 이름을 붙였지만 달라진 건 전혀 없었다. 다만 매사니들은 얼마 살지 못하고 힘없이 죽어갔는데, 그에 따라서 게사니들 또한 하나씩 사라졌다. 그리고 철없는 아이들을 무서워하는 게사니의 특징을 고려하여 사람들은 언제 어디서나 어린애와 함께 생활하고자 했다. 하지만 이것은 애초부터 근본적인 해결책이 될 수 없었다. 어린애는 그 수가 한정되어 있고, 새로운 매사니와 게사니는 기하급수적으로 불어났기 때문이다. 이도저도 할 수 없는 사람들은 미신에 마지막 희망을 걸었다. 무슨 다라니 주문 같은 노래가 유행했고, 게사니 떼가 토끼를 무서워한다는 소문이 돌면서 토끼를 찾는 사람들로 하여 사회는 더욱 아수라장이 되었다. 과연 무엇이 문제였을까?

아침이 되면
감싸고 감싸이는 꽃잎의 중심
그 돌 속에서
온갖 물생物生들은 다시 태어나지만
그러나 보라
돌 밖 에움길의 어지러운 발자국 속에
휴지처럼 구겨진 깃털과 함께
사람들은 늘 시체로 남는다.

—「매사니와 게사니」 마지막 연

사건이 일어나면 인간은 원인을 찾는다. 그들은 원인을 찾아 사건의 기원으로 거슬러 올라가면 그에 대한 근본적인 해결책을 찾을 수 있다고 생각한다. 그러나 '그림자 없는 사내'라는 기막힌 사건이 알려주는 대로, 인간은 이성의 바깥에서 일어나는 일에 해서는 뚜렷한 해결책을 제시하지 못한다. 원인과 결과의 과정으로 정리되지 않는 문제이기 때문이다. "어쩌다가 매사니와 게사니는 헤어지게 되었는가. 어쩌다가 게사니는 제 어미와 자신까지 죽이게 되었는가."라는 근본적인 질문을 시인은 우리에게 던지고 있다. 인용한 시에 암시적으로 드러나거니와, 아침이 되면 온갖 물생物生들은 다시 태어나지만, 사람들은 늘 생명이 없는 시체로 남는다. "바람에 헝클린 겹겹의 지평선을/목에 감은 채/밤새 날갯짓하는 꿈을 꾼" 사람들은 왜 아침이 되면 시체가 되어버리는 것일까? 「매사니와 게사니」는 그러한 질문을 던지고 있을 뿐, 그에 대한 해답을 정확하게 보여주지는 않는다. 어떻게 보면 이 문제에 답변하는 것 자체가 무모한 일인지도 모르겠다. 인간의 이성이 세운 인식구조가 우리의 머릿속에 그만큼 깊이

박혀 있기 때문이다. 그렇다면 저 돌 속에서 다시 태어나는 물생과는 달리, 우리는 늘 시체로 남아 있어야 하는가? 매사니가 되어 게사니의 공포에 끊임없이 시달리며 살아갈 수밖에 없는가?

「거울 속의 모래나라」는 이러한 매사니로서의 인간의 공포를 극명하게 표현하고 있다는 점에서 우리가 주목할 만한 작품이다. 그림자 없는 사내의 이야기는 거울 속으로 들어간 사내의 이야기로 변주된다. 하지만, 그림자 없는 사내가 속수무책으로 게사니떼의 공격을 받는다면, 거울 속으로 들어간 사내는 자기 나름의 생각('이성'이라고 해두자)으로 이 곤경을 벗어나려고 노력한다. 「언어와 인식의 형상으로서의 세계」라는 논문을 쓰던 이 사내는 거울에 비친 자신의 모습을 보다가 엉겁결에 거울 속으로 빠져 들어간다. 거울 속에는 아주 낯설고 이상한 도시가 펼쳐져 있다. 생전 처음 보는 기호들이 상가의 간판에 씌어져 있고, 거리를 오가는 사람들은 위와 아래가 같은 단색의 옷을 입고 있다. 건물이나 거리는 물론 씻은 듯이 깨끗했지만, 전체적으로 공허하다는 느낌을 지울 수 없다. 이 도시에서 사내는 곧바로 소름이 돋는 사건 속으로 휘말려 들어간다.

우선 '언어' 문제 : 도시의 사람들이 내뱉는 말은 "차라리 쇠붙이를 긁어대는 무슨 물건들이 서로 부딪치는 소리에 가까웠다." 자음들만 연결된 듯한 해괴한 말소리에 질린 사내는 문득 이상한 소리를 내뱉는 사람들(사내는 이들을 '헛것들'이라고 부른다)의 모습이 쌍둥이처럼 똑같다는 것을 발견한다. 거기에다가 거울 속의 나라에서는 전혀 냄새가 나지 않았다. 감각이 마비된 세계라고나 할까. 감각이 배제된 추상의 세계라고 말해도 좋겠다. 실제로 시인은 이 시에서 "이상한 나라의 헛것들이" 벌이는 해괴하고도 끔찍한 장례식을 이야기한다. 헛것들은 끊임없이 모래알이 떨어지는 듯한 이상한 말소리를 내며 관 주위를 원을 그리며 돌았다. 절차를 마친 헛것들이 관을 열었는데 거기에는 온통 모래밖에 없었다. 이 나라를 덮고 있는 모래는 바로 헛것들의 시체였던 셈이다. 이곳에 있는 열매나 꽃, 풀잎들 또한 사내가 만지면 곧바로 모래로 변해버렸는데, 감각이 사라진 추상의 세계에서 언어는 한낱 "모래의 신기루"에 불과하다는 점을 시인은 뚜렷이 보여주고 있다고 하겠다.

그렇다면 이러한 추상의 세계를 사내는 어떻게 벗어날 수 있을까? 거울을 통해 이 나라로 들어왔으니, 이 나라에서 나가는 방법 또한 거울밖에 없다고 사내는 생각한다. 그런데 그 거울의 세계란 게 만만치 않다. 거울 속에서 바라보는 거울 밖의 세계는 그가 익히 알고 있는 세계와는 다르게 인식되고 있기 때문이다. 무엇보다 거울에 비친 자신의 모습이 사내는 낯설다. 거기다가 거울 밖에서는 지금 사내의 아내가 벌건 대낮에 웬 사내놈하고 그 짓을 벌이고 있다. 생각지도 못한 상황에 넋을 잃은 사내를 대여섯 명의 헛것들이 악귀처럼 쫓아온다. 등골이 오싹해지는 이상한 소리를 내지르며 따라붙는 그들을 따돌린 사내는, 그곳에서 자신과 같은 처지의 여자와 마주친다. 그녀와 이야기를 하면서 사내는 자신의 말이 저 헛것들의 말소리와 흡사하다는 느낌을 수차례 받는다. 거기에다 사내와 여자는 1인칭과 3인칭을 아무렇지 않게 혼용하며 대화를 진행한다. "여자는 '제가 거울을 보면서' '그 여자가 거울 속으로 들어와서' 따위로 말했고 남자는 '저는 그때 쫓기면서' '그 남자는 산 속에서' 따위로 말했다." 서점에서 거울을 바라보다가 모래나라로 빠져버린 여인과의 만남을 계기로 사내는 차근차근 이 상황을 벗어날 길이 무엇인지 생각하기 시작한다. 문제는 거울이니, 거울에 대한 사유가 무엇보다 핵심이 된다.

> 거울도 <보여짐>과 <바라봄>의 반복운동을 나와 똑같이 하고 있다. 거울은 나보다 먼저 나를 바라본다. 그렇다. 거울은 분명히 바라본다. 내가 거울 속의 <보여진 나>를 바라보고 구성하기 전에 거울은 처음부터 <보여지는 나>를 바라보고 구성한다. 거울이 최초로 보여주는 것은 <보여진 나>가 아니라 거울이 스스로 바라보고 규정한 <구성된 나>이다. 당장 거울 앞에 서 보면 그것을 알 수 있다. 거울 앞에서 오른손을 내밀어 보라. 거울 속의 그 사람은 왼손을 내민다. 어느 시인은 이것을 두고 "거울 속에는 소리가 없소……내 말을 못 알아듣는 딱한 귀가 두 개나 있소……악수를 모르는 왼손잽이오."라고 노래하지 않았는가. <거울 속의 나>를 바라볼 때마다 아주 생소한 느낌을 받는 까닭은 그 때문이다. 이제 <나>는 거울 속에 있는 <그 사람>으로부터 파생되었음이 분명하다. 거울이 없으면 나는 <나>를 알 수가 없고 거울 속의 <그 사람>이 없으면 <나>는 결코 태어날 수가 없다. 그러므로 거울과 <그 사람>은 언제나 <나>보다 선행하며 실체적이다. <그 사람>은 <나>보다 몸뚱이가 크고 나이가 많다.……그렇다면……거울이 나를 바라보고 <나>를 구성한다면 거울을 보고 있는 동안 나는 계속 구성될 것이므로 나는 순일하게 나를 통일시킬 수 없고 내가 통일되지 않으면 실제적으로 아무 일도 할 수가 없고……그러니까 거울을 바라보는 동안은 아무 일도 일어나지 않으니까……내가 진실로 무슨 일을 하려면 거울에 등을 돌려야……
>
> —「거울 속의 모래나라」 부분

'나'는 거울 속의 '나'로부터 파생되었다는 점을 사내는 인정한다. "거울이 최초로 보여주는 것은 <보여진 나>가 아니라 거울이 스스로 바라보고 규정한 <구성된 나>"이기 때문이다. 거울에 의해 '나'라는 존재가 구성되는 것이라면, 거울을 보고 있는 한 '나'는 거울로부터 벗어날 수 없는 존재가 되어버린다. 그렇다면? "어디까지나 거울에 등을 돌리고 뒤로 가야" 한다고 사내는 결론을 내린다. 거울을 보지 않으면 '나'는 '구성된 나'로부터 벗어날 수 있기 때문이다. 과연, 사내는 이 방법으로 모래나라라는 그 끔찍한 환영의 세계에서 탈출한다. 모든 것이 원래대로 돌아온 것일까?

다음으로 '나'라는 존재의 문제 : 철학을 전공한 대학 강사답게 사내는 이성적 성찰을 통해 거울 속 모래나라에서 빠져 나온다. 이제 그 나라에서 만난 여자를 만나러 갈 차례이다. 그는 여자가 말한 서점을 찾아 나선다. 서점을 찾는 데는 그리 오래 걸리지 않았다. 그 여자의 말 또한 사실이었던 셈이다. 그냥 집으로 돌아갈까 망설이던 사내는 운명의 예감에 휩싸이며 서점 안으로 들어선다. 그 여자는 서점 안에서 책을 보고 있었다. 그녀 역시 사내가 생각한 방법으로 빠져나온 것인가? 그런데, 여자는 사내를 알아보지 못한다. 거울 속의 여자와 사내가 지금 보고 있는 이 여자는 다른 존재인가, 아니면 같은 존재인가? '현실'로 돌아온 사내는 다시 혼란에 빠져버린다. 여자가 사내를 알아보지 못한다면, 사내는 과연 누구인가? 사내의 앞에 있는 이 여자는 거울 속에서 만난 그 여자를 과연 알고 있는 것일까? 자신조차 믿을 수 없는 현실에 사내는 말문이 막힌다. 그리고 "그의 풀죽은 말들은 자음과 모음이 제각각 뿔뿔이 흩어진 채 부실부실 모래알처럼 떨어져 내렸다." 자신이 생각한 현실로 돌아옴으로써 그는 거울 속 모래나라의 완벽한 헛것이 되어버린 것이다. 이야기가 끝난 자리에서 시인은 다음과 같이 노래한다.

유리구슬 눈알을 반짝이며 까마귀들이
색지를 오린 해와 달을 번갈아 걸어 놓는 곳
죽어도 넋이 남지 않으니
죽어도 죽음이 없는 이 곳은 어디인가
마른 강바닥에 나무뿌리처럼 제 몸을 내리고
두 개의 옛 거울은 잃어버린 채
남은 한 개의 거울만을 오른손에 들고서
늙은 무녀가 댓잎 서걱이는 소리로
헛되이 헛되이 넋을 부르는
천지사방 모래바람 날리는 이 곳은 어디인가

—「거울 속의 모래나라」 부분

주식主食으로 종이를 씹어 먹으면서 겉으로는 아주 위생적인 생활인이 된 이 나라의 사람들은 그러나 숲이 사라지고 강바닥이 드러나면서 영원히 헤어 나올 수 없는 아귀 지옥의 세계로 빠져든다. 종이가 귀해지자, 사람들은 예전에는 먹지 않던 종이의 가시, 곧 단단한 철사 토막의 기호들조차 먹어치운다. 아무리 먹어도 채워지지 않는 허기는 사람들로 하여금 뱃속의 철사 토막을 토악질하게 만들었다. 철사토막은 재생용지가 되어 사람들의 뱃속으로 들어가고, 사람들은 다시 그것을 토악질하는 일이 반복되면서 사람들의 허기는 점점 더 커져만 간다. 그리하여 허기에 지친 이들은 제 종이 살점을 뜯어먹기 시작한다. 앙상한 철사의 골격을 다 드러낸 채 폐차장의 고철더미를 뒤지는 악귀들의 형상은, 감각을 배제한 인간—세계가 얼마나 보잘것없는 세계인지를 에둘러 보여준다. 그림자를 잃은 매사니가 왜 그리 빨리 죽겠는가? 이성이 인간의 밝은 면이라면, 그림자는 인간의 어두운 면을 가리킨다. '밝고 어둡다'는 대조적인 용어를 사용했지만, 이성과 그림자는 사실 인간을 구성하는 하나의 구조물이라고 할 수 있다. 밝은 이성은 어두운 그림자와 더불어 인간을 만든다.

그런데 거울 속의 모래나라는 어두운 그림자를 그 나라의 바깥으로 추방해 버렸다. 어두운 그림자의 감각을 사람들은 추상화된 이성의 그늘로 덮어버린다. 이성 위에 다시 이성이 겹쳐지고, 밝음 위에 다시 밝음이 겹쳐지는 이 상황을 우리는 어떻게 이해해야 할까? '도구적 이성'이 구축한 근대사회의 비극을 생각해 보라. 모래나라의 헛것들을 고통스럽게 하는 뱃속의 허기는 근대사회를 이룩한 주체들의 무한욕망과 정확히 닮아 있다. 근대의 주체들이 가는 곳마다 자연은 앙상한 철사의 골격들을 드러내야 했다. 이성의 이름으로 진행된 자연을 향한 그 숱한 폭력들은 지금 인간 자신을 향해 부메랑이 되어 되돌아오고 있다. 이제 인간이 인간을 죽인다. 도구적 이성에 짓눌린 이 세계의 주체들은 타자의 몸을 갉아먹고, 제 몸 또한 가차 없이 갉아먹고 있다. "소리를 지르면 소리가 모래 되어 쌓이는 곳"이라는 시인의 말마따나, 우리가 사는 근대세계는 헛것들의 시체인 모래들로 둘러싸여 버렸다.

시인은 이 시에서 우리가 잃어버린 두 개의 거울을 시의 전면에 내세운다. "두 개의 옛 거울은 잃어버린 채/남은 한 개의 거울만을 오른손에 들고서"라는 시구에 드러나는 대로, 시인은 근대세계의 거울과는 다른 두 개의 옛 거울을 근대사회가 이룩한 이성의 신화를 해체하는 이미지로 제시한다. "남아 있는 한 개의 거울이/무섭게 홑성불이로 허기진 성욕을 채우면서/모래는 모래를 낳고 헛것은 헛것을 낳고/굴뚝새의 그림자는 새로 태어난 아이들의/그림자를 몰래 훔쳐 공장의 굴뚝으로 나와/논밭을 두더지처럼 들쑤시며 역병은 시작"되었다. 이성의 신화라는 이 역병을 우리는 어떻게 물리칠 수 있을까? 시인은 바리데기를 시의 세계로 불러들인다. 역병이 창궐한 이 세계로 "영원한 죽음의 여성"인 바리데기가 불려온다. "햇빛 달빛 곱게 걸러 피를 가른 아이"인 바리데기는 근대인이 잃은 해와 달의 두 거울을 몸속에 지니고 있다. 이성의 신화 너머에서 찾은 바리데기의 형상은 시인이 그만큼 우리가 사는 근대사회를 뿌리부터 부정하고 있음을 알려준다. 원통하게 죽은 넋들을 위로하기 위해 칼산지옥, 불신지독을 넘어서 오는 "저 늙은 무녀"의 눈부신 춤사위를 시인은 이성의 신화가 빚어낸 악귀(주체)들을 구제할 가장 원초적인 힘으로 제시하고 있는 셈이다.

5. '생각하는 주체'와 그 너머

하지만 시인이 이성의 신화 너머에서 불러온 바리데기를 '생각하는 주체'는 결코 인정하지 않는다. 증거가 없기 때문이다. 증거가 없는 것을 어떻게 믿을 수 있는가? 생각하는 주체는 그러므로 증거를 믿는 주체이다. 논리적 주체라고 말해도 상관없다. 눈에 보이는 증거가 있으면 믿을 수 있지만, 눈에 보이는 증거가 없으면 믿을 수 없다는 논리. 그런데 그 증거는 과연 누가 보증하는가? 「외눈이 마을」이란 사설시에서 시인은 이러한 '생각하는 주체'의 논리에 비판의 칼날을 들이댄다. '거울 속의 모래나라'에 사는 헛것들이 이성의 언어로 만들어진 추상의 세계에 집착하고 있다면, 외눈이 마을의 주체들은 율법과 계율에 집착하는 삶을 살아가고 있다. 문제는 그 율법과 계율이 어떤 과정을 통해 만들어진 것이냐는 점에 있다. 율법과 계율은 무엇보다 인간의 삶을 얽어맨다. 거기에 새겨진 언어에 집착할수록 인간의 삶은 사라지고 계율과 율법만이 오롯이 인간의 삶을 대체해버린다. 시인은 왼쪽 눈이 없는, 거대한 체구의 괴승을 이야기의 세계로 불러들임으로써, 외눈이 마을 사람들의 마음에 새겨진 율법과 계율의 기원을 시나브로 파헤쳐 들어가고 있다.

괴승은 자신이 믿는 옴비라 신만이 우주를 창조하고 주재하는 유일한 신이라고 주장한다. 마을 사람들이 믿고 있던 수리야 신을 태양신으로 격하시킨 그는 옴비라 신을 믿어야만 영생불사에 이를 수 있다는 말을 "묘한 광기와 열정이 느껴지는 목소리로" 외친다. 마을 사람들이 괴승의 말을 쉽게 믿을 리는 없다. 이전부터 몸에 밴 습관(관습이라고 해도 좋다)이 있기 때문이다. 눈에 보이는 증거가 없이 믿음의 신을 바꾸는 건 거의 불가능한 일이리라. 괴승은 바로 이 증거를 마을 사람들에게 보여준다. 그런데 기적이라는 이름으로 행해진 그 증거의 역사役事는 노동으로부터의 해방이라는 유토피아의 관념과 정확히 일치한다. 괴승은 자신의 동굴 같은 왼쪽 눈구멍에서 값비싼 보석들을 쏟아낸다. 마을 사람들의 생활—습관을 뒤바꾸는 기적—변화의 시작이다. 보석들은 모든 사람들에게 골고루 분배되고, 그에 따라 마을은 이전과 다른 활기로 넘쳐난다. "수리야 신의 소박한 시대가 물러나고 옴비라 신의 화려한 시대가 도래하고 있었다."고 시인은 이야기하고 있는바, 종교의 시대는 이렇게 사람들의 욕망과 더불어 그 첫걸음을 내디딘 셈이다.

사람들의 생활이 바뀌었으니 생활 규율 또한 마땅히 바뀌지 않을 수 없다. 옴비라 신에 걸맞은 율법과 계율이 하나하나 만들어지고, 그것은 곧바로 사람들의 행동을 규제하는 원리로 작동한다. 값비싼 보석의 기적이 사람들의 뇌리를 지배하는 한 옴비라 신에 대한 믿음을 사람들은 저버릴 수 없다. 그리하여 사람들은 긴 다라니 진언 주문을 진인(괴승)이 불러주는 대로 외운다. 필요한 때면 언제나 진인이 보석을 생산했으므로 사람들은 더 이상 농사를 짓지도, 길쌈을 하지도 않았다. 완벽한 유토피아의 세계. 하지만 그 세계가 영원히 지속될 리는 없다. 유토피아는 이곳에는 없는(U−topia) 세계라는 것을 우리는 분명히 알고 있기 때문이다. 과연 조금씩 상황이 변하기 시작한다. 먼저 "왼쪽 눈은 온갖 마귀가 들어와 장난을 치는 곳"이라는 진인의 주장에 따라 마을 사람들은 그들의 왼쪽 눈을 옴비라 신에게 바친다. '척안동隻眼洞'이라는 마을이 만들어지는 순간이다. 그리고 하나의 의식이 생겨난다. 아이들은 열네 살이 되면 신에게 왼쪽 눈알을 바치는 의식을 반드시 거쳐야 한다. 그래야 그 사회의 성인成人으로 인정되기 때문이다.

율법과 계율이 사람들의 마음에 스며들 무렵, 진인의 보석 생산량이 현격하게 줄어들면서 진인의 몸은 점차 석화되어가는 상황이 발생한다. 기괴한 형상의 바위로 변하기 전 진인은 "그동안 익혀 온 진언 주문을 한 자도 틀리지 말고 진심으로 외워야 한다"는 유언을 남긴다. 마을사람들에게 금기가 부여된 셈이다. 마을 사람들은 드디어 진인이 사라진 두려움의 세계와 맞닥뜨리게 된다. 무엇을 먼저 해야 할까? 그들은 무엇보다 주문을 정확히 외워야 한다고 생각한다. 그러나 주문이 너무 길어 진인이 살아 있을 때도 그것을 끝까지 외우는 사람은 없었다. 사람들은 날마다 신전에 모여 다 같이 주문을 외운다. 옴비라 신을 향한 믿음으로 그들은 숱한 우여곡절을 겪으며, 한 구절만 빼고 주문을 원래대로 복원하는 데 성공한다. 어느 이야기나 그렇지만, 바로 이 한 구절이 문제가 된다. '다냐야혹'

과 '아냐야혹' 중 어느 것이 맞는지 사람들은 선뜻 결정할 수 없다. 결국 그들은 다나야파와 아나야파로 갈라졌고 두 집단의 갈등과 반목은 시간이 흐를수록 깊어졌다. 거기다가 보석은 더 이상 생산되지 않아 그들의 생활 또한 궁핍해질 수밖에 없었다. 두 집단 모두 희생양을 원했다. 상대에 대한 증오가 한순간에 폭발했고, "모두가 피에 굶주린 아귀가 되어 밤낮으로 서로 죽이고 죽이는 끔찍한 살육전이 계속되었다." 모래나라의 헛것들은 외눈이 마을의 아귀로 한순간에 변해버린다. '생각하는 주체'가 자초한 현실이라고 할까. 대상을 배제하고 '나'를 중심으로 생각하는 인식구조의 폐해가 위 이야기에서도 극명하게 드러나고 있는 것이다.

무명無明의 어둠 속에서 두 눈을 뜨니
문득 한 줄기 바람이 일고
바람이 일어나 흔드니
온갖 바람의 형상들이 생기는도다
살과 뼈에 갇힌 그대여
네가 바라보는 모든 것들이
이제는 살과 뼈에 갇혀 있구나
육추六麤*의 구멍 속에서 숨 쉬는 그대여
네 마음의 곳간 가득히
온 세상의 지식이 쌓이면 쌓일수록
지식 밖의 무지의 영토는 더욱 넓어지고
네 굳은 믿음의 지층에 채굴하는
보석들이 눈부시게 빛나면 빛날수록
너는 캄캄한 바위로 굳어지는도다
외눈이로 건공중을 바이없이 헤매 도는 그대여

아는 것이 없으면 모르는 것도 없다 하느니
네 마음의 곳간마다 가득한
지식과 보석은 모래를 낳고
모래는 끝없이 번식하여 사막을 이루는도다
사막의 신기루는 네 마음이 세웠느니
바람이 물결 짓는 마음을
이제는 고요히 잠재워야 하리라
그 고요의 맑은 거울을 보아야 하리라.

* 육추 : 대승기신론大乘起信論의 용어. 무명으로부터 비롯되는 앎과 업고의 6가지 상相

—「외눈이 마을」 전문

이야기의 너머에서 '지혜'를 찾는 시인의 목소리가 들려온다. 육추六麤의 구멍에 갇힌 사람들의 머릿속에 "온 세상의 지식이 쌓이면 쌓일수록/지식 밖의 무지의 영토는 더욱 넓어"진다. 다냐아파와 아나야파는 '주문'에 집착함으로써 주문 밖의 이 지혜를 잃어버린다. 아니, 정확히 말하자. 그들은 애초부터 이 지혜를 헤아릴 수 있는 힘이 없었다고 봐야 한다. 그들은 진인의 말을 그대로 따라 했기 때문이다. '생각하는 주체'에게서 정작 '생각'이 빠진 경우라고 할까. 시인의 말마따나 "네 마음의 곳간마다 가득한/지식과 보석은 모래를 낳고/모래는 끝없이 번식하여 사막을 이루"었다. 거울 속 모래나라는 그러니까 '생각하는 주체'의 현재이고, 동시에 미래이다. 그의 마음속에는 사막의 신기루가 세워져 있다. 진인이 만든 신기루가 아니다. 생각하는 주체 스스로 제 마음속에 지식의 신기루를 세웠다. 이러한 지식의 세계에서는 "바람이 물결 짓는 마음"을, "그 고요의 맑은 거울"을 볼 수 없다. 거울 속에 들어간 주체는 오로지 거울 밖으로 빠져 나올 궁리만 한다. 거울 속과 거울 밖은 과연 다른 것일까. 육추의 눈으로 본다면 당연히 다를 것이다. 하지만 그 육추의 눈을 넘어서는 장소에 사는 존재라면 어떻게 될까? 인간의 지식으로는 도저히 도달할 수 없는 저 "고요의 맑은 거울"에 비친 존재.

「그 짐승」에 등장하는 "이상하게 생긴 짐승 한 마리"는 상징계를 떠도는 실재의 출현을 기록하고 있다는 점에서 '생각하는 주체'의 지식을 뿌리부터 뒤흔들고 있다. 그 짐승은 온갖 짐승이란 짐승을 한 몸에 버무려놓은 것 같았는데, 신통한 둔갑술이나 하는 듯이 그것은 순간순간 갖가지로 달리 보이는 특이한 모습을 하고 있었다. 그 짐승이 특이한 모습만 하고 있었다면 그리 문제가 되지 않았을 것이다. 인간—이성(지식)의 경계를 뛰어넘지는 않았기 때문이다. 이성의 바깥을 설정하고, 그 바깥을 '물자체'로 본 칸트의 후예들은 "괴이하고도 해괴망측한 일"을 물자체라는 말 속에 가둬버린다. 문제는 근대주체들의 이러한 발상이 상징계에 갑작스럽게 출현한 실재 앞에서는 속수무책일 수밖에 없다는 점에 있다.

이를테면 이 시의 '그 짐승'은 인간의 눈에는 보이지만, 동물의 눈에는 보이지 않는 특이성을 지니고 있다. 쇠 울타리를 친 사슴농장의 우리에 갇힌 그 짐승을 보고 사람들은 여지없이 호들갑을 떠는데, 정작 우리에 사는 사슴이나 농장의 개들은 그 짐승을 거들떠보지도 않는다. 소문이 퍼져 이 기묘한 짐승을 보기 위해 신문, 방송을 비롯한 온갖 직종의 전문가들이 농장으로 모여든다. 이성의 바깥에 있는 존재를 이성의 내부로 의미화하기 위한 작업이 시작된 것이다. 그런데, 기자들이 생생하게 찍은 TV 영상 속 어디에도 그 짐승의 모습은 전혀 보이지 않는 불가사의한 현상이 일어난다. 높고 튼튼한 쇠 울타리 안의 사슴들은 보이는데, 정작 화제의 대상인 그 짐승이 보이지 않자 세상은 말 그대로 들끓기 시작한다. 당황한 사람들이 다시 농장으로 가서 확인을 했지만, 그때는 이미 그 짐승 또한 자취를 감춘 상태였다.

이렇게 하나의 해괴한 에피소드로 끝날 듯했던 그 짐승의 이야기는 사슴 농장의 주인에게 기묘한 일이 발생하면서 다시 사회적 관심사로 떠오른다. 그가 다른 이들과 소통할 수 없는 언어를 사용하기 시작한 것이다. 언어는 근대주체를 만든 또 하나의 이성이다. 언어=이성이란 말에 걸맞게 언어를 사용하는 것은 곧 이성을 사용하는 것과 다르지 않은 일이었다. 언어를 사용하지 못한다는 것은 이성을 사용하지 못한다는 얘기다. 밥을 밥으로 말해야지 밥을 돌멩이로 말해서는 안 된다. 이성의 합의사항이기 때문이다. 농장의 주인은 정신병원에 수용되었지만, 그와 똑같은 증상의 사람들은 우후죽순처럼 번져간다. 실재가 상징계를 휘감아버린 이 사태의 주체들에게 사람들은 '언둔갑'이라는 이름을 붙인다. 그리고 정신과 의사, 언어심리학자, 사회학자 등 여러 분야의 전문가들로 구성된 조사위원회가 '이성의 이름으로' 이 문제를 조사하기 시작한다. 하지만 그들이 무엇을 할 수 있겠는가? 그들이 대책이라고 이야기하는 '말'은 사태의 변죽만 울릴 뿐이었다. 말이 말을 낳고, 그 말이 또 다른 말을 낳는 이성의 언어.

이성의 언어를 끊임없이 내뱉던 당국이 경황 중에 결단을 내렸다. 언둔갑 병이 발생한 지역을 중심으로 반경 4킬로미터에 방역망을 설치하고, 사람은 물론 모든 생물의 출입을 엄격히 통제하는 것이었다. 당연히 방역망 내의 모든 가축과 짐승들은 도살('살처분'이라는 무서운 말을 생각하자!)되어 땅속 깊이 매몰되었다. 도구적 이성이 낳은 이 비극은 인간과 동물의 엄격한 분리가 낳은 가장 반생명적인 사건이었다. "방방곡곡이 아비

초열 지옥이 되고 규환 지옥이 되어 짐승들의 피비린내와 단말마의 신음 소리가 그치지 않았다." 이성의 이름으로 행해진 이 만행을 우리는 어떻게 바라봐야 할까? '생각하는 주체'가 동물을 대상화하는 순간 동물은 죽여야 할 사물로 변해버린다. 근대이성이 만든 이러한 인식의 세계에서는 과연 무엇이 최후의 생존자가 될까? 언둔갑이 사건은 결국 시간에 의해 해결된다. 해결되지 않았다고 말하는 게 정확하겠다. 보이지 않는 세계에 잠복해 있다가 어느 날 문득 우리가 사는 이 세계로 돌아올지도 모르기 때문이다. 그에 대한 염려일까, 시인은 '그 짐승'을 만날 다음 세대들을 위해 다음과 같이 노래한다.

이러매 내가 노래한다

어둠이 낳고 기른 그 짐승을
실은 없는 그 짐승을
어둠 속에서 나는 보았다
없으므로 더욱 힘이 세고
온갖 형상으로 있게 되는 그 짐승을
인생의 황혼녘에 나는 만났다
돌아보니 길고 긴 세월을 헤매었구나
어두운 가시덤불 숲길에서
눈먼 세월 온 몸에 단근질하고
눈비 내리는 들판 길 수렁에 빠지면서
맨몸 네 발로 예까지 기어왔구나
어찌하여 나는 어둠 속에서 눈을 뜨고
말의 창틀로 세상을 내다보기 시작했던가

촘촘한 말의 그물에 갇혀
평생을 청맹과니로 떠돌아야 했던가
눈에 보이고 귀에 들리는 것 모두가
스스로 번식하는 저 말의 그물조차
그 짐승의 꿈같은 장난이었고
나 또한 그 짐승의 충직한 노예였구나

—「그 짐승」 부분

어둠이 낳고 기른 '그 짐승'을 시인은 '이성의 언어'로 해석한다. "촘촘한 말의 그물에 갇혀" 세상을 바라볼 때 그 짐승은 우리 앞에 나타난다. 돌려 말하면 촘촘한 말의 그물 자체가 우리를 '정신병자'로 만들고 있는 셈이다. 우리가 지금 쓰고 있는 말과 언둔갑이들의 말은 어떻게 보면 언어구조의 틀 속에서 뻗어 나온 동일한 말일지도 모른다. 사회에서 용인된 언어가 있기 때문에 언둔갑이들의 말이 있다는 시인의 해석을 우리는 어떻게 받아들여야 할까? '생각하는 주체'가 만든 이 세계는 이렇게 그가 의도하지 않은 수많은 것들로 하여 끊임없이 뒤흔들리고 있다. 그러니까 '그 짐승'이 문제의 중심에 있는 것은 결코 아니다. 그 짐승을 그렇게 만든(인식한) '생각하는 주체'의 사고구조가 그 짐승을 날뛰게 한 근본적인 원인이기 때문이다. 시인의 말마따나 그 짐승은 어둠이 낳고 길렀다. 어둠의 덩어리란 말이다. 어둠속에 있어야 할 그 짐승을 이 세계로 불러낸 것은 어둠 속에서 '눈을 뜬' 바로 우리 인간—이성들이다. 이성의 빛이라는 이름으로 끌려나온 그 짐승의 형상은 그래서 장자가 이야기한 '혼돈'이라는 짐승과 상당히 닮았다. 하나의 덩어리로 존재하는 혼돈을 불쌍히 여긴 사람들이 구멍을 뚫어주자 그만 혼돈은 죽어버렸다(『장자』「응제왕편應帝

王編」)는 이야기를 떠올려 보라. 어둠 자체로 인정하지 않으면 어둠은 죽어버린다. 마찬가지로 빛을 빛으로 인정하지 않으면 빛은 죽어버린다. 이성의 빛, 즉 '생각하는 주체'가 죽인 것은 이 어둠이고, 이 혼돈이었다. 그 짐승은 결국 이성의 빛－생각하는 주체가 우리에게 고스란히 떠넘긴 죽음의 유산에 해당되는 셈이다.

6. 이성의 바깥을 향한 봄풀의 저 무성한 성욕

죽음의 유산들은 안개가 되어 우리 곁을 맴돌고 있다. 「그 짐승」을 따른다면, 우리는 언어=틀의 안개에 갇혀 있다. 어둠을 어둠이라고 생각하지 않고, 바다를 바다로 생각하지 않는다. 언어로 해석된 세계는 언어가 없으면 사라져버리는 환영의 세계이다. 세계가 환영이니 그 세계를 살아가는 주체 또한 환영이지 않을 수 없다. 「바람과 그늘」에서 시인이 던지는 "나는 진정 누구인가?"라는 질문은 따라서 '생각하는 주체'의 입장에서 보면 가장 절실한 질문이라고 할 수 있다. 나의 이름은 나를 보증하는가? 이름이 언어에 불과한 것이라면, 그래서 이름으로는 나를 보증할 수 없는 것이라면, 지금 이곳을 살아가는 '나'를 보증하는 것은 과연 무엇일까?

여기, 출판사에 다니는 오달삼이면서, 동시에 국어교사인 박구열, 그리고 XX물산 과장인 최지민이 있다. 하나이면서 셋이고, 셋이면서 하나인 이들을 '하나'로 통합할 수 있는 '나'는 어디에도 없다. 오달삼은 어느 순간 박구열로 변하고, 박구열 또한 어느 순간 최지민으로 변한다. 오달삼은 자신이 '오달삼'으로 살아온 것을 기억하고 있지만, 박구열과 최지민이 된 이후에는 오달삼으로 살아온 삶을 스스로 입증할 도리가 없다. 그만 바뀐 게 아니라 그가 사는 세계도 바뀌었기 때문이다. 무슨 얼토당토않은 소리냐고 힐난하는 목소리가 들리는 듯하다. 분명한 것은 오달삼이라는 '생각하는 주체'가 자신을 입증하려면 그를 둘러싸고 있는 세계가 절대적으로 필요하다는 점이다. 그가 출판사에 나가 자신의 삶-기억을 굳이 확인하려는 이유는 여기에 있다. 출판사 직원들은 '오달삼'이라는 존재가 있었다는 걸 알고 있지만, 그것을 확인하는 그를 '오달삼'으로 인정하지는 않는다. 오달삼은 이미 박구열로 변했기 때문이다.

그렇다면 오달삼은 어디로 간 것일까? 원래부터 없었다면 상관없지만, 오달삼(박구열이 된)과 출판사 직원들은 오달삼이 '있었다'는 것을 분명히 증언하고 있다. 있었는데 지금은 없다면 오달삼은 죽은 것일까? 그래서 오달삼의 몸에 붙어 있던 영혼(?)이 박구열의 몸으로 옮겨간 것일까? 다시 그렇다면 박구열의 몸에 있던 영혼은 어디로 간 것인가? 출판사에서 오달삼은 하룻밤 사이에 몇 년이라는 시간이 흘러가 버렸음을 확인한다. 시간이 어긋나 버렸으니 이제 그가 살 길은 '박구열'이라는 존재를 그대로 받아들이는 것 이외에는 있을 수 없다. 몸과 생각이 분열된 존재가 되었다고나 할까. 이 사람은 박구열인가, 아니면 오달삼인가?

그런데 이러한 존재의 '변신'은 한 번으로 끝나지 않는다. 오달삼(박구열)은 매일 밤 짙은 안개 속에 우뚝 서 있는 기묘한 바위 꿈을 꾸었는데, 그 바위는 질척한 밀가루 반죽처럼 흐물흐물 녹아내리면서 생전의 어머니의 목소리로 "얘야 어서 오너라, 어디 갔다 이제 오느냐." 하며 웅얼거린다. 낮에는 오달삼과 박구열의 사이를 오가고, 밤에는 바위의 부름 소리에 가위눌림을 당하는 상황에 치를 떨던 그는 어느 날 자신이 또 다른 존재로 변해 있음을 발견한다. 웬 젊은 여자의 목소리를 들으며 잠에서 깬 그는 거울 속에 비친 생면부지의 사내를 한없이 지친 표정으로 쳐다본다. XX물산회사 제3 과장의 직함을 가진 최지민이 그 사내인데, 결국 오달삼은 오달삼과 박구열의 기억을 지닌 채로 다시 최지민으로 살아가야 하는 상황에 봉착한 셈이다. 오달삼을 기억하고 있고, 박구열 또한 기억하고 있으니 최지민은 최지민으로만 한정될 수 없는 존재이다. 더 큰 문제는 그의 뇌리에 남아 있는 기억의 한계지점을 어디까지 잡아야 하느냐는 점이다. 곧 그는 오달삼의 삶까지는 기억하고 있지만, 돌아가는 상황을 보면 오달삼 이전에 그는 또 다른 사람의 삶을 살았을지도 모른다. 요컨대 그가 기억하지 못하는 어떤 삶이 있고, 그렇게 계속해서 거슬러 올라가다 보면 그의 삶은 모든 이의 삶과 다르지 않다는 결론에 이르게 된다. '나는 너(그)'가 되어버리는 이 불가사의한 현상을 우리는 어떻게 이해해야 할까?

나이면서 너이고, 동시에 그인 오달삼은 결국 "국민학교 2학년도 채 마치지 못하고 떠"난 고향을 찾아가기로 마음먹는다. '나'의 기원을 찾는 여행이라고나 할까. 하지만 출판사의 직원들처럼 고향 사람들 또한 그가 기억하는 것과는 다른 이야기를 한다. 아무개가 존재했다는 사실 말고는 모든 것이 뒤틀리고 헝클어져 있다. 고향에서도 '나'를 확인할 수 없다면 그는 어디로 가야 할 것인가? 그때 밤마다 꿈속에 나타나던 그 바위가 그의 눈앞에 펼쳐진다. 일명 '넋바위'. 그곳에서 그는 그의 삶을 혼란에 빠뜨린 오달삼과 박구열을 다시 만난다. 오달삼과 박구열과 최지민이 드디어 한자리에 모였다. 나이면서 너이고, 동시에 그인 세 사람이 모였으니 '나는 진정 누구인가'라는 질문은 해결되는 것일까? 시인은 넋바위 속으로 빨려 들어가는 두 사람의 옷자락을 거머잡은 채, "당신은 누구야?…… 나는 누구야?"라고 외치면서 그들과 함께 바위 속으로 사라지는 존재의 상황을 이야기의 말미에 배치한다. 그 세 사람은 넋바위라는 곳으로 한꺼번에 휩쓸려 들어간 셈이다.

넋바위라는 죽음의 공간으로 들어감으로써 오달삼은 '나는 진정 누구인가?'라는 질문에 대한 답을 얻었을까? '나'를 향한 질문의 끝에 넋바위, 곧 죽음이 있다는 점을 생각한다면, 오달삼—박구열—최지민으로 이어지는 존재의 변신은 '나'에 대한 질문이 '나'와 연관된 수많은 존재들의 질문을 반복한 결과로서 나타나고 있음을 예시한다. '생각하는 주체'의 이면을 구성하는 수많은 존재들의 삶이 '나는 누구인가'라는 질문 속에 오롯이 스며들어 있다. 돌려 말하면 '나'는 타자들의 삶과 죽음이 모여 구성된 존재이다. 오성悟性의 결과물로서의 '나'가 아니라 생명의 순환 속에서 이루어진 '나'를 시인은 다음과 같이 '시의 영역'에서 표현하고 있다.

> 견고한 보석들을 낳는 오성悟性이여
> 모순을 모르는 대낮의 아들이여
> 모든 것은 단단한 겉이 되어
> 네 신민臣民들의 창고에 끝도 없이 쌓일 뿐
> 탐욕스럽게 넓혀진 제국의 지도에는
> 이제 웅덩이의 깊이조차 보이지 않는다
> 그 많은 곤충과 새들을 실어오던
> 안개의 목선木船들도 보이지 않는다
> 이제 풀벌레의 울음소리는
> 풀 수 없는 암호문이 되어 울 밖으로 흩어지고

날지 않는 화살에 상처받은 사슴은
오늘 밤새워 이슬이 내려도
갈밭의 샘물가에 끝내 이르지는 못한다
움직이지도 변하지도 않는 잔인한 공간이여
잠시도 쉬지 않고 변하는 나를 보라
샘물의 깊이에서 옷 벗는 나를 보라
창고에 쌓인 보석들이 네 영혼의 밥이 되지 않으니
고향의 샘으로 서둘러 돌아가야 하리
한 줄기 맑은 바람으로 떠나야 하리

—「바람과 그늘」 부분

오성은 모순을 모른다. 나는 나이어야 하고, 그는 그이어야 한다. 근대 인식론의 핵심인 주체—대상의 대립구조가 오성의 영역에서 생성되고 있는바, 이렇게 본다면 오성은 오달삼이 던진 '나는 진정 누구인가?'라는 질문에 전혀 대답할 수 없는 사유의 방법에 해당된다고 하겠다. 시인의 말마따나 오성은 풀벌레의 울음소리를 풀 수 없는 암호문으로 만들어 울 밖으로 던져버린다. 보이지 않는 것을 물자체로 간주한 칸트의 후예들답게 근대인은 이러한 오성의 법칙을 통해 찬란한 도시문명을 세웠다. 문명의 이면에 자리한 자연은 인식의 대상이 되어 파괴되었고, 그 결과 우리는 자연과의 고리를 잃어버린 채 언어가 부풀린 환영의 세계를 떠돌며 살고 있다.

이처럼 시인은 위 시에서 괴승의 왼쪽 눈에서 나온 진귀한 보석들, 곧 환영들이 우리의 삶을 보증하지 못하리라는 걸 강조하고 있다. 그는 "고향의 샘으로 서둘러 돌아가야" 한다고 주장하고, "한 줄기 맑은 바람으로 떠나야" 한다고 이야기한다. "하나이면서 여럿인 모순의 얼굴"(같은 시 3

부)을 향해 온 마음을 기울여 깊이 절을 올려야 한다고 속삭이기도 한다. 이 시의 1부를 참고한다면, 이러한 모순의 얼굴은 새가 황소가 되고, 황소는 다시 개오동나무가 되는 변신의 세계와 한없이 얽혀 있다. 오성의 저편에는 변신의 감각이 있다. 변신은 모순을 인정한다. 이 세상에 변하지 않는 것은 없기 때문이다. 그러니 오달삼이 박구열이 되고, 최지민이 되면 어떤가? 한 사람의 얼굴에 새겨진 모순의 얼굴들을, '나'라는 사람의 얼굴에 새겨진 그 숱한 과거의 얼굴들을 생각해 보는 것만으로도 변신에 대한 시인의 감각을 우리는 충분히 이해할 수 있을 것이다.

그러나 문제는 여전히 해결되지 않은 채 남아 있다. '나는 너다'라는 인식이 '나는 진정 누구인가?'라는 질문의 해답이 될 수는 있겠지만, 그러한 인식을 현실 속에서 감각화하는 문제가 아직 남아 있기 때문이다. 요컨대 '나는 진정 누구인가' 하는 질문은 무엇보다 지금 이곳을 살아가는 존재의 감각과 긴밀하게 연동되어 있다. 나이면서 너이고, 동시에 그인 모순의 존재는 넋바위에만 있는 것은 아니라는 말이다. 넋바위가 죽음의 공간이라면, 그래서 나－너－그의 구분이 사라진 비－감각의 세계를 형성하고 있다면, 우리가 사는 이곳은 감각을 지닌 이들의 삶이 얽히고설켜 이루어진다. 「길에 갇혀서」라는 사설시에서 시인이 언급하는 대로, 우리가 사는 이 세계에는 "예나 제나 얽어매고 가두려는 자와 풀어 헤치고 벗어나려는 자가 있다." 이를테면 오성의 법칙을 중시하는 이들은 제멋대로 펼쳐져 있는 듯 보이는 자연에 항상 질서를 부여하려고 한다. 길면 자르고 짧으면 늘여서 오성의 침대에 걸맞은 대상을 그들은 만들어내려고 한다. 그러니 폭력이 뒤따를 수밖에 없다. 말로 안 되면 주먹이 나오고, 주먹이 안 되면 칼과 총이 나온다.

「길에 갇혀서」에서 시인은 이렇듯 오성의 침대에 갇힌 존재들을 시의 세계로 불러낸다. 1961년 5월의 전주경찰서 직할파출소 반지하 감방에서 펼쳐지는 이야기는 억압을 풀어 헤치고 벗어나려는 자들에게 초점이 맞추어져 있다. 학생들 사이의 폭력 사건에 연루되어 수감된 '나'는 그곳에서 '교원노동조합'을 결성하려다 쿠데타 세력에 의해 검거된 고등학교 은사들과 조우한다. "나는 교원노동조합이 무슨 일을 하는 것인지, 그것이 왜 용공인지, 용공의 정확한 뜻이 무엇인지 어느 것 하나 분명하게 이해되는 것이 없었다."라는 진술에 드러나는바 그대로, 이 시에서 시인은 교원노동조합의 역사성이나, 그 구성원들의 힘찬 투쟁의지를 이야기의 중심에 내세우지 않는다. 시인은 차라리 사회 과목을 가르치는 정일곤 선생의 기행에 주목하고 있다. 수업 시간에 학생들에게 담배를 빌릴 정도로 거침없이 행동하는 이 인물의 기행을 기록하면서 시인은 "풀어 헤치고 벗어나려는 자"들이 펼치는 생명의 욕망을 다시금 확인한다.

감방 사람들을 아연실색케 한 정일곤 선생의 기행은 평온한 일요일에 벌어진다. 일요일이면 수감자들을 대상으로 종교 행사가 벌어졌는데, 그날도 여느 날처럼 전주 성결교회에서 목사가 예닐곱 명의 성가대 아가씨들을 데리고 행사를 진행했다. 수감자들은 목사의 지루한 설교에는 도통 관심이 없고, 오로지 성가대 아가씨들을 바라보느라 정신을 팔고 있었다. 지루한 목사의 설교가 끝나고 아가씨들이 화사한 목소리로 찬송가를 부르기 시작했다. 때 묻지 않은 그녀들의 목소리에 취해, 노래가 막 끝나가고 있는 것을 아쉬워할 무렵, "어디선가 감방을 온통 들었다가 내팽개치는 듯하는 소리가, 마치 무슨 상처받은 짐승이 마지막 숨을 거두면서 포효하듯 울부짖는 소리가 갑자기 터져 나왔다." 그야말로 날벼락 치는 그

소리는 "으으윽, 좆꼴립니다……"라는 정일곤 선생의 외침소리였다. 행사장은 순간적으로 조용해졌다. 모두 넋이 빠져 창살을 두 손으로 움켜잡은 채 얼굴을 온통 일그러뜨린 정일곤 선생을 쳐다보았다. 그의 이 외침을 우리는 어떻게 바라봐야 할까?

이 시의 '나'는 "적어도 그 좆꼴린다는 외침이 성가대 아가씨들을 겨냥한 것은 아닐 것이다. 어쩌면 그것은 붙들고 있던 창살이나 보이지 않는 벽 같은 것들, 그러니까 정상적으로 말을 건넬 수 없는 것들 앞에서 답답한 마음의 응어리가 터져 나오는 그런 외침일 지도 모른다."라고 이야기한다. 그럴 수도 있다. 하지만 '좆꼴린다'는 말을 그처럼 상징화할 필요는 없을 듯싶다. 그것은 어찌 보면 생명의 자연스러운 현상이기 때문이다. '좆꼴리다'의 대상이 성가대 아가씨들이든, 그 너머의 억압체계이든 살아있는 생명이라면 자연스럽게 이러한 몸의 현상에 직면할 수밖에 없다. 다음 날 형무소로 이송되면서 정일곤 선생은 나에게 "이눔아, 기죽지 마."라는 말을 한다. '살아 있는 몸'으로 살아 있으라는 말이다. 시인은 정일곤 선생의 이 일과 전국교직원노동조합(1989년 결성)의 5단 통광고에 그려진 "겹겹이 어긋나고 서로가 서로를 가두는 모습"을 나란히 배치한다. 역사는 반복된다. 여전히 가두는 권력이 있고, 여전히 그 권력으로부터 벗어나려는 사람이 있다. 시인은 갇혀 있는 사람일수록 불두덩께로 뜨거운 기운이 내뻗치는 것을 느껴야 한다고 말한다. 살아 있음의 표시이기 때문이다.

살아있는 것은 언젠가는 변하게 되어 있다. "아, 정말 좆꼴리는구나"라는 시인의 외침이 생명의 에로티즘과 깊이 있게 이어지는 까닭은 여기에 있다. 살아 있는 생명은 살아 있는 몸을 원한다. 고난에 처할수록 생명은 생명다운 힘을 원한다. 그 힘을 시인은 이렇게 생명의 에로티즘에서 찾는다. '나는 진정 누구인가'라는 질문은 이러한 생명의 에로티즘과 밀접하게 관련되어 있다. '생각하는 주체'가 애써 외면한 에로티즘의 자리에서 시인은 '나는 진정 누구인가'라는 해답을 찾는다. 오달삼은 박구열이고 최지민이며, 또 다른 누군가이다. 그들은 때가 되면 정일곤 선생의 말마따나 '좆이 꼴린다.' 이만큼 그들을 휘감는 존재의 본성이 있을까. 그리하여 시인은 다음과 같이 노래한다.

이러매 내가 노래한다

눈썹 끝 타오르는 노을 속에서
수많은 새떼들이 부화하여 날개를 치는
서해 바다 뻘밭으로 우리는 가자
여기저기 막혀서 끝내 더는 갈 수 없을 때
세상의 모든 길 다 죽어버린 곳
세상에서 어찌할 수 없는 것들만 모여 사는 곳
온갖 징역살이의 시커먼 머리채가
바람결로 풀려서 일렁이는 곳
서해 바다 뻘밭으로 우리는 가자
거기 노을 속 막막한 뻘밭에
새벽같은 알몸들을 딩굴게 하여
온 몸을 칭칭 감은 사슬자국 멍을 삭이고
아무도 뺏을 수 없는 우리들 성욕으로
천 이랑 만 이랑 푸른 파도를 만들자
천 이랑 만 이랑 푸른 어깨를 겯고

멱찬 밀물되어 우우우 뭍으로 달려가는

새끼짐승들의 희고 튼튼한 발굽들을 만들자

—「길에 갇혀서」 부분

우리들의 성욕은 아무도 빼앗을 수 없다. 성욕을 뺏긴다는 건 곧 죽음이기 때문이다. 나 스스로 내가 나인 것을 증명할 도리는 없다. 상황에 따라 '나'는 끊임없이 변화한다. 변화를 인정하지 않으면 내가 생각하는 나에 집착할 수밖에 없다. '생각하는 주체'는 바로 여기서 탄생하거니와, 근대의 인식론은 어떻게 보면 변화를 인정하지 않는, 달리 말하면 대상을 주체의 시선으로 고정하려는 바로 그 점 때문에 '도구적 이성'을 낳았다고 볼 수 있는 셈이다. 김영석은 도구적 이성의 저편에 살아 있는 생명을 배치하고 있다. 그리하여 도구적 이성이 한사코 세우려 드는 저 벽을, 저 감옥을 살아 있는 생명은 "저 봄풀의 무성한 성욕으로/그 연약한 실뿌리 하나로" 무너뜨린다. "길을 내어 길에 갇힌 너희들"이 모르는 것은 이러한 성욕의 끊임없는 생명성이다. 성욕이 수많은 생명을 낳는다.

에로티즘의 미학은 이처럼 김영석의 시에서는 성욕의 시학으로 펼쳐진다. 이성의 논리에 갇혀 타자의 세계를 거부하는 이들을 향해 벌이는 에로티즘의 놀이는 김영석의 사설시가 굳건히 현실에 뿌리 내리는 힘으로 작용한다. 그는 이야기를 통해 시를 쓰고, 그 시를 통해 다시 이야기의 영역을 확장하려고 한다. 시에서 직접적으로 말할 수 없는 것을 그는 이야기로 전달한다. 그의 사설시에 우리가 사는 이 세계의 현실이 깊이 개입하는 이유이다. 그리고 그는 이야기로는 표현할 수 없는 것을 시인의 목소리로 드러낸다. 김영석의 사설시가 현실 너머의 또 다른 현실과 마주하는 이유이다. 이야기에 대한 욕망과 시에 대한 욕망 사이에서, 혹은 이야기의 현실과 시의 또 다른 현실이 빚어내는 사이의 공간에서 시인은 오늘도 '노래'를 부른다. 그 노래의 끝은 어디일까? 죽음을 넘어서는 에로티즘의 세계일까? 아니면 그 에로티즘마저도 넘어서는 어떤 세계일까? 대답 없는 질문만이 끊임없이 필자의 뇌리를 맴돌고 있다.

7. 나가며

2014년 발간된 시집 『고양이가 다 보고 있다』(천년의시작)에는 「나루터」라는 제목의 사설시 한 편이 실려 있다. 사설시에 대한 관심이 여전히 지속되고 있음을 보여주는 이 시에서도 시인은 인간의 언어로 하여 생기는 문제에 시적 관심을 기울이고 있다. "말이 만드는 모호한 안개들"에 둘러싸인 나루터에서 벌어지는 무의미한(?) 일들을 묘사함으로써 시인은 현대인들의 삶에 내재된 환영의 세계와 한판 승부를 벌인다. 환영은 언어로 만들어진 추상의 세계를 의미한다. 구체적인 감각이 사라진 세계이므로 이 세계에는 분명한 것이 아무것도 없다. 안개로 가득 찬 나루터를 서성이며 이 시의 화자인 맹목 씨는 나루터 너머의 어떤 세계를 '맹목적으로' 갈망하지만, "하얗게 아무것도 생각나지 않았다"는 진술에 나타나는바 그대로, 그는 그가 왜 나루터에 왔고, 나루터 너머의 세계를 왜 그리워하는지 전혀 답변하지 못하고 있다.

나루터에는 맹목 씨보다 먼저 와서 나룻배를 기다리던 고향 씨와 분신 씨가 있었는데, 그들이 하는 말 또한 부연 안개를 피워 올리기는 마찬가지이다. 그러니까 그 세 사람은 뚜렷한 목적도 없이, 어디선가 들은 이야기를 확인하기 위해 나루터를 서성거리고 있는 셈이다. 문제는 그들이 기억하고 있는 과거가 이야기 도중 끊임없이 뒤바뀌고 있다는 사실이다. 말하는 사람과 듣는 사람의 대화는 애초부터 불가능한 상황에 빠져 있다. 말이 말을 낳고, 소문이 소문을 낳는, 시인의 말대로라면 안개가 안개를 낳는 모호한 상황이 그들의 대화를 규정하고 있다. 시간이 사라진 세계, 혹은 이쪽과 저쪽이 안개에 뒤덮여 구분이 되지 않는 세계라고 할까. 그들은 오로지 나루터 저쪽에서 들려오는 학 울음소리를 듣기 위해 간절한 마음으로 기도한다. 그래야 나룻배를 타고 나루터 저쪽으로 갈 수 있다고 믿기 때문이다. 하지만 이야기의 말미에 드러나거니와 학 울음소리는 안개가 낳은 소문, 곧 환영(이 시에서는 "눈부시게 하얀 억새꽃"으로 나타난다)임이 밝혀진다. 안개가 낳은 환영에 홀린 그들은 어디에도 없는 세계를 그리워하며 나루터를 헤매고 있었던 것이다.

이렇듯 이야기의 영역이 말의 안개가 낳은 소문을 기록하고 있다면, 시인이 부르는 노래(시)는 소문 너머의 어떤 세계, 즉 말할 수 없는 세계를 언어로 표현하고 있다. 시의 영역에서 시인은 "안개가 피운/멀고도 가까운 한 송이의 꽃"을 "바라보는 그대는/바로 그 속에 있"다고 선언한다. 꽃 속에서 비로소 꽃을 본다는 시인의 전언을 우리는 어떻게 이해해야 할까? 꽃은 말의 안개에 가려져 있다. 추상화되어 있다는 말이다. 그래서 언어로 보는 꽃은 단지 환영일 뿐이라는 것을 시인은 거듭해서 강조한다. 언어라는 환영 너머에 꽃이 있다. 시인의 말을 따른다면, "실바람에 안개가 흩어질 때/한 송이 꽃이 머문 자리/저 깊고 푸른 하늘빛"이 보인다. '실바람'으로 표상되는 시의 영역은 이렇게 이야기의 영역에서 펼쳐진 길을 넘어 새로운 길로 뻗어 나간다. 꽃의 길은 꽃의 안에 있다. 달리 말하면 사물로 가는 길은 사물의 안에 있다. 근대주체의 이성에 질린 사물들이 스스로 막아버린 이 길을 시인은 '실바람'의 상상력으로 다시금 만들려고 한다. 말의 안개가 흩어지면 나타나는 저 길은 그러므로 "갈 길이 없으므로 갈 길이 있"는 역설적인 길이 될 수밖에 없다. 언어로 하여 인간은 사물로 가는 길을 잃었다. 하지만 언어가 없으면 그 길을 찾는 것 역시 불가능하다는 걸 시인은 알고 있다. 말의 안개가 피워 올린 헛것들과, 그 너머에서 빛나는 푸른 하늘빛 사이에서 김영석의 사설시는 한없이 맴돌고 있는 셈이다.

시와 산문의 결합을 통해 새로운 시적 영역을 펼치려는 김영석의 시적 시도는 이처럼 언어에 내재된 근본적인 역설과 맞닥뜨리고 있다. 이야기의 언어는 의미를 지향한다. 의미의 너머에 닿아 있는 시의 언어와는 다른 특성을 이야기의 언어는 내보이고 있는 것이다. 의미 지향성과 의미 너머의 경계 지점으로부터 그의 사물시가 생성된다면, 그가 '시적 영역'이라고 부르는 세계는 이도저도 아닌 '혼합 장르'의 실험에 그칠 가능성도 없지 않다. 하지만 시인은 끊임없이 이야기에 대한 욕망을 스스로 부추기고 있고, 거기에 맞춰 시에 대한 욕망 또한 변함없이 드러내고 있다. 이야기는 이야기를 넘어 시를 지향하고, 시는 '시적 영역'으로 변주되어 이야기를 시의 세계로 이끌고 들어간다. 그의 사설시를 읽는 독자의 입장에서 볼 때, 이야기와 시의 복합구조는 새로운 경험이라고 하지 않을 수 없다. '사설'이라는 말이 의미하는바 그대로, 마음속에 한恨이 많으면 사설—말이 길어질 수밖에 없다. 김영석의 사설시는 그런 점에서 '근대'라는 폭력의 역사를 살아온 한 시인의 가슴 아픈 내면 고백으로 읽힌다. 시의 입장에서 본다면, 근대인은 시(인)가 지향하는 길과는 반대의 길을 걸어왔다.

근대인이 벌인 그 숱한 자연(타자) 파괴의 역사를 상기해 보라.

김영석의 사설시는 어찌 보면 이러한 파괴의 장소에, 달리 말해 말의 안개에 뒤덮여 소문만 무성한 이 근대라는 장소에 굳건히 뿌리를 내리고 있다. 무엇에 대한 사설이고, 무엇을 표현하는 시인지를 말하기 이전에 시인은 그가 살고 있는 이 세계 속으로 기꺼이 빠져 들어간다. 그의 말마따나 안개가 곧 길일지도 모르기 때문이다. 안개 밖에 길이 있는 게 아니라, 안개가 곧 길이라는 인식은 그의 시에 나타나는 무수한 정황들이 입증한다. 그는 거울 속의 세계를 알기 위해 거울 속으로 들어간다. 거울 속으로 들어가지 않으면 거울 속의 세계를 알 수 없다고 그는 강조한다. 거울이나 안개나 무엇이 다를까. '언어'라는 인식의 무기를 지닌 채 수많은 이성의 환영들과 맞서는 시인의 모습이 눈앞에 떠오른다. 우리 삶에 내재된 모순들을 단번에 해결할 무기는 어차피 없다. 모순은 영원히 해결되지 않기에 모순이라고 말해도 무방하다. '갈 길이 없으므로 갈 길이 있다'고 시인은 모순어법으로 말한다. 그의 사설시는 정확히 이 지점을 향해 간다. 그리고 그것이 그가 가려 하는 시의 길이고, 생명의 길이다. 대상을 향한 저 무성한 성욕을 그는 길이 없는 곳에서 아낌없이 펼쳐내고 있는 것이다.

『시와미학』, 2015년 봄호

대표 논문

김영석 시의 형식과 기법

— '사설시'와 '관상시'를 중심으로

안현심(시인 · 문학평론가)

1. 서론

김영석은 첫 시집 『썩지 않는 슬픔』(창작과비평사, 1992)을 시작으로 『고양이가 다 보고 있다』(천년의시작, 2014)에 이르기까지 6권의 시집을 출간해오면서 산문형식과 운문형식이 하나의 구조로 결합된 작품을 선보여 왔다. 이러한 시 형식을 최동호는 "『삼국유사』의 「황조가」, 「헌화가」 등에서 그 단초를 볼 수 있는 시적 변형"[1]이라고 언급하였고, 김영석 자신은 "산문으로 된 이야기를 배경으로 두고 쓴 시로서, 시와 산문이 하나의 구조로 결합되면서 좀 더 높은 수준의 새로운 시적 영역을 열고자 시도한 '사설시辭說詩'"[2]라고 명명하고 있다.

'사설시'는 첫 시집 『썩지 않는 슬픔』과 두 번째 시집 『나는 거기에 없었다』에 각각 4편이 실려 있고, 세 번째 시집 『모든 돌은 한때 새였다』에는 「세설암을 찾아서」라는 사설시를 서문처럼 배치해놓고, 시집을 구성하는 나머지 시들은 「세설암을 찾아서」가 구현하는 세계를 형상화하는

1) 최동호, 「삶의 슬픔과 뿌리의 약」, 『썩지 않는 슬픔』, 창작과비평사, 1992, 138쪽.
2) 김영석, 「서문」, 『외눈이 마을 그 짐승』, 문학동네, 2007, 5쪽.

역할을 하고 있다. 사설시는 네 번째 시집 『외눈이 마을 그 짐승』에도 3편이 상재되지만, 다섯 번째 시집 『바람의 애벌레』에서는 자취를 감추었다가 여섯 번째 시집 『고양이가 다 보고 있다』에 1편이 상재되기에 이른다.

김영석의 시집에서 '관상시'가 선보이기 시작한 것은 네 번째 시집 『외눈이 마을 그 짐승』에 21편을 상재하면서부터이다. 다섯 번째 시집 『바람의 애벌레』에는 16편이 상재되지만, 굳이 관상시라고 명명하지 않았다고 하더라도 그의 대부분의 시에는 관상시적 요소가 내재한다고 볼 수 있다. 김영석은 도道를 시작품 연구 방법론으로 도입함[3]과 동시에 시 창작에도 반영해왔는바,[4] '관상시'는 그동안 추구해온 '도의 시학'과 멀리 있지 않다고 생각하기 때문이다.

이 연구의 목적은 '사설시'의 형식과 '관상시'의 표현 기법을 살펴보는 데 있다. 김영석은 창작 초기부터 '사설시'라는 시 형식에 관심을 보이다가 고구考究의 궁극에서 '관상시'라는 새로운 형식의 시를 주창하기에 이른다. '사설시'로써 관심을 받아온 그가 시력 후반기에 내놓은 '관상시'의 표현 기법은 무엇이며, 그것이 의미하는 바가 무엇인지 궁금하지 않을 수 없다.

많은 평론가들에 의해 김영석의 시가 논의되었지만,[5] 학문적 연구물로는 석사학위논문[6] 한 편과 학술논문[7] 한 편이 각각 존재할 뿐이다. 김영

---

3) 김영석은 「한국 현대시와 도—만해 시의 도의 형상화」와 「산수시와 허정의 미학—정지용론」에서 한용운과 정지용의 시를 '도의 시학'으로 분석한 바 있다(김영석, 『한국 현대시의 논리』, 삼경문화사, 1999.).

4) 김영석은 『새로운 도의 시학』(국학자료원, 2006)에서 시의 유추와 시정신, 상상력 등의 원리를 동양의 도로써 해석하였다.

5) 배재대학교 현대문학회 엮음, 『김영석 시의 세계』, 국학자료원, 2012.

6) 조미호, 「김영석 시 창작법 연구」, 단국대학교 대학원 석사학위 논문, 2008.

석이 '사설시'와 '관상시' 등 새로운 시 형식을 끊임없이 추구해온 점을 감안한다면 학문적 차원에서의 논의가 절실하다. 이 논문은 그러한 당위성에서 출발한다.

2. '사설시'의 구조와 형식

사설시는 한 편의 시 속에 산문과 운문이 공존하는 양식이다. 김영석이 그동안 상재해온 사설시의 산문부분과 운문부분의 연결 형식을 도표로 정리하면 다음과 같다.

게재 시집	시작품	산문부분과 운문부분의 연결 형식	비고
『썩지 않는 슬픔』(첫 시집)	「두 개의 하늘」	대강 맞추어서 여기에 적어본다.	
〃	「지리산에서」		특별한 장치 없이 운문이 시작됨.
〃	「독백」	신음하듯 낮게 중얼거렸다.	
〃	「마음아, 너는 거름이 되어」	희미하게 떠올려본다.	
『나는 거기에 없었다』(제2시집)	「매사니와 게사니」	이러매 내가 보고 들은 대로 노래한다.	
〃	「바람과 그늘」	〃	

7) 안현심, 「김영석의 '사설시' 연구」, 『한국언어문학』 제89집, 한국언어문학회, 2014.

〃	「거울 속 모래나라」	〃	
〃	「길에 갇혀서」	〃	
『모든 돌은 한때 새였다』(제3시집)	「세설암을 찾아서」		서문이 산문부분 역할을 하고, 본문의 시들이 운문부분에 해당함.
『외눈이 마을 그 짐승』(제4시집)	「외눈이 마을」	이러매 내가 노래한다.	
〃	「그 짐승」	〃	
〃	「포탄과 종소리」	〃	
『고양이가 다 보고 있다』(제6시집)	「나루터」	〃	

첫째, 산문부분과 운문부분의 연결 형식이 첫 시집 『썩지 않는 슬픔』에서는 "대강 맞추어서 여기에 적어본다", "신음하듯 낮게 중얼거렸다", "희미하게 떠올려본다" 등으로 각기 다르게 나타난다. 두 번째 시집에서는 "이러매 내가 보고 들은 대로 노래한다"로 표기하다가, 네 번째 시집과 여섯 번째 시집에서는 "이러매 내가 노래한다"라는 형식으로 통일되어 있다. 이러한 사실로써 후기로 갈수록 사설시의 형식에 일관성 · 통일성을 부여하고 있음을 알 수 있다.

둘째, 세 번째 시집 『모든 돌은 한때 새였다』에서는 '서문'이 사설시의 산문부분이 되고, 본문의 시들은 운문부분의 역할을 한다. 따라서 두 부분의 연결 형식은 따로 존재하지 않지만, 서문을 허구로 구성했다는 것은 새로운 시도라고 할 수 있다.

1) 고대시가와 향가 형식의 패러디

우리가 창작물이라고 지칭하는 것은 순수한 창작품이라기보다는 과거에 존재했던 사실들에 대한 '재발견' 또는 '인유'라고 할 수 있다.[8] 인유는 '다시쓰기(rewriting)' 혹은 패러디(parody)와 동일한 맥락에서도 이해할 수 있다. 다시쓰기 혹은 패러디는 주로 문학작품들 간에 이루어지고 있으나 장르를 뛰어넘어 판소리를 패러디한 시작품이 창작되기도 하고, 설화가 소설이나 영화로서 패러디되기도 한다.[9]

『삼국유사』의 구조를 살펴보면, 향가의 배경 설화나 사건의 경위를 기술한 후 "이에 찬한다讚曰" 혹은 "이에 사詞를 지어 경계한다"라고 하면서 운문 형식의 '향가' 또는 '게偈', '사詞' 등을 도입하고 있다. 다음에 제시되는 사설시 ① ② ③에서 볼 수 있듯이, 김영석의 사설시도 산문에서 운문으로 넘어갈 때는 "이러매 내가 노래한다", "대강 맞추어서 여기에 적어본다", "신음하듯 낮게 중얼거렸다", "희미하게 떠올려본다" 등으로 표현되고 있다.

> ① 시체를 수습하다가 내가 발견한 그의 낡은 수첩 속에는 곳곳에 뜻 모를 독백체의 일기가 흩어져 있었다. 그 일기의 파편들 속에 그의 죽음에 대한 어떤 실마리가 있을 것으로 여겨졌다. 그래서 이제야 나는 그를 면례緬禮하는 셈치고 그의 일기 중에서 무슨 의미가 있을 듯한 뼛조각들만을 추려 다소 애매하고 불완전한 대로 대강 맞추어서 여기에 적어본다.

8) 러시아 형식주의자들은 새로운 예술 형식을 독창적인 표현 기법이라기보다는 선행 시대의 형식들 속에 감춰진 것들을 발견하는 행위로 보았다.

9) 안현심, 「서정주의 『학이 울고 간 날들의 시』 연구」, 『한국언어문학』 제73집, 한국언어문학회, 2010, 238~239쪽.

새벽은 늘
깨어 있는 자의 푸른 힘줄이다
물은 아래로 아래로 흘러가면서
푸른 하늘에 이르지만
나는 사람이므로
갈수록 부서지고 갈라지는 마음을
새벽의 힘줄로 동이고
맑은 물빛 하늘이 그리워
오늘도 산에 오른다

—「두 개의 하늘」 부분

② 그렇다. 나는 그도 생전에 이 무량사의 도량에서 무연히 바라보았을 먼 하늘을 한동안 망연히 바라보았다. 낮게 드리운 잿빛 겨울 하늘에 수염은 기른 채 머리만 깎은 그의 모습이 잠시 환영으로 보이는 듯했다. 몇 세기의 까마득한 세월을 사이에 두고 나는 그가 똥통 속에서 불렀다는 그 노래를 마치 장님이 뭐 만지듯이 한번 희미하게 떠올려본다.

너희들이 내어버린 세상을
내가 가지마
너무 커서 손아귀로 움켜잡지 못한 것들
너무 작아 육신의 눈으로는
볼 수 없었던 것들
이제는 바람 재워 내가 기르마

—「마음아, 너는 거름이 되어」 부분

③ 왜냐하면 아리안 계통의 바라문교가 토속 민간신앙인 힌두교를 융합하고 불교의 영향을 수용하면서 3세기경에 그 교파의 성립

이 이루어지는데, 그들은 일반적으로 신전에 신상을 두지 않았기 때문이다. 어쨌거나 외눈이 마을 이야기는 그 사건 자체의 끔찍함에서라기보다 끔찍한 인간성의 한 비의를 보여주는 것 같다는 점에서 매우 충격적이다.

이러매 내가 노래한다.

무명無明의 어둠 속에서 두 눈을 뜨니
문득 한 줄기 바람이 일고
바람이 일어나 흔드니
온갖 바람의 형상들이 생기는도다

—「외눈이 마을」 부분

인용한 사설시 ① ② ③의 밑줄 그은 부분은 산문과 운문의 연결 부분이다. 이러한 논거로써 김영석의 사설시가 『삼국유사』를 패러디하고 있다는 사실을 증명할 수 있다.

한편, 「황조가」나 「공무도하가」, 「구지가」 등의 고대시가가 배경설화와 함께 전승되어왔다는 것은 익히 알고 있는 사실이다. 고대시가는 『삼국유사』처럼 연결 부분의 형식이 따로 존재하지는 않는다. 하지만, 김영석의 사설시가 사건을 설명하는 산문부분과, 산문부분을 응축하여 운문으로 마무리하고 있다는 점에서 고대시가 형식을 인유해왔다고 주장할 수 있다.

2) 판소리 형식의 도입

판소리는 한 사람의 명창과 한 사람의 고수가 협동하여 긴 이야기를 노래로 부르는 전통적인 민속 연예 양식이다. 판소리의 구조는 '아니리'와 '창', '너름새', '발림'으로 구성되는데, 공연할 때 창자는 고수의 장단에 맞춰 음률이나 장단이 실리지 않은 일상적 어조의 말로 '아니리'를 읊다가 '창(소리)' 부분에서는 가락을 얹어 노래를 한다.

사설시 「거울 속 모래나라」는 거울 속에 빠진 사내가 다시 거울 밖으로 나오는 환상적 이야기가 산문부분에 제시되고, 그 이야기에 빙의된 시인의 노래가 운문 형식으로 뒤따르는 구성 방식을 취하고 있다. 이러한 '이야기/시' 형식에서 독자는 흥미로운 이야기를 아니리(이야기)로 듣다가, 운문부분에서는 이야기와 사뭇 다른 느낌의 창(노래)을 접하게 된다.[10] 시인은 "산문(이야기)으로 담아내기에 격렬한 메시지를 운문의 리듬으로 전달하는 것이다. 이야기꾼이 무당의 춤을 끊임없이 말로 풀어낸다면, 노래하는 이(시인)는 무당의 춤을 그대로 재현"[11]하는 형식이다.

김영석의 사설시에서 산문부분은 판소리의 '아니리'에 해당하며, 운문부분은 '창'에 해당한다. 적당한 곳에서 너름새를 펼친다면 사설시는 한 편의 판소리 대본으로 손색이 없다.

> 새로운 매사니와 게사니는 기하급수적으로 불어나는 데 반하여 그것들이 사라지는 속도는 몹시 더디었다. 정부로서도 이제는 그것이 전염병이 아닌 줄 알면서도 매사니를 일정한 장소에 수용하여 관리하는 것이 고작일 뿐 속수무책이었다. 사람들은 악몽을 꾸고 있는 것이

---

10) 안현심, 「김영석의 '사설시' 연구」, 앞의 책, 87쪽 참조.

11) 오홍진, 배재대학교 현대문학회 엮음, 「이야기에 들린 시인의 노래」, 『김영석 시의 세계』, 국학자료원, 2012, 354쪽.

라고 억지로 믿음으로써 잠시나마 거짓 위안이라도 얻는 수밖에는 달리 도리가 없게 되었다.

그러자 이때를 타서 매사니와 게사니의 무서운 재액을 없앤다는 무슨 다라니 주문 같은 노래 하나가 출처도 없이 흘러나와 유행하기 시작했다.

산아 산아
바다에서 태어난 산아
바다의 얼굴로 나와서 춤을 추어라
바다야 바다야
산에서 태어난 바다야
산의 얼굴로 나와서 춤을 추어라

—「매사니와 게사니」 부분

사설시「매사니와 게사니」에서는 그림자가 사라진 사람들의 이야기가 산문부분에 제시되고, 운문부분에는 시인이 구현하고자 하는 세계가 노래로써 형상화된다. 작품에서 '매사니'는 그림자가 없는 사람을 지칭하며, '게사니'는 임자 없는 그림자이다. 어린이에게는 그림자를 잃고 매사니가 되는 현상이 일어나지 않는다는 말로 미루어볼 때, "그림자는 이성을 신봉하는 주체들이 억압한 무의식의 세계"[12]라고 짐작할 수 있다.

「매사니와 게사니」는 김영석의 사설시가 판소리 형식을 도입하고 있다는 사실을 뒷받침해주는 대표적인 작품이다. 그것은 "다라니 주문 같은 노래 하나가 출처도 없이 흘러나와 유행하기 시작했다."라는 부분이다. '다라니 주문' 자체도 리듬을 지니고 있지만, '노래 하나가 출처도 없이 흘

12) 앞의 글, 355쪽.

러나와 유행하기 시작했다'라고 한 형상화는, 다음에 등장할 운문부분은 꼭 창으로 불러야 한다는 점을 상기시키고 있다.

한편, 운문부분의 '산아 산아' 혹은 '바다야 바다야'라는 표현은 강한 리듬감을 획득하는 반복적 기법이다. 이러한 기법은 창자가 이 부분에서 덩실덩실 어깨춤을 추지 않고는 견딜 수 없도록 만들어준다. 이러한 부분에서 자발적으로 너름새가 펼쳐지는 것이다. 또한 사람이 아닌 '산'과 '바다'에 호격 조사인 '~아'와 '~야'라고 붙여 부름으로써 자연과 인간이 동격으로 어울리는 판소리 대사의 정체성이 나타난다.

3. '관상시'13)의 표현 기법

시집 『외눈이 마을 그 짐승』과 『바람의 애벌레』에 상재된 '관상시'의 목록은 다음과 같다.

게재 시집	시작품
『외눈이 마을 그 짐승』 (네 번째 시집)	「성터」, 「어느 저녁 풍경」, 「면례緬禮」, 「고지말랭이」, 「현장검증」, 「옛 노래」, 「잊어버린 연못」, 「동판화 속의 바다」, 「종이 갈매기」, 「벙어리 박씨네 집」, 「동백꽃과 다정큼꽃 사이에 앉아」, 「빈집」, 「묵정밭에서」, 「누군가 가고 있다」, 「비질 소리」, 「돌탑」, 「옛 절터」,

13) 관상시는 눈에 보이는 것이나 의미에만 치중하지 말고, 눈에 보이는 것 너머의, 의미 이전의 보이지 않고 개념화되지 않은 움직임, 즉 상을 느껴보자는 것이다. 상은 느낄 수밖에 없는 것이며, 느낌이야말로 개념과 달리 모호하지만 가장 확실한 앎이기 때문이다. 인식론적 측면을 떠나서 시적 감동은 물론이고, 모든 예술적 감동에 있어서 '감동(感動)'이란 결국 감각-직관의 느낌과 섞여 있는 미분된 감정에 불과하다(김영석, 「관상시에 대하여」, 『외눈이마을 그 짐승』, 문학동네, 2007, 172쪽 참조.).

	「쓰레기 치우는 날」, 「섬에 갇히다」, 「그 차돌」, 「노숙자」 (총 21편)
『바람의 애벌레』 (다섯 번째 시집)	「나침반」, 「달」, 「썰물 때」, 「염전 풍경」, 「그 집」, 「봄 하늘 낮달」, 「적막」, 「바닷가 둑길」, 「까치집」, 「당집」, 「오갈피를 자르며」, 「칡뿌리」, 「갈대숲」, 「왜냐고 묻는 그대에게」, 「푸른 멧돼지 떼가 해일처럼」, 「물까치는 산에서 산다」 (총 16편)

1) 객관적인 세계—탈의미의 추구

객관적 묘사란 의미의 빈터를 활성화하여 실재 세계와 상상력이 천연의 모습으로 움직이고 숨 쉬게 하는 기법이다. 객관적 묘사에서의 이러한 의미의 표지 기능이 언어의 존재론적 특성, 즉 언어의 지시성을 이룬다. 언어의 지시성은 의미 자체가 지니고 있는 것이라기보다는 의미가 지니고 있는 무의미의 힘이라고 보아야 한다. 무의미가 없다면 의미는 아무 쓸모가 없다. 이것은 마치 질그릇이 그릇으로 쓸모가 있는 것은 질그릇 속에 텅 빈 무의 공간이 있기 때문이라는 노자의 말과 같다.[14)]

인용시 「나침반—기상도 22」는 주관적 의미화의 움직임을 최대한으로 억제하고 객관적 묘사에 의해 형상화된 작품이다.

산기슭 자귀나무 꽃가지에
나비 형상의
물고기 등뼈 하나 걸려 있다
새가 그런 것일까

14) 김영석, 배재대학교 현대문학회 엮음, 「현관(玄關)과 객관적 묘사」, 『김영석 시의 세계』, 국학자료원, 2012, 584쪽.

탈화하여 날아간 것일까

나침반처럼 그것이 가리키는 곳
먼 하늘가에
흰 나비 떼가 분분하다.

—「나침반—기상도 22」 전문

객관적 묘사를 극명하게 보여주는 이 시는 제1연에서 근경을 묘사하고, 제2연에서는 원경을 묘사하고 있다. 시 전반에 드러나는 선명한 이미지는 철저한 객관적 묘사에 의해서이다. 제1연의 4, 5행에 "새가 그런 것일까/탈화하여 날아간 것일까" 하고 시인의 주관이 개입되고 있지만, "것일까"라는 추측성 어휘가 개입됨으로써 그 주관성은 매우 미미하다.

이 시는 설명이 필요 없는 한 폭의 그림이다. "산기슭 자귀나무 꽃가지에/나비 형상의/물고기 등뼈 하나 걸려 있"고, "먼 하늘가에"는 "흰 나비 떼가 분분"히 날고 있다. 자귀나무 꽃이 바람에 날려가는 모습이 아무런 의미부여 없이 직관적으로 묘사되지만, 독자들은 나비 형상의 물고기 등뼈가 걸려 있는 자귀나무 꽃가지와, 꽃들이 분분하게 날고 있는 먼 하늘가 사이의 거리, 즉 공간이 지니는 여백에서 명징한 의미를 감지하게 된다. 이러한 효과를 추구하는 것이 '관상시'이다.

관상시가 추구하는 객관적 세계에 대한 묘사는 탈의미의 언어를 기반으로 삼는다. 탈의미는 문자 그대로 의미를 벗어나는 것이며, 이때의 의미는 현실의 관념이나 이데올로기를 지시한다. 탈의미의 시는 의미의 무화가 아니라 의미(현실)의 실체를 부정하지 않으면서 그 이전의 실재를 탐구한다는 점에서 김춘수의 무의미시와는 다르다.[15)]

시 「나침반－기상도 22」에서 “나비 형상의/물고기 등뼈”가 일종의 현상이라면, 그것이 ‘탈화’한 것으로 상상되는 “먼 하늘가에/흰 나비떼”는 실재의 세계이다. 현상은 실재를 가리키는 ‘나침반’으로 상정될 수 있으므로, 실상을 깨닫는 길은 현상에서 찾을 수 있다는 의미를 내포한다. 이러한 시학이 현상을 부정하지 않으면서 본질(실재)을 탐구하는 탈의미의 시학이다.

> 낮게 흐린 하늘
> 텅 빈 들판
> 흰 헝겊조각처럼
> 여기저기 남은 잔설
> 연필로 희미하게 그린 듯
> 가물가물 이어진 길을
> 누군가 가고 있다 먼 옛날부터
> 거기 그렇게 가고 있었다는 듯
> 누군가 아득히 가고 있다
>
> 흐린 기억
> 하늘 저편으로
> 점점이 꺼지는
> 예닐곱 철새들.

－「누군가 가고 있다－기상도 13」 전문

---

15) 이형권, 배재대학교 현대문학회 엮음, 「바람의 감각과 실재의 탐구」, 『김영석 시의 세계』, 국학자료원, 2012, 226쪽 참조.

짧고 간결한 시 행으로 구성된 작품 「누군가 가고 있다－기상도 13」은 「나침반－기상도 22」와 동일한 구조와 형식을 지니고 있다. 제1연과 제2연의 공간적인 여백에서 명징한 의미를 감지할 수 있다.

김영석 관상시의 특이한 점은 작품들마다 '기상도氣象圖'라는 부제가 붙어 있다는 점이다. '기상도氣象圖'의 의미를 살펴보면, '기운으로 그려지는', '기운으로 느껴지는' 그림이다. 그렇다면 관상시는 우주적인 여백에서 마음으로 느끼는 그림이 될 것이다. 우주적인 여백을 바꿔 말하면 '도' 즉, 전일의 세계, 즉자적인 세계, 자연이다. 이러한 점에서 김영석의 관상시가 꿈꾸는 것은 지적인 사고가 끼어들기 이전의 자연으로의 회귀라고 할 수 있다.

2) 직관적 · 감각적 표현

동양의 철학과 시는 상象을 직관하는 것을 중시해왔고, 서양의 철학과 시는 의미의 사고를 중시해왔다. 전자는 직관의 길이요, 후자는 사고의 길이다. 상과 직관은 일차적이고 자연적인 것이요, 의미와 사고는 이차적이고 문화적인 것이다.[16] 그런데 오늘날은 사고의 힘이 일방적으로 지배하는 상황이 되었다. 이러한 상황에서 참다운 현실 혹은 자연으로 돌아가고자 하는 것, 인위적이고 지적인 사고의 조작으로부터 직관의 자연적인 본능으로 회귀하고자 하는 문학 양식이 '관상시'이다.

'직관'은 대상이나 현상에 대해 즉각적으로 느끼는 깨달음이거나, 미적 대상을 추리나 판단의 과정 없이 주관에 의해 직접 파악하는 정신작용이

16) 김영석, 「관상시에 대하여」, 『외눈이 마을 그 짐승』, 문학동네, 2007, 165쪽 참조.

다. '감각'은 신체 기관을 통해 안팎의 자극을 느끼거나 알아차리는 것 혹은 그런 능력이며, 시각 · 후각 · 청각 · 미각 · 촉각 등의 오관을 포함한다.

직관은 곧 느낌이며, 느낌은 두뇌의 사고를 통해서 간접적으로 이루어지는 것이 아니라 직접적인 몸의 접촉을 통해서 이루어진다. 즉, 느낌은 가슴이나 창자와 같은 내장기관의 앎이다. 느낌은 모호하고 무정형적이긴 하지만 사고에 의해 자연을 왜곡하기 이전의 가장 확실한 앎이다.[17)]

나지막한 돌담 너머
낡은 기와집 한 채가
인기척 없이 고즈넉하다

가을볕이 잘 드는 툇마루에
보자기만하게 널려서
고실고실 마르는 산나물
그리고 노오란 탱자 몇 알

아무도 없는데

마당귀에선 듯
잎 떨군 오동나무 가지에선 듯
맑고 투명한 햇살에 실려오는
자꾸 비질하는 소리

돌아서면 문득
장독대께에서 들려오는

---

17) 앞의 글, 167쪽.

신발 끄으는
적막한 소리

아무도 없는데

―「비질 소리―기상도 14」 전문

관상시는 지식 작용이 없이 주관에 의해 즉각적으로 깨닫는 즈음에서 탄생한다. 인용시 「비질 소리―기상도 14」를 보면, 시적 화자는 인기척 없이 고즈넉한 집을 들여다보고 있다. 그런데 아무도 없는 집에서 '비질 소리'를 듣기도 하고, '신발 끄는 소리'도 듣는다. 시인이 청각적으로 느끼는 '비질 소리'와 '신발 끄는 소리'는 직관에 의해 감각하는 것이다. 논리적인 사고의 측면에서 본다면 빈집에서 신발 끄는 소리와 비질하는 소리가 들릴 리 만무하다. 이처럼 현실적인 사고에 선행하여 감각에 의한 직관을 형상화하는 것이 관상시의 표현 기법이다.

밭에 잘 익은 거름을 내고
종일 땀 흘리며 일을 했다
밤이 되자
거름 냄새 상긋한 밭고랑 위로
향그러운 과일같이
둥근 달이 떠올랐다.

―「달―기상도 23」 전문

오뉴월 뙤약볕이
온 세상 소리들을 다 태워 버렸는지

산골 마을이 적막에 싸여 있다
외딴 빈집을 지나면서
울 너머 마당귀를 얼핏 보니
길 잃은 어린 귀신 하나가
두어 그루 패랭이꽃 뒤로
얼른 숨는다.

―「적막―기상도 28」 전문

관상시 「달―기상도 23」을 견인해가는 감각 이미지는 후각 이미지이다. 시인의 후각 이미지는 잘 익은 거름 냄새를 '상긋하다'라고 표현하며, 밤이 되자 거름 냄새 상긋한 밭고랑 위로 '향그러운 과일같이' 보름달이 떠오른다고 형상화하고 있다. '상긋하다', '향그럽다'라는 후각 이미지는 기분을 상쾌하게 만들어준다. 썩은 거름을 잘 익었다고 형상화하면서 냄새마저 상긋하다고 하고, 밭고랑 위로 떠오른 보름달이 향그럽다고 느끼는 것은 순전히 시인의 직관에 의해서이다.

한편, 김영석의 관상시에는 빈집을 기웃거리는 시적 화자가 많이 등장한다. 이러한 정황은 관상시의 표현 기법이 직관에 의해 실현되기 때문일 것이다. 즉, 시끄러운 배경이나 복잡한 사물들이 작품에 개입되는 것은 직관을 방해하는 요소로 작용할 것이기 때문이다.

시 「적막―기상도 28」의 배경은 "오뉴월 뙤약별이/온 세상 소리들을 다 태워 버렸는지" 적막하기만한 산골마을이다. 시적 화자가 빈집 앞을 지나다가 "울 너머 마당귀를 얼핏 보니/길 잃은 어린 귀신 하나가/두어 그루 패랭이꽃 뒤로/얼른 숨는다." 논리적인 사고를 대입한다면 참으로 허무맹랑한 형상화이다. 하지만, 다른 차원에 존재하는 귀신을 볼 수도 있고, 그 귀신이 길을 잃었다는 상황까지 감지할 수 있는 것이 시인의 직관력이다.

「적막-기상도 28」을 견인해가는 이미지는 시각 이미지이다. 빈집 앞을 지나던 시인은 마당귀를 들여다보았고, 길 잃은 어린 귀신이 패랭이꽃 뒤로 숨는 것을 보았으며, 그 귀신이 어리다는 것을 시각으로 감지했기 때문이다.

4. 결론

이 연구는 김영석이 추구해온 '사설시'의 형식과 '관상시'의 표현 기법을 살펴보는 데 있다. 사설시는 산문과 운문이 한 편의 시 속에 공존하는 양식이며, 관상시는 기법적인 측면에서 '객관적 묘사—탈의미의 추구'와 '직관적 · 감각적 표현'을 지향한 시 양식이다.

『삼국유사』의 구조를 살펴보면, 향가의 배경설화나 사건의 경위를 기술한 후 "이에 찬한다讚曰" 혹은 "이에 사詞를 지어 경계한다"라고 하면서 운문 형식의 '향가' 또는 '게偈', '사詞' 등을 도입하고 있다. 김영석의 사설시도 산문에서 운문으로 넘어갈 때 "이러매 내가 노래한다", "대강 맞추어서 여기에 적어본다", "신음하듯 낮게 중얼거렸다", "희미하게 떠올려본다" 등으로 표현하고 있다. 「황조가」나 「공무도하가」, 「구지가」 등의 고대시가는 연결 부분의 형식이 따로 존재하지 않지만, 배경설화 다음에 운문 형식의 시가가 등장한다는 측면에서 사설시와 유사한 형식을 지닌다고 할 수 있다.

시 「매사니와 게사니」는 김영석의 사설시가 판소리 형식을 도입하고 있다는 사실을 뒷받침해주는바, 그것은 "다라니 주문 같은 노래 하나가 출처도 없이 흘러나와 유행하기 시작했다."라는 부분이다. '다라니 주문' 자체도 리듬을 지니고 있지만, '노래 하나가 출처도 없이 흘러나와 유행하기 시작했다'라고 한 형상화는, 다음에 등장할 운문부분은 꼭 창으로 불러야 한다는 점을 상기시키기 때문이다.

관상시 「나침반－기상도 22」는 한 폭의 그림이다. "산기슭 자귀나무 꽃가지에/나비 형상의/물고기 등뼈 하나 걸려 있"고, "먼 하늘가에"는 "흰 나비 떼가 분분"히 날고 있다. 자귀나무 꽃이 바람에 날려가는 모습을 의미부여 없이 직관적으로 묘사하고 있지만, 독자들은 나비 형상의 물고기 등뼈 하나가 걸려 있는 자귀나무 꽃가지와, 꽃들이 분분하게 날고 있는 먼 하늘가 사이의 거리, 즉 공간이 지니는 여백에서 명징한 의미를 감지하게 된다. 바로 이러한 효과를 노리는 것이 '관상시'이다.

김영석 관상시의 특이한 점은 작품들마다 '기상도氣象圖'라는 부제가 붙어 있다는 점이다. '기상도氣象圖'는 '기운으로 느끼는 그림'이라고 해석할 수 있다. 그렇다면 관상시는 우주적인 여백에서 마음으로 느끼는 그림이 될 것이다. 우주적인 여백을 바꿔 말하면 '도' 즉, 전일의 세계, 즉자적인 세계, 자연이다. 이러한 점에서 김영석의 관상시가 꿈꾸는 것은 지적인 사고가 끼어들기 이전의 자연으로의 회귀라고 할 수 있겠다.

김영석이 사설시 이후 관상시를 고안해낸 의도는 무엇일까? 그 답은 그가 '도'를 연구해온 학자라는 점에서 찾을 수 있다. 사설시와 관상시는 '도의 시학'을 적실하게 실현하기 위한 방편으로서의 시가 될 것이다. 사설시가 형식적인 측면을 고려했다면, 관상시는 표현 기법적인 측면에 심혈을 기울였다는 점이 다를 뿐이다.

『한국언어문학』 제91집, 2014. 12.

김영석 연보

1945년 3월 21일 김해金海 김씨金氏 재남栽南과 영월寧越 신씨辛氏 옥순玉順을 부모로 하여 6남매 중 장남으로 전북 부안군 동진면 본덕리에서 출생. 이곳에서 초등학교 5학년을 마치고 전주에서 하숙하며 완산국민학교, 전주북중학교 졸업.

1961년 전주고등학교 2학년 때 휴학하고 전북 부안군 마포 앞 바다의 원불교 수양소인 하도荷島에서 1년간 독거.

1964년 전주고등학교 졸업. 전주 남고산성의 삼경사三擎寺에서 몽석실夢石室이란 당호를 달고 1년간 독거.

1969년 경희대학교 문과대학 국어국문학과 졸업.

1970년 동아일보 신춘문예에 시 '방화' 당선. 육군 보병 입대.

1972년 10월 28일 달성達城 서씨徐氏 미원美源과 결혼.

1974년 한국일보 신춘문예에 시 '단식' 당선. 서울 연서중학교 교사 부임. 장남 호종昊鐘 출생.

1975년 경희대학교 대학원 국문학과 석사과정 졸업.

1976년 상명여사대 부속고등학교 교사 부임. 딸 나래 출생.

1981년 경희대학교 문과대학 강사로 부임. 월간문학 신인문학상에 문학 평론 '도덕의식의 사물화' 당선. 9월에 경희대학원 박사과정 입학.

1985년 박사학위 취득하고 배재대학교 국어국문학과 조교수 취임.

1988년 역서 『구운몽』(학원사) 출간.

1989년 배재대학교 국어국문학과 부교수 취임. 공저 『문학의 이해』(시인사) 출간. 역서 『삼국유사』(학원사) 출간.

1992년 제1시집 『썩지 않는 슬픔』(창작과비평사) 출간.

1994년 배재대학교 국어국문학과 정교수 취임.

1995년 미국 미시간 주립대학 초청 공식 방문. 국제학술원(ISP) 위원으로 위촉됨.

1996년 교육부의 연구비 지원을 받고 경희대 민속학 연구소 교환교수로 연구.

1997년 공저 『문학의 길』(한국문화사) 출간.

1999년 논저 『도의 시학』(민음사), 『한국 현대시의 논리』(삼경문화사) 출간. 제2시집 『나는 거기에 없었다』(시와시학사) 출간. 시집 『나는 거기에 없었다』로 제4회 시와시학상 본상 수상.

2000년 논저 『도와 생태적 상상력』(국학자료원) 출간.

2002년 공저 『문학의 이해와 감상』(창과현)

2003년 제3시집 『모든 돌은 한때 새였다』(시와시학사) 출간. 편저 『한국 현대시 작품사』(창과현) 출간.

2004년 편저 『한국 현대소설 작품사』1, 2(배재대 국문학회) 출간.

2006년 논저 『새로운 道의 시학』(국학자료원) 출간.

2007년 제4시집 『외눈이 마을 그 짐승』(문학동네) 출간.

2008년 전북 부안 변산으로 낙향하여 능가산 기슭 세설헌洗雪軒에서 산촌 생활을 시작함. 제4시집 『외눈이 마을 그 짐승』으로 제18회 편운문학상 본상 수상

2011년 사설시집 『거울 속 모래나라』(황금알) 출간. 제5시집 『바람의 애벌레』(시학) 출간.

2012년 시론집『한국 현대시의 단면』(국학자료원) 출간. 시선집『모든 구멍은 따뜻하다』(황금알) 출간.

2012년 배재대학교 정년퇴임.

2014년 논저『시의 의식현상』(국학자료원) 출간.

2014년 제6시집『고양이가 다 보고 있다』(천년의시작) 출간.

2015년 자작시 해설집『말을 배우러 세상에 왔네』(황금알) 출간

2016년 전자시집『눈물 속에는 섬이 있다』(창과현),『거기 고요한 꽃이 피어 있습니다』(창과현) 출간.

2017년 전자시집『외눈이 마을』(창과현) 출간.

현재 배재대학교 인문대학 명예교수.

참고문헌

시집 · 학술서

『썩지 않는 슬픔』, 창작과 비평사, 1992.

『나는 거기에 없었다』, 시와시학사, 1999.

『모든 돌은 한때 새였다』, 시와시학사, 2003.

『외눈이 마을 그 짐승』, 문학동네, 2007.

『거울 속 모래나라』, 황금알, 2011.

『바람의 애벌레』, 시학, 2011.

『모든 구멍은 따뜻하다』, 황금알, 2012.

『고양이가 다 보고 있다』, 천년의시작, 2014.

『눈물 속에는 섬이 있다』(전자시집), 창과현, 2016.

『거기 고요한 꽃이 피어있습니다』(전자시집), 창과현, 2016.

『외눈이 마을』(전자시집), 창과현, 2017.

『도의 시학』, 민음사, 1999.

『한국 현대시의 논리』, 삼경문화사, 1999.

『도와 생태적 상상력』, 국학자료원, 2000.

『새로운 道의 시학』, 국학자료원, 2006.

『한국 현대시의 단면』, 국학자료원, 2012.

『시의 의식현상』, 국학자료원, 2014.

『문학의 이해』(공저), 시인사, 1989.

『문학의 길』(공저), 한국문화사, 1997.

『문학의 이해와 감상』(공저), 창과현, 2002.

자작시 해설 『말을 배우러 세상에 왔네』, 황금알, 2015.

번역서 · 편저

『구운몽』, 학원사, 1988.

『삼국유사』, 학원사, 1989.

『한국 현대시 작품사』, 창과현, 2003.

『한국 현대소설 작품사』 1권 2권, 배재대 국문학회(2004) 외 대학교재 다수.

연구서지

1. 단행본

배재대학교 현대문학회 엮음, 『김영석 시의 세계』(국학자료원, 2012)

강희안 엮음, 『김영석 시의 깊이』(국학자료원, 2017)

이선준, 『김영석 · 강희안 시의 창작 방법론』(국학자료원, 2017)

2. 논문 · 평문

김 현, 「훈련과 극복」, 『서울평론』 11호(서울신문사, 1974)

황동규, 「절망을 씨앗으로 환원하는 의지」, 『동아일보』(1974, 2, 13)

강정중 역편, 세계 시선집 11, 『한국현대시집』(동경: 토요미술사, 1987)

남기택, 「거울나라의 사설」, 『김영석 시의 깊이』(국학자료원, 2016)

남진우, 「별과 감옥의 상상체계」, 『현대시』(1993, 12)

김이구, 「허무에 이르지 않는 절망」, 『오늘의 시』 10호(1993)

이형기, 「종말론적 상상력과 현대적 감수성」, 『현대문학』(1993, 7)

이승원, 「절제의 미학과 비극적 세계인식」, 『현대시와 삶의 지평』(시와시학사, 1993)

———, 「정갈하고 신선한 이야기체 시형식」, 『주간조선』(1993, 1, 2)
이문재, 「23년만에 첫시집 『썩지 않는 슬픔』」, 『시사저널』(1993, 1, 21)
이가림, 「사람다운 삶의 쟁취를 위한 시」, 『녹색평론』 9호(1993, 3)
한 무, 「내려다보는 세상, 그 스산함과 적막함」, 『배재신문』(1993, 3, 23)
임순만, 「외로운 시작의 따뜻함」, 『문학 이야기』(세계사, 1994)
최동호, 「삶의 슬픔과 뿌리의 약」, 『삶의 깊이와 시적 상상』(민음사, 1995)
조재윤, 「시어의 통계적 분석」, 『인문논총』 9집(배재대학교, 1995)
이명재, 「탈식민주의와 한국의 전통비평」, 『문학비평의 이론과 실제』(집문당,1997)
김명환, 「김영석 시 연구」, 『배재문학』(1997)
신범순, 「시인에게 울려오는 삶의 기호들」, 『문학사상』(1999, 10)
채진홍, 「우주 · 생명 · 시를 찾아서」, 『작가연구』(1999, 7,8호)
이숭원, 「존재의 확인, 존재의 부정」, 『현대시학』(1999, 10)
박주택, 「언어와 인식의 형상으로서의 세계」, 『현대시학』(1999, 10)
유종호, 「넉넉함과 독특한 호소력, 열정」, 『시와시학』(1999, 겨울호)
오세영, 「시적 진정성과 치열성」, 『시와시학』(1999, 겨울호)
김재홍, 「시인정신과 외로움의 깊이」, 『시와시학』(1999, 겨울호)
이윤기, 「산이라면 넘어주고 강이라면 건너주마」, 『시와시학』(1999, 겨울호)
송기한, 「해체적 감각과 사물의 재인식」, 『시와시학』(1999, 겨울호)
박윤우, 「삶을 묻는 나그네의 길」, 『시와시학』(1999, 겨울호)
고봉준, 「위기를 넘어서는 운명의 언어」, 『시와시학』(2000, 봄호)
고찬규, 「허공에 집 짓기, 아니 맨땅에 헤딩하기」, 『현대시학』(2000, 2월호)
이승하 외, 「좋은 시」, 『시안』(2001, 가을호)
김재홍, 「평안의 시학을 위하여」, 『문학사상』(2002, 12월호)

조희봉, 「시인 김영석」, cafe.daum.net/ecocafe(2003, 11)
김교식, 「환상성의 체험과 두타행, 그리고 바람」, 『시와상상』(2004, 상반기)
송기한, 「오랜 시간 속 신이 된 자리에서 흔적 찾기」, 『시와 정신』(2004, 가을호)
김석준, 「깨달음의 높이와 심연—문자의 안과 밖」, 『문학마당』(2005, 겨울호)
———, 「진정성에 관한 포즈」, 『시와 정신』(2005, 겨울호)
김홍진, 「선적 상상력과 정신의 높이」, 『한남어문학』(2006, 30집)
———, 「선, 성찰, 상처의 풍경 」, 『부정과 전복의 시학 』(역락, 2006)
강희안, 「엄격한 자유인의 초상」, 『현대시』(2007, 11월호)
조해옥, 「낯설고 생생한 사물의 빛을 보다」, 『서정시학』(2007, 여름호)
이만교, 「삶의 비극성과 비장미—『썩지 않는 슬픔』」, 『문예비전』(2008, 51호)
박송이, 「깊이와 높이의 시학—『외눈이 마을 그 짐승』」, 『시와정신』(2008, 봄호)
고인환, 「성숙한 젊음의 몇 가지 표정」, 『불교문예』(2008, 봄호)
조미호, 「김영석 시 창작법 연구」(석사학위 논문, 단국대학교 대학원, 2008)
김현정, 「관상과 직관의 미학」, 『시에』(2008, 여름호)
박선경, 「결여를 획득하는 시어」, 『시에티카』(2009, 창간호)
안현심, 「허정의 상상력」, 『진안문학』(2010)
호병탁, 「존재와 소속 사이의 갈등」, 『문학청춘』(2011, 여름호)
오홍진, 「이야기에 들린 시인의 노래」, 『시와환상』(2011, 창간호)
임지연, 「역사의 존재론적 현상학」, 『미네르바』(2011, 가을호)
안현심, 「고원에서의 삼중주」, 『유심』(2011, 여름호)
이형권, 「바람의 감각과 실재의 탐구」,『바람의 애벌레』(시학, 2011)
김석준, 「꿈 알레고리와 여율의 변증법」, 『문학마당』(2011, 겨울호)
안현심, 「텅 빈 고독과 우주적 전일성」, 『다층』(2011, 겨울호)

김옥성, 「환상소설과 시의 실험적 결합」, 『시와경계』(2011, 여름호)
조운아, 「직관과 서정에 깃든 원융함」, 『시와시학』(2011, 겨울호)
유성호, 「언어 너머의 언어, 그 심원한 수심」, 『모든 구멍은 따뜻하다』(황금알, 2012)
김석준, 「의식의 연금술: 환멸에서 깨달음으로」, 『시와경계』(2012, 봄호)
박호영, 「텅 비움을 통한 일여적 통찰」, 『시와문화』(2012, 봄호)
호병탁, 「무문관 너머를 응시하는 형이상의 눈」, 『시문학』(2012, 4, 5)
정효구, 「고요의 시인, 침묵의 언어」, 『김영석 시의 세계』(국학자료원, 2012)
신범순, 「맑은 거울을 향한 사색」, 『김영석 시의 세계』(국학자료원, 2012)
신덕룡, 「길에서 바람으로의 여정」, 『김영석 시의 세계』(국학자료원, 2012)
김유중, 「도道 · 역易 · 시詩」, 『문학청춘』(2012, 여름호)
전정구, 「언어의 진창이자 절창인 두엄밭의 시」, 『서정시학』(2012. 여름호)
안현심, 「김영석의 '사설시' 연구」, 『한국언어문학』 89집(2014. 6)
———, 「김영석 시의 형식과 기법」, 『한국언어문학』 91집(2014. 12)
홍용희, 「무위 혹은 생성의 허공을 위하여—김영석의 시세계」, 김영석, 『고양이가 다 보고 있다』(천년의시작, 2014) 해설
이덕주, 「'거기가 여기'라는 물음에 대해」, 『시와경계』(2014. 겨울호)
김정배, 「아슴아슴 아롱아롱 덜미잡힌 것들의 아우라」, 『문예연구』(2014. 겨울호)
최서림, 「김영석, 서정에 대한 고정관념에 도전하다」, 『시와미학』(2015, 봄호)
오홍진, 「무량無量한 마음의 에로티즘」, 『시와미학』(2015, 봄호)
이덕주, 「극점에서 빚는 무주無住의 세계」, 『시와미학』(2015, 봄호)
강희안, 「김영석 시의 심층생태학적 윤리 의식 연구」, 『비평문학』 57집(2015. 9)

이경철, 「서정과 형이상학적 교감을 위한 길 없는 길」, 『김영석 시의 깊이』(국학자료원, 2017)
이선준, 「새로운 형식의 시창작 방법론 연구」(석사학위 논문, 배재대학교 대학원, 2016)

제3부

강희안 편

대표시

엉겅퀴꽃을 보러 숲에 갔다 외 19편

엉겅퀴꽃을 보러 숲에 갔다 그 어느 손으로도 꺾을 수 없는 젊은 넋들의 행방, 우수수 송이 바람이 불어갔다 홀로이 길을 찾는 한낮의 고요 속 뚜루루 낄륵 새의 울음도 끊어졌다 어디로 가야할까 잠시 망설였다 하늘 숲 가까이 님프들은 치마폭 솔기마다 혼수昏睡의 꽃을 피워냈다 길은 아무렇게나 함부로 뻗어 있었다 나는 주소나 자동표지판으로 길을 찾는 근시의 사내, 뿌리칠 수 없는 습관 속에서 한참을 헤매다 엉겅퀴를 만났다 처음 느끼는 자유였다

암암리에 그들은

자음의 창문마다
朝刊의 햇살이 밀려 들었다
조카녀석의 눈은 아직 열려 있지 않고
신문을 편다 한꺼번에 달려드는
흑백의 字母
생각난 듯 하루의 TV를 켠다

버스에 올라 창을 열어 젖히면
가까운 세상을 열어 젖히면
지하도에서 백화점에서 터미널에서
세대의 에스컬레이터 사이에서
사람들은 불쑥 빗나간 어깨를 들이댄다

암암리에 일일연속극처럼 무료한 비극은
대덕군 신탄진 읍사무소 재무계
만년 계장 나기철씨 신혼의 최위호씨
입이 헤픈 김영수씨 육군 중위 출신의 송윤배씨
미혼의 서은숙양이 이마를 맞대고 사는

조그만 세상에도 습관처럼 찾아오고

도시 밖으로 밀려온 그들의 지친 귀가길에도

어김없이 따라온다

모음의 창문마다

夕刊의 햇살이 밀려 들었다

조카녀석의 눈이 열려 있지 않아

아름다운 세상

생각난 듯 하루의 전화벨이 울린다

목재소에서

1

어깨 너머 생나무 구르는
어둠의 산 저쪽
습관처럼 바람은 불고
간혹
우리가 사는 세계는
삐걱이는 5월의 창틀 속에서
내력을 알 수 없는
원목을 켠다

산판에서 불어오는 바람
문득 고쳐잡는 대팻날 아래
무엇이 사라지고
또 무엇이 남는 것인가

한 켠에서는 반듯하게 서고
다른 한 켠에서는 발 아래 깔리는
우리의 육신이

부끄럽지 않기까지는

얼마만큼이나 깎아내야 하겠느냐

하겠느냐

2

가슴을 구르는 원목처럼 뒤척이며

둥근 우리들 삶을

정사각형 혹은 직사각형의

모난 삶을 위해

톱질을 한다

몸도 각각

마음도 각각

모난 마음과 둥그런 목숨이 만나

스스로의 덫이 된 우리가

대못처럼 박힌 이유는 무엇인가

몸에 갇혀 있는 마음
톱날이 지나가는 먹줄 위에서
팔 · 다리마다에
튼튼한 못을 치면서
눈물 깊은 뚜껑을 열어라
모난 아름다움이여

3

활발하고 다부진 빛과 빛 속에서 한 치도 틀림없이 목재의 질량을 보듬고 있다 시외버스 한 대가 가끔 외지로부터 돌아오는데, 오늘도 여느 때처럼 대패밥만이 풀풀 날리는 목재소

그대여,
우리들이 수천 번 쓰러졌다 일어나는 까닭은
또 다시 일어나면 일어날수록
무딘 손바닥과 모진 목숨을 가지지 못한 죄로
사각형의 틀에 갇혀 있기 때문이다
못에 갇혀 있기 때문이다

중학 국어 시간

미성년의 새들이 톡톡 솟고 있다 나무 위 그놈들이 향기 마른 기침을 하는 월요일, 혹은 금요일에도 소읍 교정은 조개탄 가루로 흩날렸다 2교시를 알리는 종소리가 울리자 난롯가에 모였던 아이들은 지저귐을 접으며 풀숲 같은 책상에 부리를 묻었다 창밖엔 싸락싸락 첫눈이 내리고 다리를 종종이던 아이들은 일제히 탄성을 올렸다 오늘은 설명과 묘사 중 '울릉도'란 기행문 시간, 잠망경 눈을 뜬 그놈들의 피로한 안경 속에 갇힌 학기말 고사의 저 너머 울릉도로 가자 교실 창문을 엿보던 몇몇 텃새는 땅을 차고 하늘을 오르지만 수업은 계속되었다 청룡호는 포항을 떠나 물안개를 헤치며 영일만을 지나도 녀석들은 종이배 한 척 띄우지 못했다 너희들 상상력은 좁고 행간 속의 상상력은 더욱 비좁구나 애들아! 이제 칠판을 지워라 그리고 오늘은 저 창문 밖으로 쏟아지는 눈발을 받아 적어 보아라 마음에 구김살이 없는 사람은 태양이 깔아놓은 비단폭을 밟고 무사히 태양까지 갈 수 있다고 교과서에도 나와 있구나 창틀의 빈 화폭 채우는 눈발 너머 예외로만 쿨럭이는 삼한사온의 교정, 코 밑 새까만 너희들이 쌓아놓은 조개탄 난로 위 양은 도시락에선 거푸거푸 수증기만 오르고 있었다

개미

내 발 밑에 그가 있었네
더 많은 그들이 쓰레기 더미 가에
떼서리로 꼬여 있었네
나는 그 집게입의 왕성한 노동을
진지하게 내려다 보지 못하고
차가운 전봇대에 머리를 박은 채
왜 이렇게 헐떡대고 있는지 모르겠네
무력한 어제의 나는 낡은 革帶여도 좋았네
단숨에 떨어지는 단추여도 좋았네
다시 걷지 못할 내가
그들처럼 허리를 질끈 조이며 걸어가고

그들이 발휘하는 힘의 원천을, 나는
생각하고 있었네 얄팍한 파리의 손놀림처럼
완력에 어깨 굽은 세상 구석 구석
문득 나는,
그들처럼 제 길로 돌아가고 싶었네
결국 나를 모른다는 생각도 들었네

쓰레기 더미 옆에는 저희들끼리
갸륵한 입맞춤질하며 동굴로 되돌아 가고,
끊임없이 敵과 다투는
숙취에 시달린 내 모습이 되살아났네
허겁지겁 걸어온 삶의 길 밖

먼지 분분한 쓰레기 더미 곁에는
敵을 몰아 세우는 더듬이를
매섭게 세우며 동굴로 되돌아 가고
그곳엔 여전히 그들이 있었네
휑뎅그리 흩어져 있었네
간간 벌어지는 싸움으로
허리마저 끊겨 나동그라진 그들
나는 목을 건 수완 하나로
그들처럼 진지할 수 없다는 생각도 들었네
30층 옥상에 그들이 있었네
사람의 발 밑에 그들이 있었네

거미는 몸에 산다

말문이 트이자마자 그는 실실 혀를 굴린다 저마다의 뼈와 관절을 풀어 놓는다 마음이든 시간이든 질질 늘려 팔이든 얼굴이든 닥치는 대로 얽어 맨다 이마도 여러 겹 굵은 노끈으로 동여맨 지 이미 오래다 그는 머리마저 까무룩 밀어 버린 채 바깥일엔 무관심한 척한다 오직 말을 잃은 입만이 그의 전생애인 듯 오물거린다 생각이 쏟아질까봐 전전긍긍한다 그는 용의주도하게 온 몸마저 친친 감아 버렸다 시간의 허구렁을 샅샅이 뒤져도 보이지 않는 매듭, 바람마저 드나들 수 없는 배꼽 하나 짓고 있었다 구렁구렁 고이는 가래를 뱉으며 그는 곁눈질만 한다 말의 촉수를 거두어 들이자 영생을 얻었는지 고즈넉하다 그는 조만간 돌이 될 것이다

엑스트라, 그는

그는 카메라 정면이 싫었다

눈길 닿지 않는 산 기슭, 붓꽃 바람에 툭툭 터질 때 앵글 속을 비껴 지나가는 붉은 욕망의 몸짓 사이, 매 맞는 모습에 어울리는 그는 NG가 더욱 싫다 얼얼한 피범벅의 입성으로 낯선 시간 속으로 끌려와 연출가의 캇! 소리마다에 허물어지던 저녁, 그는 다시 바위 험한 비탈을 굴러야 한다

그는 사람의 눈길이 싫었다

세트에 걸려 작열하는 조명 밖, 주연의 각진 어깨 너머로 꽃잎 툭툭 지듯 언제나 배경으로만 남아야 했던 그가 TV에 크로즈업(close-up)되어 채널마다 잡히더니 붓꽃 바람에 진 어느 날, 세상에 알려진 죄목으로 근황이 보이지 않아야 한다 빈 얼굴의 나머지를 그려보며 사라져야 한다

아기의 잠덧

아기는 캄캄한 잠의 벼랑으로 떨어질까 두려워 늘 버리둥거린다 손에 든 딸랑이마저 있는 힘을 다해 말아쥐고 나비 모양의 모빌에 눈을 모은다 위층에서 쿵쿵대는 소리에 잠시 소스라치다가도 금방 환해지곤 한다 거실 화장실 물소리, 파리의 윙윙대는 소리에도 온 신경의 촉각을 곤두세운다 엄마가 설거지하기 위해 부드러운 손길로 토닥거릴 때마다 아기는 오히려 휘둥그레 눈을 치뜨고는 주위를 휘 둘러본다 아기는 잠에 사로잡히기 전까지는 절대 옹알이를 내려놓지 않는다 배고프거나 기저귀가 젖어 있지 않다면, 아기는 환한 빛살 들이치는 이 지상이 안락에 겨운 모양이다

시간 반 가량을 견딜 만큼 견딘 아기가 더 이상은 참을 수 없다는 듯이 울음을 터뜨린다 아기의 속을 모르는 엄마는 어르고 까부르며 잠의 마술을 걸기 시작한다 아기는 햇살 한 모금 입에 물고 오물거리는가 싶더니, 어느 틈엔가 잠의 문으로 빨려 들어간 듯하다 푸른 잎맥 펼쳐진 조막손에는 엄마의 머리칼이 한 오큼 쥐어져 있다 깊은 잠에 빠진 듯하면서도 아기는 절대 긴장을 푸는 법이 없다 상을 찡그리기도 하고 금방 울음을 터뜨리기도 할 양 칭얼거리다 이내 고요해지기도 한다 누구도 들여다 본 적 없는 이 잠 속에서 아기는 환한 지상의 빛이 더 더욱 그립다

아기가 잠든 사이 설거지를 끝낸 엄마는 무엇이 미더운지 아기 코에 잠시 귀를 대본다 이내 늘어지게 기지개를 켜며 나른한 눈빛으로 물끄러미 아기의 얼굴을 내려다 본다 그리곤 "왜 이렇게 땀에 젖었지? 자는 게 힘든가?" 고개를 갸우뚱거린다 아기는 얼핏 보면 곤히 자는 듯하지만, 잠의 덫에서 빠져 나오려고 안간힘을 놓지 않는다 잠시라도 맥을 놓는 날에는 잠의 문은 영영 찾을 수 없기 때문이다 살금살금 발을 떼어놓으며 주위를 둘러보다가는 이내 재우쳐 놀라기도 한다 아기는 잠의 어둠 속에서 풀려나기 전까지 단 한 순간도 경계를 늦춘 적이 없다

아기는 꿈이 무서워 진저리를 치다가도 무엇을 먹는지 연신 입을 오물락 조물락거린다 뒤집힌 거북이 다리마냥 어둠의 구릉을 조심조심 짚다가는, 누군가에게 들켜 혼이라도 났는지 흑흑대기도 한다 가벼운 바람의 잠덧에도 잎삭을 뒤집는 풀잎 같다 아기는 잠의 꿈 속에서도 꿈의 잠 속에서도 한 세상을 보고 듣는 모양이다 아기는 물 속과도 같은 엄마의 품이 아직도 달디단 꿈결처럼만 느껴진다 그러다가는 느닷없는 전화벨 소리를 틈타 두 손으로 잠의 문을 쾅, 닫고는 너울너울 한 마리 나비 되어 이 지상에 내려앉는다 날개를 접었다 펼쳤다 하며 아득한 허공을 유영한다

색깔론

빨강 노랑 파랑 파랗다
빨강 노랑 하양 하얗다
얼마나 시리도록 열린 말이냐

온 몸으로 대거리하듯
제 이름자 일갈하며
희디흰 한 세상 건너가는 것

갑오민중항쟁 이후
친미냐 반미냐
좌익이냐 우익이냐

가파른 길 위에서
'ㅇ'에서 'ㅏ'에 이르기까지
히스토리에서 히스테리까지

고통을 둥글게 굴려간다

연두 자주 주황 주황다

연두 자주 보라 보랗다

얼마나 저리도록 닫힌 말이냐

저마다의 이름표 달고

계급장 빛내며

방에 눕는다는 것

지독한 목숨 뭉개고 나서야

제 몸도 무너진 자리

저리 까맣게 남아 있다니!

서술할 길 없이

명사로만 완결된 역사는

얼마나 슬프냐

여닫이 미닫이

—거세콤플렉스

여닫이를 당기자 누군가 가랑이를 펼쳐 들었다 미닫이를 밀치자 반편의 책이 튀어 나왔다 여닫이 앞엔 백지의 공포, 미닫이 앞엔 빼곡이 들어찬 문자들의 무덤, 아무도 여닫이는 밀치지 않았고, 미닫이는 당기지 않았다 밀고 당길 수 없는 사이 그가 있다 끝없이 밀고만 들어가는 무모한 대거리가 있다 누군가 여닫이를 젖히자마자 그녀는 한꺼번에 울컥, 핏덩이를 쏟아 놓았다 미닫이를 밀치고 나온 그는 잠시 멀뚱거렸다 반편만을 요구하며 칼로 베어 갔다 여닫이를 당기자 꿈속에 잠겼고, 미닫이를 밀치자 윈도우가 열렸다 무시로나마 여자지는 미닫이, 미자지는 여자질 속을 넘보았다 누구라도 여닫이를 미닫으며 미끄러지는 순간이 그나마 생의 전부였다

나탈리 망세*의 첼로

나탈리 망세, 그녀는 다리를 벌리고 그 가랑이 사이에 첼로를 세워 품에 안고 연주했다 알몸의 창녀가 무릎 꿇은 예수를 품에 안자, 당신의 손은 어디를 질척거렸던가 고질적인 몸과 예수, 성경과 외설의 지퍼를 번갈아 더듬어 내리는 첼로는 권세였다 보수적 낭설을 표방하는 클래식 성기였다 그녀는 급기야 첼로의 나뭇결 속으로 걸어 들어갔다

나무의 싱싱한 무늬결을 따라 들어간 그녀가 옹이로 박혔다 성근 이파리들과 비릿한 정액 냄새가 묻은 나뭇잎을 털다가 음악의 메아리가 번져 나오던 저녁, 나탈리 망세의 질 속으로 높은잠자리 한 마리 날아가는 신문이 던져졌다 인터넷 소식에 귀 기울이던 그는 조만간 진보의 음계를 눈으로 읽게 될 것이다

나탈리 망세의 첼로처럼 권세의 모랄은 다양하다 그녀는 목사가 조직적으로 깎아놓은 최면의 입성을 벗어 던졌다 그녀는 첼로와 함께 오르가즘의 활을 당기며 세상을 쏟아 놓았다 무서울 정도로 어떤 목수는 잔인한 음부의 권능을 즐긴다 나탈리 망세, 그녀는 흩어진 말씀의 파편들을 긁어모아 첼로와 함께 그녀의 자궁 속으로 밀어 넣었다

이제 곧 신은, 엄중한 당신의 메시지조차 봉인으로 거두리라

* 스위스 출신의 누드 첼리스트

脫中心注意

캠릿브지 대학의 연결구과에 따르면, 한 단어 안에서 글자가 어떤 순서로 배되열어 있는가 하것는은 중하요지 않고, 첫째번와 마지막 글자가 올바른 위치에 있것는이 중하요다고 한다 나머지 글들자은 완전히 엉진창망의 순서로 되어 있지을라도 당신은 아무 문없제이 이것을 읽을 수 있다 왜하냐면 인간의 두뇌는 모든 글자를 하나 하나 읽것는이 아니라 단어 하나를 전체로 인하식기 때이문다

너는 전후에 존재한다 고로 나는 가운데토막이다

오리의 탁란

저 흉악한 오리는 대체
몇 개의 알이나 닭의 둥지에 숨겨놓은 걸까
까끌까끌한 보리 모개를 먹었는지
오리들이 꽤액 꽥 숨넘어가고 있다
둥근 주둥이를 벌리며 목청을 세우고 있다
가끔씩 닭의 문간에선
병아리의 부화가 시작되었는지
콕콕콕, 생명의 코크를 여는 소리, 소리…
게슴츠레 눈을 뜬 병아리들이
일제히 희디흰 부리를 치켜들고 있다
그놈들은 빛을 두려워해야 할
아무런 이유가 없으므로
누구도 애써 눈을 감지 않는 것이다
잠시 눈꺼풀에 걸려 있던 졸음이
세계를 한 번 기우뚱거리게 했을 뿐이다
스스로 진공의 주검을 깨뜨린 자만이
온전한 몸을 얻을 수 있는 법
오리들이 구룩구룩 가래 끓는 소리를 내며

금단의 영역을 기웃대자
어미닭이 날카로운 부리로 go! gogogo!
저리 썩 물러나라고
잠시나마 서슬 붉은 눈을 부라렸던가
저리도 여린 발길질에
당찬 계관마저 조아렸던가
어미닭이 두꺼운 오리알을 쪼아대는 사이
그들은 그간 열심히 부풀린 부리로
차디찬 어둠을 베어 물 것이다
어미를 잃은 기억은
다시금 누군가의 부재로 대체될 것이다
새로 물려받은 넓적한 부리조차
곧 제 몸을 불리는 데 익숙해질 것이다

÷%忄

—여호와의 손이 짧아 구원치 못하심도 아니요 귀가 둔하여 듣지 못하심도 아니라. 오직 너희 죄악이 너희와 너희 하나님 사이를 내었고…(이사야 57:1~2)

÷의 달이 호수에게 왜 나를 비추느냐를 묻자 그는 나를 비춘 적이 없다고 되물었다 구름이 서행하다 몸의 스크럼을 푼 곳은 문자 이전일까, 이후일까? 그녀는 나와 괜히 결혼했다고 트집을 일삼으며 웃었다 통통 튀던 %들조차 널 중심으로 나를 취했으나, 한쪽으로 기울었다 삐딱한 관점에서 너는 위장 이혼을 종용했다 그들이 거주한 몸은 빗장뼈를 뽑았기 때문에 헐거웠다 시가 살아 있기 때문에 그는 솔직할 수 없다고 고백했다 忄에 고착된 그들은 양쪽 도어록을 잡고 울었다 서로 힘껏 잡아당겨서 열리지 않았다 예수의 발 뒤꿈치도 뒤집어 볼 수 없었다 파경을 각오한 호수의 달빛이 시퍼런 칼날을 휘둘러댔다 기도로써 뽑아든 평등의 벽을 보았다

조개의 불, 싱싱한

— 돌과 같이 · 3

죽어서야 입을 여는 게 어디 너뿐이랴 물에 잠그기라도 하는 날이면, 슬몃 그의 비밀한 시간의 내력을 훔칠 수 있다 짜디짠 어둠의 펄에서 앙당그리던 슬픈 가계가 보이고, 희디흰 각질에 방점을 찍은 강단의 길도 보인다 파랑의 불길에 닫아거는 게 어디 문뿐이랴 바람의 소실점에서 뿜어낸 물방울마저 구름의 속살에 닿아서야 몸을 얻었다 어금니를 꽉 깨문 채 그리움의 상한선을 엿보며 물무늬를 새기고 또 새겼다 얼마나 더 험한 물길을 묵인할 수 있으랴 누구라도 들여다본 적 없는 장엄한 어둠의 내부, 펄펄 끓는 냄비에 잠기자 반투명 겔(gel)의 형상에서 일순 빛의 피가 솟구쳐 올랐다 물빛 화염과 뒤엉켰다 한 시절 수심 깊은 바닥을 구르다 닫혀버린 그의 문설주에 기대어 보라 차디찬 구릉 저편으로 번지는 노을의 교향악, 시월의 나뭇잎들도 고요한 낙하를 준비했다 격정에 이른 죽음만큼 환한 게 또 무에 있으랴 구름의 등고선에 따라 예감의 손을 거두면, 차디찬 빛으로 끓어 넘치리라 누군가 달구어 놓은 착란의 굽이에서 조개의 불, 돌의 언어를 건지리라 죽어서야 활짝 문을 열어젖힌 저 싱싱한 시간의 편력 읽어 가리라

카메라의 눈

당신이 사용하는 렌즈가 새로운 매혹의 땅을 밝혀주는 지도라 믿어본 적 있던가

뷰파인더를 통해 초원의 사슴을 바라보는 동안에도 당신은, 뇌의 편향된 시점에 휘둘렸다 그에 따라 주변의 이미지가 깨졌다는 빌미를 제공한 적도 있다 두뇌의 신속한 '장면판독' 능력으로 말미암아 당신은 현재에 투사된 화면의 거점을 잡는 데만 골몰했다 결국 뇌의 판독 의지는 당신으로 하여금 전체 화면보다는 오로지 사슴만을 주시하도록 유혹했던 것이다 흥미롭게도 전체 구도를 떠내지 못하고, 그야말로 선택적 상징에 초점을 맞추는 늙은 시인이여, 당신이 아웃사이더의 정체를 무시하는 편견에 물든 것도 두뇌가 당신을 속여서 프레임을 꽉 채웠다 믿도록 조장했기 때문이다

당신에게는 무엇을 '보느냐 look'가 아니라, 무엇을 '인식하느냐 see'*가 시급하리라

* 헨리 데이비드 소로의 말

맛있는 라면 조리법

지휘자가 날렵한 젓가락 휘젓는 동안에도 구불구불 몸을 풀지 않았다 그는, 뽀글뽀글 물방울의 기포를 터뜨리는 충동에 시달렸다 객석에서도, 불의 심장을 사사롭게 필사하면서 야채의 면면을 되살린 것이다 지은이는, 관심의 눈길 거두며 퉁퉁 불어터진 험담을 늘어놓았다 그는, 꼬들꼬들 꼬드르르 물이 벗어놓은 면발의 그림자나 데쳐놓기 일쑤였다 독자들까지, 어슷어슷 파의 편린과 고추의 추궁에 달걀을 깨뜨린 것이다 지휘자는, 종종 타는 갈증에 잠겨 요리 뜯고 조리 찔러야 생생 끓어올랐다 그의 발가락은, 희고 길지만 음색은 굵고 까다로운 편이다 마침내 관객들도, 냄비의 파열음과 비등점까지 거들떠들 지나치고 말았다

고객과 관객, 그리고 저자까지 주방에서 나무젓가락을 찢자 시장의 틈새가 벌어지기 시작했다

어른 척척척

짐짓 콧소리까지 내며 어린 척 얼은 척 어른 척척척 거들먹대다가는 '참 잘했어요, 또 해보세요!' 여교사가 교장 앞에서 얼은 척 힐끔대다가는 '바지만 벗으세요!' 늙은 간호사가 어린 척 갖은 푼수 끓이다가는 착착착 '한번만 넣어줘요!' 보험설계사가 간혹 본받을 만한 얼인 척 궁구해보다가 '한번 끼워 보세요!' 보석감정사가 하대할까 얼은 척 '또 빨아줄 것 없어요?' 파출부가 야채를 잘못 얼린 척 얼은 척 얼인 척척척 눌변을 늘어놓다가는 '빨리 올라타세요!' 엘리베이터 걸이 혹여 나라의 지표로 삼을 얼인 척 매혹의 눈짓으로 '한 사람씩 차례로 올라오세요!' 여객기 승무원이 착착착 정점에 이른 사태를 그대로 얼린 척 '웬만하면 빼지 마세요!' 은행 여직원이 급기야 촛불을 켜들다가는 쇠고기 수입 막후 협상을 진행한 신문 보도 위를 걷고 있다 짐짓 다냥한 목소리로 따따부따 소리의 물기까지 어린 척 얼인 척 얼린 척척척

○인의 그림자

○인의 바깥은 헐거운 자유라 했다
우물 안의 올챙이가 외출을 서두르는 그 너머엔
파르르 하늘매발톱이 자랐으므로
그의 두 발은 깊이 빠져든다 했다

그는 ○점의 기억조차 난생의 형상이라 했다
그 시절 내내 은자의 행색 펼칠 때마다
네 발에는 굳은살이 새살새살 돋고 있다 했다
그가 빛 없이 동사의 지위를 얻었다면

유인의 ○인은 좀더 우수한 종으로 진화했으리라
스스로의 정교한 각을 잃어버린 이후
한 번도 문장을 완성한 적이 없다 했다
그가 전갈의 배꼽자리 버리는 동안

○안의 바깥에 사로잡혀 궁그르다 지쳤다 했다
통통 공의 탄성에 눈멀었으므로
그는 두 발로 직립하는 일을 파기한다 했다

○안에 o인의 그림자를 포갠, 그는

◎의 凹凸을 넘보다가 두발만 길어졌다 했다

지퍼의 전횡사

푹 퍼진 바지의 줄을 잡다가 슬쩍 당겨본다
꽉 다문 입 없는 말
주루룩 뱃가죽 찢으며 지평선을 열어젖힌다
성기가 터질 듯 부풀기 전에
금속성 이빨들이 일제히 가방에서 뛰쳐나왔다

입 · 이것은 안전 처리된 미늘인 듯
살갑게 봉인을 풀 때마다 비린내가 물큰했다
누구나 공공연한 전횡을 일삼았지만

자크 · 저것은 투명한 데리다의 기표였으므로
누구나 쉽게 개봉할 수 있는 지퍼백
순수한 말의 기원은 없고 혀의 기능만 있다던

질 · 그것은 딱딱 맞는 이빨 없이도 완강했다
표표히 유목에 지친 말로 남아 떠도는
사막의 바탕은 바람의 망막이 아니었다

바람에 재편된 사구의 주름을 헤집어보다가

알알이 흩어진 모래

잠시 신기루 펼칠 때 트럭의 범퍼가 닫혔다

이 뜨거운 실린더가 터지기 전에

말 없는 입들이 지퍼를 열고 고비에 당도했다

자선 시론

서정시에서 비시非詩에 이르기까지

강희안

1. 행복한 몽상의 언어

90년대 후반쯤 월간 『문학사상』에 시를 발표할 무렵의 시작 메모를 뒤적여 본다. 그때 나는 "바야흐로 때는 서정시抒情詩→반시反詩→비시非詩의 도정으로 흘러가고 있으니 당분간은 좀 더 망가질 밖에 별다른 도리가 없으리라"고 씌어 있다. 지금 생각해 보면 그것은 나의 의지와는 무관하게 변해가는 나의 시적 경향에 대한 진술이었던 것 같다. 첫 시집 『지나간 슬픔이 강물이라면』이 서정시와 리얼리즘의 인식인 반시反詩의 경향이었다면, 두 번째 시집 『거미는 몸에 산다』에서는 새로운 언어에 관한 사유에 골몰하면서 세계를 바라보는 자아의 시선에 변화가 일기 시작한다.

자기 동일성의 토대를 상정하고 또한 대상과 자아를 일치시키면서 자아의 정서를 표출하는 서정의 형식을 부정한다. 그것은 무엇보다도 서정과의 결별을 선언하고 싶었기 때문이기도 하지만, 통합된 주체는 불가능하다는 언어 인식에 깊이 침윤된 흔적일 것이다. 그러한 과정은 첫 시집에서 내가 가장 내세우고 싶어 했던 다음의 인용시를 살펴보면 구체적으로 확인된다. 여기에 등장하는 '혼수의 꽃'이란 언표로써 드러낸 시적 정서는 자연의 대상에서 행복한 공감의 언어를 발견하고 있다. 따라서 자연과 밀착된 상상력으로 발현되는 몽상의 이미지가 첫 시집의 주류를 이루게 된다.

> 엉겅퀴꽃을 보러 숲에 갔다. 그 어느 손으로도 꺾을 수 없는 젊은 넋들의 행방, 우수수 송이 바람이 불어갔다. 홀로이 길을 찾는 한낮의 고요 속 뚜루루 낄륵 새의 울음도 끊어졌다. 어디로 가야 할까 잠시 망설였다. 하늘 숲 가까이 님프들은 치마폭 솔기마다 혼수昏睡의 꽃을 피워냈다. 길은 아무렇게나 함부로 뻗어 있었다. 나는 주소나 자동표지판으로 길을 찾는 근시의 사내, 뿌리칠 수 없는 습관 속에서 한참을 헤매다 엉겅퀴를 만났다. 처음 느끼는 자유였다
>
> —「엉겅퀴꽃을 보러 숲에 갔다」 전문, 제1시집 『지나간 슬픔이 강물이라면』(1996)

첫 시집 『지나간 슬픔이 강물이라면』(1996)의 1면에 실은 이 작품은 나의 전체 시세계의 맥락과 일치한다. 이 시에는 서정시의 특성인 결핍의 자아와 자연 대상의 동일성(identity)의 추구란 명제에 주력하고 있다. 무엇보다 숲으로 비유되는 풍요로운 자연의 절대적 힘에 대한 갈망을 나의 문학적 원질로 삼고 있기 때문이다. 가령 “하늘 숲 가까이 님프들은 치마폭 솔기마다 혼수昏睡의 꽃을 피워냈다”라는 시적 진술은 자연과 무의식적으로 교감하는 몽환의 정서까지 풍기고 있다. 이 시기는 본격적인 학문의 길로 들어선 시기였는데, 이때 후기구조주의자들과 만나게 되면서부터 나의 세계관은 큰 격절의 과정을 겪는다.

2. 존재는 언어의 집

첫 시집 이후 나는 자연 세계와 인간 세계가 동화의 축으로 행복하게 결합하는 낭만주의의 세계관보다는 인간이 창조한 문명 대상에 의해 오히려 지배받는 인간의 무의식이 주된 관심을 기울이게 된다. 시의 언어가 인간 중심적 도그마(dogma)를 표백하는 것이 아니라 존재 자체가 언어의 기능이 되어야 한다는 G. 벤의 말에 시사 받은 바가 클 것이다. 그는 존재와 언어의 관계성 자체를 문제 삼으면서 거기에 대립이나 동화라는 어떤 관념의 축을 세우지 않는다는 언명은 나의 관심을 사로잡기에 충분했다.

나도 이 무렵 하이데거와 노자의 이론에 심취하여 존재와 언어의 경계와 실상에 대해 골똘하고 있던 시기였다. 무엇보다도 나는 세계를 인간 중심적으로 바라보기보다는 언어와 존재의 관계를 무화하여 전일체의 실상을 보여주고 싶었던 것이다. 따라서 하이데거의 '언어는 존재의 집'이란 의미를 뒤집어 '존재는 언어의 집'이란 명제를 도출하기에 이른다. 이때 전자가 인간 중심적 언어의 우위성을 내세운다면, 후자는 존재 자체가 언어를 부릴 수 있는 주체적 자각의 개념이 성립된다.

페레스트로이카 이후 거대담론의 세계가 무너진 90년대의 세계에서 존재 자체를 언어의 우위에 둔 의식적 태도였다. 다시 말해서 생명의 원리에 따라 새로운 존재의 거점을 마련하려는 내 나름의 노력의 일환으로 생각된다. 따라서 나에게 시 쓰는 일이란, 첫 시집 『지나간 슬픔이 강물이라면』에서 의식을 강박했던 낭만적 언어와 결별하는 일이 문제였다. 거대담론이 무너진 이후의 파편화된 미시담론의 세계를 탄력적으로 통찰하기 위해서는 무엇보다도 언어와 존재의 어긋난 틈새를 밝히는 일이 중요했던 것이다.

집이 하도 고물딱지 같아서 TV와 장롱, 전화기도 새로 바꾸고 방도 도배를 말끔히 했다. 아내는 가구에 광택제를 뿌리며 닦아댔고, 난시청 지역인 까닭에 나는 VHF는 물론 UHF 안테나까지 높이 달았다. 그간 TV 화면은 폭풍주의보 속 물결처럼 흔들렸고, 장롱의 문은 언제 넘어질지 모르는 상태여서 늘 잠자리에서 불안에 시달려야 했다. 전화기 또한 상대방은 잘 들리지만 우리 쪽은 잘 들리지 않는 혼선과 난청의 답답함에 시달려온 지 10여 년, 그런 이유로 나는 눈과 귀가 좀 침침해지고 말도 하는 쪽보다 듣는 쪽에 가까와 갔으며, 죽음에 대한 공포 의식도 내가 모르는 사이 이미 관념의 일부로 공유해 온 것이었다

이튿날 아침 전화벨 소리에 놀라 잠에서 깨어났을 때, 새 TV와 새 가구를 들였지만 처음 TV와 처음 가구가 없어졌고 집도 다시 있지 않았다

—「가구에 대하여」 전문, 제2시집 『거미는 몸에 산다』(2004)

위의 시는 체험을 바탕으로 쓰인 것으로서 언어와 존재에 관한 나의 의식 지향성을 분명하게 드러낸다는 판단에서 인용해 보았다. 여기서 중요한 점은 내가 내세운 시의 화자는 모든 가구, 즉 세계가 낡았기 때문에 폭력적이라는 인식에 시달린다. 따라서 세계를 혁명적으로 바꾸기 위해 모든 가구를 교체하지만, 오히려 문제는 그 다음부터였다. 그간 시적 화자가 10여 년 동안 세계라고 믿었던 가구(언어)가 시뮬라크르 같은 자본주의의 허상에 불과했으며, 그것은 다름 아닌 실재 세계(집)의 부속품에 불과했다는 아이러니한 체험이 소산이다.

언어의 감옥에서 벗어나 주체와 언어의 간극에서 몸이 현현해 주는 비의를 감지한 것이 두 번째 시집 『거미는 몸에 산다』의 결과물이었던 것이

다. 또 다른 시 「기호의 문」에서는 '8'이라는 자의적인 기표가 형태상 유사한 '개미'의 이미지에서 노아의 방주에 실린 8명의 식솔, 나아가 ∞의 기호와 겹치다가 배선船 字로 기호화되는 연상 고리를 통해 기표의 자의성을 풍자적인 어법으로 부정하기도 했다. 기존의 질서를 전복하는 동력을 언어로부터 새롭게 재구성하려는 의도였다.

권혁웅의 예리한 지적(『문예연구』, 2004년 겨울호)도 있었지만, 나에게 언어는 무엇에 대한 표상으로서의 기호가 아니다. 그것은 실재계로 진입하는 입구이며, 실체가 자리 잡고 있는 거주지다. 나는 이 접면을 언어와 행위의 관계선이라 부른다. 내가 말놀이(pun)에 자주 기댄 것도 기호(언어)의 질료적인 성격에서 기인한 것이다. 이에 비해 제3시집 『나탈리 망세의 첼로』에 와서는 기호의 순기능보다는 역기능에 초점을 맞추어 후기산업사회가 일그러뜨린 기호의 허구를 폭로하는 의식으로까지 나아가게 된다.

3. 파열하는 기표의 양면성

÷의 달이 호수에게 왜 나를 비추느냐를 묻자 그는 나를 비춘 적이 없다고 되물었다. 구름이 서행하다 몸의 스크럼을 푼 곳은 문자 이전일까, 이후일까? 그녀는 나와 괜히 결혼했다고 트집을 일삼으며 웃었다. 통통 튀던 %들조차 널 중심으로 나를 취했으나, 한쪽으로 기울었다. 삐딱한 관점에서 너는 위장 이혼을 종용했다. 그들이 거주한 몸은 빗장뼈를 뽑았기 때문에 헐거웠다. 시가 살아 있기 때문에 그는 솔직할 수 없다고 고백했다. 忄에 고착된 그들은 양쪽 도어록을 잡고 울었다. 서로 힘껏 잡아당겨서 열리지 않았다. 예수의 발 뒤꿈치도 뒤집어

볼 수 없었다. 파경을 각오한 호수의 달빛이 시퍼런 칼날을 휘둘러댔다. 기도로써 뽑아든 평등의 벽을 보았다

—「÷%忄」 전문, 제3시집 『나탈리 망세의 첼로』(2008)

인용시에서 나는 자아와 대상, 기표와 기의가 긴밀하게 동일화되어 의미를 명징하게 만드는 서정의 기능을 거세했다. 결코 동화될 수 없는 자아와 대상과의 파열을 겪는 서정의 역기능에 시선이 고정한 것이다. 은유를 통해 기호 표현의 양면성에 관심을 모으면서 기존의 세계가 고착화한 관념의 폭력성에 집중하고자 했다. 무엇보다도 나는 세계와 불화를 겪는 시적 정황에 핀트를 맞추어 놓았다. 제목은 '÷'(이성)라는 수식이 각도의 형태를 달리하면서 '%'(기대지평)로 미끄러지고, 나아가 궁극적으로는 평등이 벽이 되는 '忄'(감성)의 형태를 보여주고자 했던 것이다.

이와 같은 형식은 '수식'이라는 가장 확실한 이성적 세계에서부터 '확률'이라는 모호한 가능성의 세계를 거쳐 '마음'이라는 가장 불확실한 심리적 세계까지를 내포하려는 의도에서 출발했다. 인용시에서는 수식을 대표하는 '÷'(본의)가 유사성을 축으로 하여 '호수의 표면에 비친 달'(매재)의 형상으로, 확률을 대표하는 '%'(본의)가 널뛰기의 '널'(매재)의 형상(혹은 삐딱한 관점)으로, 마음을 대표하는 '忄'(본의)은 문과 문고리가 되어 서로 "양쪽 도어록을 잡"고 있는 형상(매재)으로 은유화하려는 노력의 산물일 것이다.

이와는 역으로 차별성의 축에서 볼 때, "÷의 달"(주체)은 호수(객체)에게 "왜 나를 비추느냐를 묻자 그는 나를 비춘 적이 없다"고 진술하는가 하면, "%들"까지도 "널(타자) 중심으로 나(자아)를 취했으나, 한쪽으로 기울

었다"는 불화에 중점을 두었다. 나아가 화자는 "忄에 고착된 그들"(소통)은 "서로 힘껏 잡아당"긴 결과 자아와 기호의 관계가 "평등의 벽"(절연)이 된 심각한 국면을 부각하기 위해 집중했다. 결국 인용시의 골격은 "결혼했다고 트집" 잡혀 "위장 이혼을 종용"당하고, 결국에는 "파경"을 염두에 둔 형태로 분리되는 형상을 보여주고 싶었던 의도에서 비롯되었다.

상기 인용시에서 나는 기호 표현의 양면성을 통해 파열하는 자아와 대상의 괴리감을 밀도 있게 보여주고 싶었다. 은유의 기능적인 측면에서 볼 때, 동화의 축이 시적 인식을 새로운 관계망으로 응집하여 시적 골격을 만들어 낸다면, 대립의 축은 아이러니한 삶의 보편적 진실이라는 결구를 이끌어 내는 힘을 발휘한다는 특징이 있다. 즉 기존의 은유가 동일성을 축으로 하여 단순하면서도 명료한 인간 중심적 세계관을 구축한다면, 내가 추구한 은유는 차별성을 축으로 하여 인간의 관념을 해체하면서 다중적이고도 입체적인 의미망을 형성한다는 점이 다르다는 사실이다.

4. 무한한 언어의 판옵티콘

○인의 바깥은 헐거운 자유라 했다
우물 안의 올챙이가 외출을 서두르는 그 너머엔
파르르 하늘매발톱이 자랐으므로
그의 두 발은 깊이 빠져든다 했다

그는 ○점의 기억조차 난생의 형상이라 했다
그 시절 내내 은자의 행색 펼칠 때마다
네 발에는 굳은살이 새살새살 돋고 있다 했다

그가 빛 없이 동사의 지위를 얻었다면

유인의 ○인은 좀더 우수한 종으로 진화했으리라
스스로의 정교한 각을 잃어버린 이후
한 번도 문장을 완성한 적이 없다 했다
그가 전갈의 배꼽자리 버리는 동안

○안의 바깥에 사로잡혀 궁그르다 지쳤다 했다
통통 공의 탄성에 눈멀었으므로
그는 두 발로 직립하는 일을 파기한다 했다
○안에 0인의 그림자를 포갠, 그는

◎의 凹凸을 넘보다가 두발만 길어졌다 했다
—「ㅇ인의 그림자」 전문, 제4시집 『물고기 강의실』(2012)

상기 인용시에서 나는 '○'을 통해 불확정성의 원리로써 기호화된 인간 세계의 맹점을 꼬집어 내는 독특한 개인상징을 보여주기 위해 고심했다. 먼저 1연의 '○인'은 넓게는 '임의의 공백'이자 '우물의 단면'으로도 조감되지만, 좁게는 '공인'公認이자 '원인'原因이며 '오인'誤認 등등 확정할 수 없는 다양한 의미망을 노렸다. 전자가 '우물 안의 올챙이'에서 유추된다면, 후자는 "○인의 바깥은 헐거운 자유라 했다"는 문맥의 구조에서 얼마든 적용이 가능하다. 그러나 3연의 '○인'은 '원인'猿人, '공인'公人, '~인'人種 등으로 유추되는 바와 같이 전혀 다른 의미의 질로 분화되기를 염두에 둔 설정이다.

2연의 '○점'은 '원점'原點, '오점'汚點, '영점'零點 등을 지칭하는 것 같지만, 4연의 '○안'은 '공안'公案, '원안'原案, '오안'汚案 등에서와 같이 그밖의 어떤 기표라 해도 가능한 열린 텍스트에 해당된다. 지금까지 임의의 공백(상징)인 '○'을 자의적으로 메워본 바와 같이 언어의 형식인 기호는 그 자체로써 불완전하다는 사실을 일깨우고 싶었다. '○'은 미완의 공백(blannk)이지만 결코 채워 넣어야 할 그 무엇이 아니란 사실이다. 나는 신神의 기표인 "난생의 형상"을 통해 기호로 구축된 인간 세계의 맹점을 꼬집고 싶었던 것이다.

'원인'原因이 '오인'誤認으로 '공인'公認이 되고, '원점'原點이 '오점'汚點으로 '영점'零點을 잡는 희극적 아이러니야말로 근대적 사유가 당면한 현실을 구체적으로 보여준 셈이다. 따라서 "○안의 바깥"이란 "정교한 각을 잃어버린" 이성의 질서를 탈구축한 파토스의 공간을 의미한다. 여기는 인간 세계와는 다르게 "굳은살이 새살새살" 돋는 새로운 질서로 편재되어 있다고 생각했다. "우물 안"과도 같은 '○'으로 구획된 '종'種의 세계는 "한 번도 문장을 완성한 적이 없"는 불완전한 영역이므로.

이 지점에서 미완이자 탈구축의 기호였던 '○'은 바깥으로의 길이 막힌 판옵티콘(panopticon), 즉 원형감옥과 다를 바 없을 것이다. '○'안에서 바깥을 꿈꾸는 행위란 결국 근대적 질서의 완전한 외부, 혹은 신의 영역으로 나아가고자 하는 순수한 욕망이다. 이와 같은 이유로 인해 나는 4연에서 어디로 튈지 모르는 "공의 탄성"으로 인해 온전한 인간으로 "직립하는 일"을 파기할 수밖에 없다고 선언했다. 불완전한 기표를 통해 완전한 기의를 유추하는 일은 명백한 오류이기 때문이다.

그 자구책의 일환으로 화자는 마지막 5연에서 '○'이라는 큰 형식에 작은 형식인 'o'을 포갠 '◎'을 제시했다. 이 기호가 '우물의 단면'일 경우엔

음각이지만, '젖꼭지'일 경우엔 양각이라는 두 관점, 즉 "凹凸"이라는 형식과 동일하다. '◎'이 '○'의 안팎을 자유롭게 아우르는 기호라면, '凹凸'은 "정교한 각"을 갖춘 매우 드문 언어의 형식이다. 언어 성립의 한 예외적 장면을 함축하면서 글에 대한 말의 우위를 전제한 로고스중심주의(logocentrism)에 대한 은밀한 모반을 시도했던 것이다. 내가 기표와 기의의 경계선이 무용하다고 일깨운 그 이면에는 아무도 가닿지 못한 근원적이고도 순수한 언어를 꿈꾸기 때문일 것이다.

『시와표현』, 2015년 7월호

대표 평문

언어로 지은 새 집 증후군

— 강희안 시집, 『거미는 몸에 산다』

이경수(문학평론가)

1. 마침표를 찍다

강희안의 두 번째 시집 『거미는 몸에 산다』(2004)는 첫 시집 『지나간 슬픔이 강물이라면』(1996)과 단절을 선언한다. 전통적인 서정의 세계를 맑고 따뜻하게 노래했던 첫 시집의 세계가 그에게는 동시에 극복의 대상이 되었던 것 같다. 누구에게나 한 권의 시집을 내는 일은 마침표를 찍는 일이자 새로운 시작을 의미하는 일일 것이다. 결별이나 단절을 거치지 않고는 새로운 세계로의 진입은 불가능하다. 그러나 결별이 말처럼 쉬운 일은 아니다. 선언만으로 이루어지는 것도, 바람만으로 도달할 수 있는 것도 아니다. 강희안 시인에게도 첫 시집과의 결별에 이르기까지 8년이라는 시간이 필요했던 모양이다. 첫 시집의 동어반복으로부터 벗어나야 한다는 의식적 노력으로 인해 마침내 그는 새로운 시의 세계를 구축하기에 이른다. 그것은 시인이 직접 밝히고 있듯이, '언어는 존재의 집'이 아니라 '존재는 언어의 집'(「시인의 말」)이라는 깨달음으로 요약된다. 앞서의 명제가 기성의 언어에 대한 좀더 수동적이고 수세적인 태도를 드러내는 것이라면, 뒤의 명제는 언어에 대한 좀더 능동적이고 공격적인 태도를 반영한다. 언어는 존재가 의탁하는 거처에 불과한 것이 아니라, 언어를 통해 마침내 존재의 전환까지도 가져올 수 있는 혁명성을 지니고 있음을 깨달은 것이다. 그의 두 번째 시집은 이러한 깨달음에서 비롯된다.

> 가) 지리부도는 비어 있다/새도 없다, 나무도/바람도 없다/지리부도는 사람마저/감추었는가//존재의 괄호처럼 비어 있는/집
>
> —「독도법」 전문

> 나) 지도를 탁자에 펼친다/그가 지시어로 가리키는/근시의 땅에/기호의 부족들이 쓰러져 있다/지도에 길들여진 그는/눈이 멀었다/가성근시다/잠시, 턱을 괸 채 바라본/유리창 밖 하늘 위/바람에 풀어지는 구름/그는 눈이 멀었다/그가 지시어로 가리키는/근시의 땅엔/졸보기 안경을 낀/사람들이 산다
>
> —「독도법 · 2」 전문

가)는 첫 시집에 실린 「독도법」이라는 시이고, 나)는 두 번째 시집에 실려 있는 「독도법 · 2」라는 시이다. 같은 제목으로 쓰여진 두 편의 시는 강희안 시인의 변모를 짐작케 해준다. 두 편의 시에서 지도 자체는 달라진 것이 없다. 지도에는 "기호의 부족들이 쓰러져 있"을 뿐 "새도 없"고 "나무도 바람도 없다". 물론 사람의 흔적을 찾아볼 수도 없다. 그러나 그런 지도를 바라보는 시인의 인식에는 분명한 변화가 보인다. 첫 시집에서 시인은 새도 나무도 바람도 사람도 찾아볼 수 없는 지도를 비어 있다고 인식한다. 부재不在에 집착하는 시인의 눈에 포착되는 것은 부재하는 것에 대한 그리움과 슬픔이다. 두 번째 시집에 오면 그는 지도 너머를 보고자 한

다. 사람들을 볼 수 없는 것은 그것이 존재하지 않기 때문이 아니라 지도에 길들여진 눈 때문이라는 것이다. 가까운 지도를 보는 데 길들여진 눈이 먼 거리에 있는 것을 보지 못하는 "가성근시" 상태가 되었기 때문에 사람들을 보지 못하게 된 것이다. 그건 시인에게만 해당하는 문제는 아니고, 지도 너머의 사람들은 모두 "근시의 땅"에 사는 "졸보기 안경을 낀 사람들"로 그려진다. 이제 시인의 눈에는 지도 너머의 사람들이 보이기 시작한다. 아니, 적어도 그 사람들을 인식하기 시작한다.

2. 언어의 집

그렇다면 시인이 지은 새로운 언어의 집은 어떤 모습을 하고 있을까? 그것은 시인이 바라는 대로 존재 전환을 이루어낼 것인가? 이제는 이런 질문을 던져야 할 차례이다. 언어와 존재의 틈이 쉽게 메워지지 않는 절망적 거리를 숙명적으로 가지고 있다는 사실을 인식한 시인에게 어떤 출구가 마련될 것인가? 언어에 천착함으로써 그는 이제 있는 존재에 다가서려는 노력을 포기하고 새로운 존재를 구축하려고 하는 것은 아닌가? 시를 쓰는 일이, 있는 세계를 수동적으로 반영하는 일이 아니라 새로운 세계를 구축하는 일일진대 그의 변화는 성패의 여부를 떠나서 바람직해 보인다. 아마도 그것은 행복한 유사성의 세계에 갈등 없이 의존할 수 없는 현대의 시인이라면 필연적으로 걸을 수밖에 없는 길인지도 모른다.

> 집이 하도 고물딱지 같아서 TV와 장롱, 전화기도 새로 바꾸고 방도
> 도배를 말끔히 했다. 아내는 가구에 광택제를 뿌리며 닦아댔고, 난시

청 지역인 까닭에 나는 VHF는 물론 UHF 안테나까지 높이 달았다. 그간 TV 화면은 폭풍주의보 속 물결처럼 흔들렸고, 장롱의 문은 언제 넘어질지 모르는 상태여서 늘 잠자리에서 불안에 시달려야 했다. 전화기 또한 상대방은 잘 들리지만 우리 쪽은 잘 들리지 않는 혼선과 난청의 답답함에 시달려온 지 10여 년, 그런 이유로 나는 눈과 귀가 좀 침침해지고 말도 하는 쪽보다 듣는 쪽에 가까워 갔으며, 죽음에 대한 공포 의식도 내가 모르는 사이 이미 관념의 일부로 공유해 온 것이었다

이튿날 아침 전화벨 소리에 놀라 잠에서 깨어났을 때, 새 TV와 새 가구를 들였지만 처음 TV와 처음 가구가 없어졌고 집도 다시 있지 않았다

—「가구에 대하여」 전문

강희안의 새 시집에 첫 번째로 수록된 이 시는, 시인의 언어에 대한 인식의 전환을 잘 보여준다. 혁명은 하지 못하고 방만 바꾸어 버렸다는 어느 시인의 탄식도 일찍이 있었지만, 인용한 시에서 시적 주체는 고물딱지 같은 집을 바꿀 수는 없어서 가구를 새로 들인다. 전자제품과 가구를 새로 바꾸고 도배도 말끔히 했다. 그렇게 하기 전까지 그는 잠자리에서는 불안에 시달렸고 혼선과 난청의 답답함에 시달려야 했다. 그것은 소통 불능으로 인한 답답함이자 불안감이기도 했다. 이 시는 존재와 언어의 관계에 대한 알레고리로 읽히기도 하는데, 시인은 자신의 언어가 낡았다는 생각에 오랫동안 시달려왔던 것 같다. 그것은 근원을 알 수 없는 슬픔과 막연한 그리움과 불안을 시적 정서로 채우게 했던 듯하다. 그러던 어느 날 시적 주체는 집을 이루고 있던 가구를 바꾸어 버린다. 그런데 놀랍게도 가구를 바꾸자 집의 존재 자체가 달라져 버린다. "처음 TV"와 "처음 가구"가 없어지고 그와 함께 "집도 다시 있지 않"은 상태가 되어 버린다. 낡

은 집이 사라지면서 과거와 같은 의미의 집은 사라져 버린다. 언어에 대한 인식이 달라져 언어를 바꾸자 존재마저 달라진 체험을 시인은 했던 것이다. 이때 새로운 언어로 구축한 집은 더 이상 과거와 같은 의미의 집은 아니다. 아니, 어쩌면 시인은 존재가 편안히 거주할 수 있는 집 자체를 허물어 버린 것인지도 모른다. 그가 새롭게 선택한 언어는 고정된 집을 짓는 일 자체를 거부하는 언어이므로 이제 시인은 집이 없는 길을 가야 할지도 모른다. 그 길은 아마도 시인이 이전에 거주하던 집의 세계보다 훨씬 위태롭고 불안한 길이 될 것이다. 하지만 그것만이 거리가 멀어진 언어와 존재 사이에서 언어를 통해 존재의 근원에 다가가는 일일지도 모르겠다.

3. 슬픈 우화

언어에 대한 강희안 시인의 절망감은 이번 시집에서 주로 우화를 통해 전해진다. '지금, 여기'의 시인은 유사성에 기초했던 태초의 언어에 다가갈 수 없음을 그는 새삼스럽게 절감한다. 그 시절의 언어는 분명 존재 자체를 바꾸는 혁명적 힘을 지니고 있었지만, '지금, 여기'에서 그런 힘의 자취는 사라지고 없다. 유일하게 그 흔적이 남아 있다면 그것은 아이의 언어를 통해서이다. 물론 아이 역시 성인의 말을 배우고 공적인 영역에 속하게 되면 그 흔적을 지우게 되겠지만 말이다.

> 어느 봄날, 세 살배기 자식놈과 더불어
> 난생 처음 성북동삼림욕장에 갔다네

주차장 가로질러 산책로 숲길로 들어서자
녀석은 무엇이 그리도 신기한지
두 눈 휘둥그레 치뜨고는 연신 웅얼거리네
전봇대 보고는 기린, 철쭉 보고는 닭
방갈로 보고는 코끼리, 새 둥지 보고는 달
구름 보고는 사자, 흔들리는 나무 그림자 보고는 귀신
소나무 보고는 고슴도치, 돌담 보고는 기차
풍향계 보고는 헬리콥터, 날아오르는 멧새 보고는 별
벼랑 아래 펼쳐진 숲 보고는 바다
숲 한가운데 우뚝 솟은 바위 보고는 고해(**래**)
와! 고해 바다 고해 바다…
어처구니없게도 고해의 바다라니

마음으로써 형상을 짓지 말라 했거늘!

—「슬픈 동화」 전문

아이의 눈에 비친 세상은 온통 신기함으로 넘쳐난다. "무엇이 그리도 신기한지 두 눈 휘둥그레 치뜨고는 연신 웅얼거"린다. 말을 배우기 시작한 지 얼마 안 된 아이에게는 사물과 언어 사이의 관계가 헐겁고 느슨하다. 아이는 단지 모양이나 색깔의 유사성만으로 사물을 인식한다. 고정된 기표와 이름에 갇힌 어른들은 그 바깥을 생각하지 못하지만 유사성을 통해 세계를 인식하는 아이의 눈에는 전봇대나 기린이나 길다는 점에서는 마찬가지이고, 철쭉과 닭, 방갈로와 코끼리, 구름과 사자, 숲과 바다 등이 구별되지 않는다. 처음 접하는 세계를 신기해하며 웅얼거리던 아이는 문득 "고해(래) 바다"라는 말을 내뱉는다. 그것은 우연히 튀어나온 말이지만, 존재와 사물의 관계에 대한 선입견이 없기 때문에 가능한 말이었다. 그런데 시인은 그것에 대해 "어처구니없게도 고해의 바다라니"라는 해석의 시선을 덧붙인다. 해석하여 의미를 부여하는 일은 아이의 말을 기존의 언어의 한계 속에 가두는 일이기도 하다.

아이의 천진난만함이 "슬픈 동화"가 되는 까닭은 바로 여기에 있다. 슬픈 동화는 '나'에 의해 비로소 완성된다. "마음으로써 형상을 짓"는 '나'의 말이 감옥이라면, 집을 짓는 일 따위에 관심이 없는 아이의 말은 자유롭게 유목하는 말이다. 아이의 말이 '내'가 잃어버린 것을 상기시켜 주기 때문에 이 동화는 슬픔을 동반할 수밖에 없다.

> 한때 얹어 두었던 계관은 몸의 기억을 더듬지만, 누구도 태생이 무엇이며 지금은 어디에 사는지조차 관심이 없다. 태어나면서부터 볼품없이 까맣게 오그라든 검은 낯바닥, 터무니없는 몸집과 퇴화된 날개로 한 시절 용케도 잘 견디는가 싶더니, 요즘 들어 부쩍 정신을 놓치는 일이 잦아진다나? 그래도 아직은 완강하게 버틴 두 다리로나마 새로운 길을 찾아 무작정 떠날 작정을 했다지, 아마
>
> 타조는 제가 짝다리라는 사실을 모르기 때문에 죽을 힘을 다해 발버둥친다. 저리 큰 걸음으로 몇날 며칠 평원을 내달리다 아침에 깨어나 보면, 다시금 원심점이란 사실에 소스라쳐 놀란 적이 한두 번이 아니다. 정신나간 친구놈이 링반데룽 현상인가 뭔가라며 신경증적 치료를 권유했지만, 그는 결코 누구의 말에도 솔깃하거나 휘둘릴 까닭이 없다. 내일은 반대편 길로만 줄달음치면 이 지평을 벗어날 수 있으리라 확고부동하게 믿는 눈치다. 갈수록 이런 타조가 기하급수적으로 늘고 있다고 한다. 골머리 썩기 전에 철저한 대책 마련이 시급하다는 후문이다
>
> —「타조의 꿈」 부분

날개가 있고 조류로 분류되지만 날 줄 모르는 타조는 이 시대의 시인, 혹은 시를 상징하는 알레고리이다. 한때 시인의 머리에도 계관이 얹혀졌던 시절이 있었다. 시인은 왕실이나 귀족에 의해 보호되었으며 많은 사람들에게 존경의 대상이 되었다. 그 시절에 시를 짓는 일은 명예로운 일이었을 것이다. 하지만 '지금, 여기'에서 시인은 더 이상 존경의 대상도 선망의 대상도 아니다. "터무니없는 몸집과 퇴화된 날개"로 "한때 얹어 두었던 계관"인 과거의 영예에 의존한 채 살아가는 존재들이다. 마치 감당할 수 없을 만큼 몸피가 커져서 뒤뚱거리는 타조처럼 몸집은 커졌지만 새로운 시를 창조해내지 못하고 같은 자리를 반복적으로 맴도는 '지금, 여기'의 시를 시인은 알레고리를 통해 풍자하고자 한다.

물론 강희안 시인 역시 풍자의 대상으로부터 자유로울 수는 없다. 자신을 제외하고 바깥을 향해서만 공격의 화살을 쏘아대는 풍자는 성공적일 수 없다. 내부의 외부자의 시선으로 자기 자신에 대해 비판의 화살을 겨눌 수 있을 때 풍자의 공격성은 빛을 발하게 된다. 강희안 역시 그것을 모를 리는 없다. 아마도 죽을 힘을 다해 발버둥쳐도 다시금 원심점이란 사실에 소스라치게 놀라는 존재는 다름 아닌 시인 자신일 것이다. 속도와 개발의 시대에 시인이라는 존재는 달가운 존재일 리 없다. 그러니 주변에서 신경증 환자 취급하는 것도 무리는 아니다. 개발지상주의의 관점에서 바라봤을 때 시인은 이상한 존재로 비쳐질 것이 틀림없으니 말이다. 그래도 너머를 지향하며 "이 지평을 벗어날 수 있으리라"는 믿음을 저버리지 않는 존재가 이 시대의 시인이기도 하다. 꿈꾸는 것은 시대를 막론한 시인의 조건이라고도 할 수 있을 것이다. 다만 불구인 현실을 전혀 고려하지 않은 채 계관 시인의 환상에만 사로잡힌 복원의 꿈이라면 그것은 전복의 힘을 상실한 것이기 쉽다. 강희안 시인이 벗어나고자 하는 것은 시에 대한 낭만적 태도이다. 모든 문학은 본질적으로 낭만적 성향을 지니고 있기도 하지만, 낭만적 태도로는 '지금, 여기'의 문학을 돌파해 나갈 수 없음을 그는 깨달은 것이다.

4. '거미'의 집

강희안의 새 시집에는 유독 동물이나 곤충이 등장하는 시들이 눈에 띈다. 엎드린 8자를 닮은 개미로부터 생生처럼 질긴 오징어, 퇴화된 날개에 몸집이 비대해져 버린 타조, 전복을 꿈꾸는 전복 등에 이르기까지 동물이나 곤충이 등장하는 시들은 유비의 상상력에 기초하고 있다. 기표와 기의 사이는 물론이고 존재와 기호 사이에도 필연적 관계는 없고 자의적일 뿐이지만, 시인은 미끄러져 달아나는 관계의 틈을 사유함으로써 불가능에 도전한다.

> 말문이 트이자마자 그는 실실 혀를 굴린다. 저마다의 뼈와 관절을 풀어 놓는다. 마음이든 시간이든 질질 늘려 팔이든 얼굴이든 닥치는 대로 얽어맨다. 이마도 여러 겹 굵은 노끈으로 동여맨 지 이미 오래다. 그는 머리마저 까무룩 밀어 버린 채 바깥일엔 무관심한 척한다. 오직 말을 잃은 입만이 그의 전생애인 듯 오물거린다. 생각이 쏟아질까봐 전전긍긍한다. 그는 용의주도하게 온몸마저 친친 감아 버렸다. 시간의 허구렁을 샅샅이 뒤져도 보이지 않는 매듭, 바람마저 드나들 수 없는 배꼽 하나 짓고 있었다. 구렁구렁 고이는 가래를 뱉으며 그는 곁눈

질만 한다. 말의 촉수를 거두어 들이자 영생을 얻었는지 고즈넉하다.
그는 조만간 돌이 될 것이다

—「거미는 몸에 산다」 전문

감히 아테나 여신에게 도전한 죄로 거미가 되었다는 유래담이 그리스 신화에 전해지는 '거미'는, 인용한 시에서 말을 잊은 채 실을 자아내 자신의 몸을 친친 감는 존재로 그려진다. 자신의 몸에서 실을 자아내어 집을 짓는 거미는 온몸이 집인 존재이다. 거미에게 집은 최선의 공격이자 방어의 수단이다. 그의 영역에 들어오는 모든 존재는 거미의 몸이 되어 버린다. 그것은 거미가 세상과 대화하는 방식이기도 하다. 침묵으로 온몸을 닫아 건 거미에게 입은 더 이상 소통을 위한 기관이 아니다. 차라리 거미는 온몸이 되어버린 집과 더불어 몸으로 소통한다. 자신의 몸에서 실을 자아내어 집을 지은 거미는 결국 자신의 몸에 거주하는 거미가 된다. 그에게 대상 세계와 주체는 하나이다. 말의 촉수를 거두어들인 그는 바깥 세상과의 소통을 닫아 건 존재이다. 그는 요란한 말이나 낭만적 꿈을 버리고 제 몸인 집에 거하며 단단해지고자 한다. 고즈넉한 돌은 이번 시집에서 강희안 시인이 추구하는 이미지이다.

첫 시집에도 '돌'의 이미지가 등장했지만, 거기에서는 대개 강바닥에 있으면서 깊은 강 물결 소리를 듣는 관찰자적 존재로서 시의 화자의 정서가 의탁된 사물에 지나지 않았다(「돌」, 「강가에서」). 이번 시집에서 그려진 돌은 말을 잊은 침묵의 존재로서, 고요하고 단단하고 고독하다(「거미는 몸에 산다」, 「돌과 같이 · 1」, 「돌과 같이 · 2」). 그것은 말의 촉수를 거두어들인 다음에야 비로소 될 수 있는 것이며, "우듬지로 자물치는 저 삼월의 눈망울들"을 품고 "푸른 고요에 잠"겨 있으며(「돌과 같이 · 1」), "제 들뜬 몸을 꽁꽁 뭉쳐 놓"은 것이다(「돌과 같이 · 2」). 이제 시인은 스스로 고즈넉한 돌이 됨으로써 낭만성의 언어 및 태도와 결별하고자 하는 것이다.

5. 새 집 증후군

서정의 언어가 지닌 아름다움을 누구 못지않게 잘 알고 있는 강희안 시인은 서정의 언어가 얼마나 무기력할 수 있는지에 대해서도 누구보다도 절감했던 듯하다. 첫 시집은 그에게 출발인 동시에 극복의 대상이었다. 언어에 대해 집요하게 탐색하고 공력을 기울인 덕분에 그의 시는 일단 낡은 집을 부수고 새 집을 구축하는 데 성공한다. 물론 이번 시집에서 새 집의 단단한 모양새를 하고 있는 시들은 대개 1부에 속해 있는 시들이었다. 2~4부의 시들은 1부만큼 단단하게 응집되어 있지는 않아서 이따금씩 낭만성에 이끌리거나 흔들리는 모습을 보이기도 한다. 그 흔들림이 그리 부정적으로만 보이지 않았던 것은 차라리 시인의 고뇌가 솔직하게 느껴졌기 때문인지도 모르겠다.

강희안의 새 시집에는 알레고리적 사유가 자주 등장하는데, 알레고리는 대개 분명한 관념 하나를 지향하고 있는 경우가 많아서 또 하나의 언어의 감옥이 될 가능성이 높다. 그가 즐겨 사용하는 알레고리는 정치적이거나 풍자적인 성격과는 거리를 두고 있지만, 그 점이 의미의 모호함을 낳기도 하는 것 같다. 강희안 시인의 변모는 일단 반가운 일이다. 하지만 안전한 길을 버리고 새로운 길을 개척하기 시작한 그의 앞날이 그리 평탄해 보이지만은 않는다. 시인이 낡은 언어에 새로운 생명을 불어넣음으로써 짓기 시작한 새 집은 완성됨과 동시에 허물 수밖에 없는 집이며, 그런 점에서 결코 영생을 얻을 수 없는 집이기 때문이다. 그가 선택한 치열한 고투는 지속될 때에만 의미를 지니는 싸움이다. 어쩌면 그는 끝이 정해진 싸움을 시작한 것인지도 모른다. 하지만 예정된 실패의 길을 간다 하더라도 성공 이상의 의미를 지닐 수 있는 길이 또한 시의 길임을 상기할 때, 그가 걸어가는 길이 결코 외롭지만은 않을 것이라 짐작해 본다. 그의 고투가 계속되기를 바라지만, 또한 달라져야 한다는 강박관념에 너무 강하게 사로잡히지 않고 그의 시가 좀더 자유로워졌으면 좋겠다. 그럴 수 있을 때 그의 시는 시인 자신이 원하는 세계에 좀더 가까이 다가갈 수 있을 것이다.

『애지』, 2004년 겨울호

은유적 세계에 대한 전복의 꿈

— 강희안 시집, 『나탈리 망세의 첼로』

박현수(문학평론가)

1

매끈하게 잘 빠진 서정시 열 편을 쓰는 것보다 강렬한 인상을 남기는 실험시 한 편을 쓰는 일이 더 어렵다. 실험은 그만큼 빨리 익숙해지고 실험은 그 정도로 빨리 피로해지기 때문이다. 일찍이 이상은 그것을 알아채어 버렸다. 그래서 그는 "어느 시대에도 그 현대인은 절망한다. 절망이 기교를 낳고 기교 때문에 또 절망한다."고 하지 않았던가. 기교는 실험의 다른 이름이다. 실험은 그래서 절망의 몸짓이다.

한편으로 실험은 저항의 몸짓이다. 임화를 비롯한 맑시스트 시인들이 초기에 낭만주의를 이야기하고 아방가르드적인 시에 몰두한 것도 이 실험의 가능성을 타진해본 것이다. 고정되고 권력화되어 가는 세계의 각질을 뚫을 수 있는 것은 실험적인 언어이다. 서정적인 언어는 이 세계를 변화의 대상으로 상정하지 않는다. 이미 존재하는 세계의 초월적 의미를 현현시키는 데 그것의 궁극적 목적을 두기 때문이다.

저항과 절망은 이렇게 하여 한 몸이 된다. 그것은 기표와 기의가 한 몸이 된 것과 마찬가지다. 수사학이 안의 겉이자 동시에 겉의 안인 것처럼,

기교가 기표에 불과한 것이 아니다. 기표와 함께 기의가 존재한다. 기표의 모든 방황이 끝나는 지점은 기표가 초월적 기의, 혹은 절대적 기의와 만날 때일 것이다. 그러나 그런 기의는 신의 영역에 속해 있을 뿐이다.

우리에게 주어진 것은 기표밖에 없다. 이것이 우리가 절망하는 이유이다. 기교 때문에 절망하는 일이 이 지점에서 생긴다. 그러나 기의가 없다면 기표는 기의를 만들어 낸다. 이것이 저항인 이유이다. 절망이 기교를 낳는 것은 이 지점이다. 절망은 허무에서 무엇인가를 생성해낸다. 그래서 우리에게 기표는 세계의 중심이다.

서정시가 초월적 기의를 절대적으로 신뢰하는 장르라면 실험시는 기표를 절대화하는 장르이다. 전자는 수사학적으로 은유의 세계에 속한다. 은유는 세계와 자아의 동일성을 확신한다. 그러나 후자는 수사학적으로 환유에 속한다. 환유는 은유가 기반하고 있는 세계가 일종의 환각임을 확신한다. 폴 드 만이 이야기한 바처럼 은유는 '자기—기만적인 수사학'인 것이다. 전자는 언어와 현실의 세계에 존재하는 거대한 균열에 눈을 감고 그것을 초월하려 애쓰고 후자는 그것을 적나라하게 보여주려 애쓴다.

2

강희안의 이번 시집은 후자의 영토에 속해 있다. 그의 시는 은유의 세계에 대한 불신을 강력하게 보여준다.

> 이후 전지전능한 자가발전기를 창조한 인간은, 도시를 이룩한 이후
> 동 · 식물은 물론 서로 다른 범주에 있는 사물까지도 동일화하는 기법

> 을 '은유'라고 정의한 바 있다 …<중략>…
>
> 인간들은 털북숭이 유인원과 유일신 사이에서 태어나 제멋대로 삼라만상의 틈을 벌려 놓았다. 그리고는 자신들의 크고 작은 성기를 밀어넣기 시작했다. 나아가 그들은 동 · 식물은 물론 서로 다른 범주에 있는 사물까지도 스스로의 관념에 의해 짜맞추는 방식을 '상징'이라고 명명하고자 했다. 상징이란, 발기를 활성화하기 위해 실재 세계가 상상력의 세계 쪽으로 엎드린 채 가랑이를 벌려야만 비로소 섹스할 수 있는 기법이기 때문이다.
>
> —「너무나도 사적인 현대 시작법—직유에서 상징까지」 부분

이 시는 일종의 비판적 은유론이라 할 수 있다. 은유와 상징은 친족유사성을 지닌 수사학이다. 이 시는 은유와 상징이 지닌 허구성과 폭력성을 비판하고 있다. 시인은 서정시 한 편을 분석하며 "화자의 기고만장한 염화미소에 의해 동일화"를 이루는 서정시의 허구성을 보여준다. 그리고 논의를 더욱 진전시켜 상징의 결함들을 공격적으로 파헤친다. 상징은 실재 세계라는 질료를 상상력에 종속시키는 폭력을 감행하는 수사학이라는 것이다. 은유와 상징은 크레바스처럼 커다랗게 입을 벌리고 있는 세계의 균열을 애써 눈감으려 했다. 그 균열을 사이에 두고 흩어져 있는 다양한 범주들을 넘나들며 환각적인 곡예를 벌였던 것이다.

은유는 세계의 균열에 대한 불안과 공포에 기인한다. 그리고 그것을 적극적으로 은폐하기 위해 고안되었다. 그 은폐를 폭로하는 데 성적 담론을 동원하는 것은 전략상 성공적이라 할 수 있다. 성이란 무엇인가. 성은 세계와 자아의 동일성이라는 은유적 세계와 상사성을 지니고 있다. 서정시가 기반하고 있는 세계와 자아의 동일성은 후배위의 비상사적 섹스와 동

일하다. 그것은 이미 일종의 균열을 내포한 행위이자 동시에 그 균열을 은폐하려는 폭력이기 때문이다. 이런 관점은 그의 시의 기본적인 전제이다. 다음의 시를 보자.

> 그가 식물의 질에 붙인 수사처럼
> 이 휘황한 환유의 진열장에 전시된
> 누가, 너의 호명을 매도해 다오
>
> 꽃에게로 가서 나도
> 여장남자 시코쿠
> 게이의 항문에 사정하고 싶다
>
> —「은유의 꽃」 부분

> 나비가 머물던 자리엔 꽃잎이 피어 있더군요
>
> 그대가 앉았던 변기엔 똥덩이가 남았더군요
>
> —「간극」 부분

그의 시 「은유의 꽃」은 김춘수의 꽃을 패러디하여 기표와 기의의 행복한 만남을 조롱하고 있다. 김춘수의 시에서 꽃은 호명을 통하여 동일성의 세계에 도달한다. 그러나 이 작품은 그것이 진정한 동일성이 아니라 균열 가득한 상태, 끊임없는 어긋남과 미끄러짐의 세계일 뿐임을 고발한다. 그래서 기만적인 호명은 "매도"되어야 한다. 이 때문에 동일성의 행위로서의 성행위가 성기가 아니라 항문을 향하는 것으로 그려진다. 앞에서 다룬 작품이 은유의 비판론이라면 이 작품은 그것의 구체적인 실례가 된다. 그리고 「간극」 역시 '꽃'과 '나비'로 구성된 서정적인 세계를 '그대'와 '똥덩이'로 구성된 현실과 대치시킴으로써 그것의 허구성을 해학적으로 드러내 보여준다. '그대'와 '똥덩이'의 세계를 '꽃'과 '나비'의 세계로 치환시켜온 것이 은유의 관점이 아닌가 하는 신랄한 비판이 이 시 속에 담겨 있는 것이다.

3

은유와 상징의 기만성과 폭력성에 대한 폭로는 그의 시집이 지향하는 세계와 맞닿아 있다. 이것은 다른 시에 반복적으로 드러난다. 다음 시는 그가 기반하고 있는 시세계의 본질이 무엇인가를 잘 보여준다.

아이가 실패를 감을 때
발가락이 얼굴을 패팅하며
누나의 까만 젖꼭지 살살 굴려대야
활짝 뒤집히던 REVI'S 청바지
탄력적으로 원주를 긋던
실패가 멀리 가면
'誤'란 fort(저기)에 기대어
쾌락의 원칙을 넘어섰지

…<중략>…

바글바글 잡담을 즐기면서
강박증과 콤플렉스의 바늘에 찔려

실패가 돌아오면
내출혈에 젖던 몸의 허구
누군가 나를 구심점 밖으로 밀며
탈수기를 돌려대고 있을 때
'我'란 da(여기)에 남아
실꾸리가 아버지를 토했지

실패한 사유가 참된 것이다

—「실패한 놀이」 부분

이 시는 프로이트의 '실패 던지기 놀이'를 시의 생성 원리로 삼고 있다. 라캉에 의해 강조된 이 놀이는 프로이트가 18개월된 손자가 실패를 가지고 노는 행위를 말한다. 아이는 실패 던지기 놀이를 하며 엄마의 부재를 극복하고자 하였다. 실패를 던지며 'Oh—'라 소리치며 당길 때는 'Ah—'라고 소리쳤다. 프로이트는 전자를 'fort' 즉 '가다'라고 해석하고 후자를 'da' 즉 '이것', '여기'라 해석하였다. 전자는 엄마의 부재를, 후자는 엄마의 재현을 의미한다. 이런 행위를 통해 아이는 엄마의 부재를 극복하여 상징의 세계에 들어선다는 것이다.

이런 배경을 염두에 두면 이 시는 쉽게 이해될 수 있다. 아이가 발하는 발음 'Oh—'는 '誤'로 'Ah—'는 '我'로 치환되었다. 전자에서 행복한 동일성이 어긋남이 암시되어 있고, 후자에서 주체를 통해 현실 세계로의 귀환을 가리키고 있다. 그래서 제목 '실패한 놀이'는 '실패 던지기 놀이'면서 동시에 그런 아이의 행위가 이룩한 엄마 부재의 극복이 일종의 실패임을 암시한다. 이 실패는 상징적 행위의 실패, 즉 상징 자체의 실패가 된다. 그러나 그 실패는 절망의 증거가 아니다. 오히려 이 실패는 우리 인간의 근원적 조건을 환기시킨다. 그래서 아드르노의 말, "실패한 사유가 참된 것이다"는 말이 덧붙여진 것이다.

4

은유의 세계에 대한 전복은 수사학적 차원에 머무르지 않는다. 왜냐하면 수사학이 사실상 정치학이기 때문이다. 은유와 상징이 전복되어야 한다면 그것은 부조리함이 은폐된 현실이 전복되어야 함을 뜻한다. 은폐된 세계의 개진은 형이상학적인 행위이자 동시에 정치적이고 현실적인 행위이어야 할 것이다. 저항이 여기에 탄생한다. 바로 이 점이 그의 시가 기표놀이의 한계를 넘어서 현실참여의 차원에 접맥되는 이유를 설명해준다.

> 10년전 걸프전 당시 CNN 기자 피터 아넷은 "지금 바그다드 하늘은 불꽃놀이를 하는 것 같습니다"라고 말한 적이 있었지요. …<중략>… 이 영상들의 반향은 슬픔이나 분노에 그치지 않고 반전 시위대의 플래카드를 클로즈업하기도 하고, 금세 구호를 외치는 수백만 군중을 들어올리기도 한다니까요?
>
> 그러기에 지금은, 누구라도 TV의 권력과 한바탕 전면전을 치를 군대가 그리울 것입니다.
>
> —「TV, 권력 같은」 부분

> 작은 좀벌레 한 마리가 박명의 행간을 더듬으며 기어 나왔다. …<중략>… 손으로 잡으려는 찰나 바람의 책장에 날려 사라졌다. 얼핏

검은 구린내를 풍기며 문집의 마지막에 실린 노란 명박 속으로 까무
르르 종적을 감추어 버렸다.

오는 12월 19일 전국 투표소에서 '위대한 대한민국'이라 불리는 이
명박 후보의 향기를 찾아보세요

—「후각 캠페인」 부분

위의 시는 그의 전체적인 분위기와 다른 것으로 보인다. 현실에 대한 비판적인 시선이 가득하기 때문이다. 특히 「후각 캠페인」에서는 시인의 기교가 현실을 어떤 식으로 직시하는지 잘 드러난다. 시 앞부분의 "박명", "명박"의 "구린내"가 뒷부분의 "이명박 후보의 향기"와 대조되는 맛을 보라!

이런 시가 우리 시에서 낯설게 보이는 것은 아마도 그동안 기표에 관심을 둔 시인이 대부분 그의 시에서 현실을 배제하였기 때문이다. 보통 모더니즘 시에서 현실은 실종된다. 모더니스트가 이야기하는 현실은 대부분 '문명 비판'이라는 말로 나타나는데, 그것은 현실이 아니라 일종의 관념일 뿐이다. 그런 모더니즘의 역사 때문에 이 시가 낯설게 보이는 것이다.

그러나 강희안 시인은 그의 시에서 현실을 수시로 호명한다. 현실의 균열을 은유적으로 봉합하는 것을 단연히 거부한 시인은 현실을 직시하지 않을 수 없다. 없는 초월적 기의를 억지로 상상해내지 않는다면 기표는 있는 그대로 보일 것이다. 그때 기표는 그 자체로 기의가 된다. 현실은 그때 기표와 기의가 한 몸이 된 상태로 다가온다. 만일 그렇지 않다면 이때의 기표는 기표가 아니라 물자체의 기호일 뿐이다. 그것은 초월적 기의의 쌍둥이로서 우리와 무관하다.

강희안의 시는 기표와 기의의 문제를 현실과 언어의 문제로 대체하면

서 현실에 대한 시선을 실험시에 정직하게 도입하고 있다는 점에서 주목할 만하다. 이것은 지금까지의 실험시가 수사학적 기교에 머물었다는 시사적 실패를 스스로 극복한 것이라 할 수 있다. 앞으로 그의 시적 노력이 어떤 식으로 이런 시도를 깊이 있고 의미 있게 만들 것인가 기대된다.

『시에티카』, 2009년 가을 창간호

대표 논문

『물고기 강의실』의 의미론적 분석

박영환(한남대 교수)

1. 머리말

이 논문은 현대시를 국어학적으로 분석한 것이다. 강희안 시인의 최신작 『물고기 강의실』에 수록된 몇 편의 시를 의미론적으로 분석하여 그 시들이 간직하고 있는 의미 특성을 좀더 심층적으로 이해하려는 것이 이 글의 목표이다.

따라서 이 글은 국어학과 국문학의 통섭의 관점에서 작성된다. 어학과 문학이 결코 동떨어진 학문이 아니라 서로 넘나들며 상호보충적으로 도움을 줄 수 있다는 것이 이 논문의 기본적 시각이다.

그동안 국어학과 국문학은 완전히 서로 다른 학문이라는 사고가 학계에 퍼져 있었다. 비록 두 분야를 아우르는 '국어국문학'이란 명칭이 버젓이 존재하고 있었지만 각각 하위 범주에 대한 고찰이 깊이 있게 진행될수록 두 영역은 서로 사이가 더 벌어지고, 급기야는 국어학자가 국문학에 대해 논하는 것을 경원시하고 국문학자가 국어학에 관해 언급하는 것을 금기시하였다. 그리하여 '국어국문학'이란 단어는 국어학과 국문학을 따로따로 연구하지만 그 대상이 다른 나라 말이나 글이 아니라 단순히 우리

말과 우리글에 국한된다는 점에서만 존립했었을 뿐이다.

그렇다고 하여 문학 작품을 국어학적으로 접근하여 고구한 실적이 전혀 없다는 것은 아니다. 이미 다 알고 있는 바와 같이 일찍이 신라의 향가나 고려의 가요 그리고 조선 초의 용비어천가나 월인천강지곡과 같은 작품들을 어학적으로 분석하여 혁혁한 업적을 남긴 학자들이 수두룩하다. 그런데 그들의 천착 정도가 고대 국어나 중세 국어의 재구나 어석에 그쳤을 뿐 정작 문학 작품을 연구 대상으로 삼아 그것들을 세세히 분석함으로써 독자들이 더욱 올바로 감상하고 깊이 있게 음미하는 데 기여하지는 못하였다.

그러다 문학 작품 중 시를 대상으로 삼아 문법적으로 분석한 연구물이 나왔다. 즉, 이 분야에서 거의 선편을 잡은 심재기(1976)[1]는 Jacobson(1958)과 Bierwisch(1965) 등에 영향을 받아 음상과 의미의 변증법적 지양을 통해 얻어지는 시의 구조가 언어학적 방법론에 투사될 때 시세계가 구축하는 조형미는 얼마나 구체성을 띨 수 있는 것인가를 「영산홍」을 분석함으로써 입증하였다.(심재기 1976 : 15~16)

그 후 구조주의적 입장에서나 기호학적 입장에서 현대시를 구조 분석한 논문들이 쏟아져 나오고 이를 집대성한 단행본이 출간되었다(이승훈 1988, 최현무 1988). 이들은 각각 '구조주의'나 '기호학'이란 이름을 달고 나왔지만 실은 연구 방법이나 연구 지향점이 대동소이하였던 만큼, 시를 즉각적으로 대하지 않고 관계 속에서 구성 방식과 의미를 도출하려는 시도가 매우 활발하게 이루어졌음을 입증하였다.

---

1) 심재기(1976) 이전에 김태옥(1976)이 발표되었지만 연구 방법이나 성과가 그리 괄목할 만하지는 않았다.

이어 한국텍스트언어학회의 발족과 함께 학회지 『텍스트언어학』이 발간되었는데 이때 현대시를 텍스트로 하여 텍스트언어학적 관점에서 분석한 논문이 다수 발표되었다. 이들의 연구는 대개 Halliday · Hasan(1976)의 영향을 받은 Beaugrande · Dressler(1981)와 그 번역본인 김태옥 · 이현호(1991)에 힘입었으며, 이를 기초로 하여 단행본이론서도 출간되었다. 이는 고영근이 1999년에 발간한 『텍스트이론』인 바 '언어문학통합론의 이론과 실제'라는 부제가 달려 있듯이 언어학과 문학이 통합되어 연구되어야 함을 이론적으로 공공히 하고 현대시 분야에서도 이것이 실제로 가능한지 상세히 검증하였다.

그 뒤로도 현대시를 어학적 입장에서 연구하여 문학과 어학의 통섭적 논의를 해야 한다는 주장이 제기되었으며(김대행 2004), 이를 지지하여 이론적으로나 실제적으로 접근한 연구물이 간간히 등장하였다.

그런데 이제까지 현대시를 국어학적 관점에서 해부한 논문들은 대체로 국어학의 모든 부문 즉 음운론, 어휘론, 구문론, 의미론 등에서 연구된 결과를 기초로 하여 필요한 부분을 원용하는 방식을 취했다. 다시 말해서 시의 특성상 주류를 이루고 있는 어느 한 분야에 대해서만 상세히 논의한 것은 거의 찾아볼 수 없었다. 따라서 지금까지 의미론에서 연구된 성과에 힘입어 한 편의 시를 오로지 의미론적 측면에서만 고찰하는 것은 매우 의미 있는 일이 될 것이다.

2. 『물고기 강의실』의 의미론적 분석

『물고기 강의실』은 강희안이 2012년 12월에 발간한 시집이다. 여기엔 54편의 시가 4부로 나뉘어 수록되어 있다. 이 가운데 의미론적으로 손쉽게 접근해 볼 수 있는 시는 열다섯 편 가량이다. 의미론적 분석 대상이 시집에 실려 있는 전편의 30% 정도에 육박한다는 것은 다른 시집에서는 상상할 수도 없는 분량이다.[2)]

여기서는 의미론에서 주요한 연구 대상으로 삼았던 문제가 어느 정도 해결되었으며, 그 연구 결과에 비추어 볼 때 여러 문제가 이들 시에서 어떠한 역할을 하며 시의 가치를 증진시키는지 들여다 볼 것이다. 논의 대상은 동음 관계, 반의 관계, 다의 관계, 유의 관계이며, 이 중에서 어휘의미론뿐만 아니라 문장의미론 나아가 문맥의미론에서까지 중요한 역할을 하는 동음 관계를 먼저 살필 것이다.

2.1. 동음 관계

동음 관계란 두 개 이상의 동음어가 한 편의 시에 함께 등장하거나 연상을 가능하게 하여 의미 관계를 형성하는 것을 뜻한다. 여기에서 동음어는 단어의 형태가 같으나 의미가 다른 단어를 일컬으며, 소리가 같다는 점에서는 동음어라 하고, 의미의 차이에 초점을 맞춰 이의어라고도 하지만, 두 가지를 함께 아울러 동음이의어라고도 한다. 한편 단어의 범주를 넘어 동음 관계를 형성하는 것을 동음성이라고도 칭한다.[3)]

---

2) 물론 의미론적인 연구의 범주가 어떤 시든지 구문에 어긋난 구조가 어떻게 올바른 문장 구조를 지니는 것처럼 변용되고 그에 따라 의미상 일탈을 겪은 어휘가 재해석되는 과정에 관심을 두는 것으로 이해된다면 어떤 시도 의미론적 분석 대상이라고 여길 것이다.

(1) 가1이 음계의 제6음, 곧 라(la)에 집착하므로 가:2는 복판으로부터 먼 끝진 데서 판을 짠다 가:可가 옳거나 좋다는 화성을 내세운 장조이므로 가12는 받침 없는 체언의 후미에서 변성하는 단조의 뉘앙스를 풍긴다 가加가 더하기라는 구시대 가곡이므로 가:-假는 진眞의 상대편에서 시험적인 악상에 골똘한다 가家가 호적상 일가로 등록된 친족 단체라는 다단계 음계이므로 -가家는 그 방면에 남보다 뛰어난 악성을 일컫는다 가21이 서술어의 동작, 상태를 확정하는 계명의 어미이므로 가5加는 씨족이나 부족의 우두머리 사내를 가리키는 으뜸화음이다 가11이 보족적 동작으로 주체의 격을 높이는 지휘자이므로 가18價은 일부 명사의 뒤에 서서 객체의 가격을 매기는 장사치다 -가哥가 인명이나 성姓씨의 배후에서 '그 성씨 자체나 사람들'을 조종하므로 -가16街은 일부 명사나 수사의 말미를 차지하는 거리나 지역에서 구성지게 판을 벌이는 것이다

(1)은 「'가'라는 판의 조합」이라는 시의 상단부이다. 10개가 넘는 '가'라는 동음어를 이용하여 '가'라는 판의 조합을 이룬 것은 시인이 동음 관계의 가치를 충분히 알고 이를 이 시에서 적절히 활용한 것이다.

물론 (1)에서 모든 '가'가 동음 관계에 놓이지는 않는다. 그것은 동음 관계가 결코 동질적이지 않기 때문이다. 동음 관계는 그 성격에 따라 완전동음성과 부분동음성으로 나뉜다. 즉 의미상 관련성이 없으며 어형이 모든 형태에서 동일할 뿐만 아니라 동일 형태 간에 문법적으로 대등한 관계를 유지하는 경우는 완전동음성 관계에 있으며, 어형이 모든 형태에서 완

3) 동음어의 개념 규정, 용어 설정, 유형 분류에 대해서는 박영환(2010 : 62~63)을 참조하기 바란다.

전히 동일하지 않거나 동일하더라도 문법적으로 동질적이지 않은 것은 부분동음성 관계에 있다고 구분한다.

(1)에서 '가장자리'를 뜻하는 '가'와 주격조사로 쓰이는 '가', 그리고 의문형종결어미로 역할을 하는 '가'는 사전에서 그 어형만 놓고 볼 때 똑같은 '가'인 듯하지만 문장구조적 측면이나 의미 · 형태적 측면에서 그 상관관계를 고려할 때 부분동음어에 불과하며, 이마저도 동음어의 규정을 엄격하게 적용하는 학자에게는 동음 관계를 전혀 인정받지 못하고 여지없이 대상에서 제외될 수 있다.

한편 동음어엔 동철동음어 이외에 이철동음어와 동철이음어가 있다. 이철동음어는 철자는 다르지만 소리가 같은 동음어이고, 동철이음어는 철자가 같지만 소리는 다른 동음어를 일컫는다. 그런데 동철이음어는 과거엔 장단에 의해 의미가 구분되는 까닭에 엄밀한 의미에서는 동음어라고 간주될 수 없었지만 점차 장단음으로 변별하는 언중이 줄어 들어 부분동음어로 자리잡고 있다.

이 점에서 (1)에서 옳거나 좋다는 의미의 '가'와 진짜가 아닌 것을 뜻하는 '가'는 길게 발음되어 다른 '가'와 동철이음 관계를 이루고 있다.

또한 동음어는 의미면에서 기원이 같은 동음어가 있고 전혀 그렇지 않은 동음어가 있다. 거의 모든 동음어는 후자에 속하는데, (1)에서 호적상 일가로 등록된 친족 단체를 일컫는 '가'와 그 방면에 남보다 뛰어난 사람을 뜻하는 '가'는 어원상 기원이 같을 개연성이 있다고 볼 수 있다.

어쨌든 (1)에서 시인은 거의 모든 동음어가 완전동음어가 아닌 부분동음어이고 그것도 동음어로 인정받기 힘든 동음어를 조합하여 한 편의 시를 완성하였다. 또한 동철동음어만 다룬 것이 아니고 동철이음어까지 함께 엮어 동음 관계를 획득하도록 하였다.

이와 같이 시인은 의미상 결코 동질적일 수 없는 동음어를 다수 동원하여 어떻게든 의미망을 조성하려 애썼다. 그리하여 몇 개의 문장에서는 동음어 간에 연결고리가 형성되어 의미상 상관관계가 있는 것처럼 여기게 만들었다. 즉, "가家가 호적상 일가로 등록된 친족 단체라는 다단계 음계이므로 －家는 그 방면에 남보다 뛰어난 악성을 일컫는다"처럼 '가家'와 '－가家' 간에 의미적으로 함께 운위될 수 있는 발판을 마련하였다. 그러나 이것마저도 몹시 작위적이고 다른 문장에서는 그것조차 찾기 힘들어, 그가 아무리 음악과 관련된 어휘 곧 음계, 화성, 변성, 단조, 가곡, 악상, 악성, 계명, 으뜸화음, 지휘자, 판 등을 동원하여 '음악 어휘장'을 인위적으로 설정하려 했지만 독자들을 그 세계에까지 이끌고 가지는 못했다. 그것은 의미상 아무런 상관관계가 없는 단어들을 동음어라는 이름 아래 한꺼번에 모아 놓고 동일한 낱말밭을 부여하려고 시인이 너무나 무리한 수를 두었기 때문에 빚어진 일이었다. 이처럼 비록 심층적인 의미 수렴에는 한계를 보였으나 동음어를 이용하여 언어유희를 도모하려는 시도는 남다른 것이었다.

그러나 (2)는 '떼다'라는 서술어가 이항서술어로서 주어와 목적어에 격을 부여하는 술어이기 때문에 비교적 동음어로서의 역할을 충실히 수행하고 있다.

> (2) 그들이 떼어 놓은 놈은 '버리다'와 '가져오다' 사이에 있다 그 남자가 호적초본을 떼자 그녀의 눈빛은 시치미를 뗀다 그녀가 깍짓손을 떼자 그는 떼어 놓은 당상이라며 입을 뗀다 그가 집착의

시선을 떼자 비로소 그녀가 주차 위반 딱지를 뗀다 그녀가 은밀 한 가락을 떼자 그는 신경질적으로 한 소절 맺으며 잘라 뗀다 샴 쌍둥이 형제가 '떼다'란 작자의 메스와 바늘 사이에서 피들피들 학을 뗀다 그가 말직 한자리를 떼어 주자 그녀는 벽에 걸린 액자 를 뗀다 그가 젖꼭지에 입을 떼자 그녀는 자신이 경영하는 호프 집 간판을 뗀다 그녀가 봉급에서 떼지 말라고 간청하자 그는 화 분의 잎을 뗀다 그가 거실의 미닫이를 떼자 그녀는 동료 교수의 성추행 시비를 뗀다 그녀가 아편을 떼자 그는 50년 지기 불알친 구에게 돈을 뗀다 그가 신용불량자란 오명을 떼자 그녀는 그간 자신을 괴롭히던 영어 회화 독본을 뗀다 그녀가 시의 행을 한 줄 씩 떼자 그는 급기야 출세가도를 달리던 직장에서 목을 뗐다며 울먹댔다

(2)는 「떼는목」의 윗부분으로서 (1)에 비해 비교적 안정적인 동음 관계를 형성하고 있다.[4] (1)은 형태론적으로나 구문적으로 결코 동질적일 수 없는 동음어들이 예측할 수 없이 출현하여 독자들을 혼란스럽게 하였다. 이에 반해 (2)에 등장하는 동음어 '떼다'는 이항술어로서 대체로 앞의 논항에는 주어 자격을 부여하고 뒤의 논항에는 목적어 자격을 부여하기 때문에 시의 형식이 일단 단순성을 유지한다. 예를 들어 구문상 필수 성분만을 뽑아 보면 "그 남자가 호적초본을 떼자", "그녀의 눈빛은 시치미를 뗀다", "그녀가 깍짓손을 떼자", "그는 입을 뗀다", "그가 시선을 떼자", "그녀가 주차 위반 딱지를 뗀다"에서와 같이 '떼다'라는 동사는 반드시 주어와 목적어를 동반한다. 게다가 전반적으로 부사절에 뒤따르는 주절의

4) 이 시는 최고급 학습자를 위한 한국어 동음어 교육의 분석 자료로 유용하다고 이미 언급된 바 있다.(박영환 2013 : 119)

구조가 동일하여 시가 산만하지 않다. 여기에 '떼다'는 형태상으로도 모든 형태에서 똑같이 나타나며, 의미상으로도 서로 연관성이 없어 완전 동음어를 구성하는 데 조금도 부족함이 없다. 물론 "액자를 뗀다", "간판을 뗀다", "잎을 뗀다", "학을 뗀다", "목을 뗀다"가 서로 동음어가 아니고 같은 단어이거나 일부는 관용 표현으로 쓰였을 따름이지만, 그 이외의 '떼다'는 대체로 동음 관계를 형성하고 있다.

(2)는 앞에서 논의한 바와 같이 비교적 동일한 구문 구조가 시의 외형을 안정적으로 이끌었지만, (1)과 같이 의미가 전혀 다른 동음어들이 결코 단일하거나 유사한 의미장을 형성할 수 없기 때문에 시의 의미 구조가 탄탄하지 않아, 미적인 면에서의 시의 기능을 온전히 실현하지는 못하였다.

그러나 (3)에서는 (1)이나 (2)에 비해 동음어의 사용이 훨씬 자연스럽고 작위적인 것이 많이 사라졌다.

> (3) 상습 애연가들은 기도를 조심하라 가래는 비등점 없이도 물목에 떠서 끓는다 목마른 기도와 말의 개폐를 조율하는 수상기관에 은거한다 원래는 환절기마다 둥글넓적 점막의 보호자로 출현하지만, 푸른 수심에 잠긴 주일에도 크룽크룽 신음 소리 그치지 않으리라 그들은 워낙 생명력이 질기므로 가래로도 쉽게 막지 못한다 외부 환경에 따라 세력을 넓힐 때, 몽그르르 칵— 한 덩이 꽃을 뱉는 것이다 말즘의 줄기라도 잡는다면 먹잇감이나 은신처로 삼기에 제격이다 몇몇 변종들은 관상용으로 자리 잡아 기관지에 널리 소개되기도 했다
>
> 병약한 흡연자들은 모두 기도하라 가래는 부드럽게 끓어올라 기도를 막는 안락한 죽음의 종족이다

(3)은 「가래의 힘」의 전문으로 동음어를 적절히 사용하여 시의 품격을 한껏 높인 시이다. 즉, 기도에서 끓는 '가래'가 "워낙 생명력이 질기므로 가래로도 쉽게 막지 못한다"는 구절에 보이는 '가래'와 "병약한 흡연자들은 모두 기도하라 가래는 부드럽게 끓어올라 기도를 막는 안락한 죽음의 종족이다"라는 연에 나타나는 '기도'처럼 동음어가 신선하게 제 자리를 잡고 있다. 그뿐 아니라 '비등점'이라는 단어를 매개로 하여 가래가 '끓는' 것이 물이 '끓는' 것과 동음 관계가 형성될 수 있음을 보여 주었으며, 가래가 끓는 곳인 '기관지'가 "기관지에 널리 소개되기도 했다"에서와 같이 동음어로 치환되어 활용될 수 있음을 드러내었다.

이제까지 (1)~(3)에서 찾아본 동음어는 모두 표제어를 달리하여 사전에 등재되어 있는 동음어들이다. 그런데 다른 시에서는 이런 동음 관계는 거의 찾아보기 어렵고 대신에 유음 관계로 독자에게 언어적 쾌감을 주려는 장면이 다수 연출되어 있다.

(4) ㄱ. 문명은 문맹의 텍스트였다.
ㄴ. 빗발의 환영이 밥과 법을 들먹이는 순간

(5) ㄱ. 비트박스에 담기자 mother는 murder의 혐의를 부인합니다.
ㄴ. 엘리베이터 엘리게이터
ㄷ. 'rein'은 모든 유럽 국가에서 'rain(비)'으로 응결된 '왕비王妃'를 지시하죠.
ㄹ. New-sugar 뉴스입니다.

(4ㄱ)에서 '문명'과 '문맹'은 의미적으로는 대립 관계에 놓이지만 음운적으로는 유음 관계에 놓여 있다. 이들을 살려 시의 제목으로 삼은 것이 의미있다. 이에 비해 (4ㄴ)은 유음 관계만을 고려했기 때문에 긴장감이 다소 떨어진다.

그런데 유음 관계는 국어에 국한되지 않고 외국어의 영역까지 침투할 수 있는데 (5)가 이를 잘 보여 준다. 곧, (5ㄱ)에서 'mother'와 'murder'가 유음 관계를 유지하며 나란히 등장한 것이나 (5ㄴ)에서 '악어'를 뜻하는 영어 단어의 정확한 발음인 '앨리게이터' 대신 '엘리게이터'를 사용하여 '엘리베이터'와 유음적 친밀도를 높인 것이 흥미롭다. 또한 (5ㄷ)의 'rain'과 'rein', (5ㄹ)의 'New−sugar'의 앞부분과 '뉴스' 등 유음을 활용한 외국어의 예가 많이 있다.

(6)의 시는 이제까지 살핀 유음어 즉 국어에서의 유음어와 외국어에서의 유음어는 말할 나위도 없고 국어와 외국어의 유음까지 넘나들고 있으며 몇 곳에서는 부분동음어도 적절하게 활용하였다.

> (6) Knock 소리가 들리거든 당장 일어나라 누구라도 지금은 편히 앉아 있을 때가 아니다 안사람이 깊은 사색에 잠겨 있는 동안 바깥사람은 사색이 되어 간다 절대 Knuck 놓고 볼일 보지 마라 내가 밀어내기에 힘쓰는 동안 그는 끌어당기느라 골몰한다 단단한 두개골을 두드려 본 적 있는 사람이라면, 파열음 'K'자가 왜 묵음에 빠졌는지 알게 되리라 신은 인간에게 '똑똑'할 수 있는 능력을 주셨기 때문이다 신도가 똑똑했으므로 목사도 똑똑했다
>
> 문밖의 신은 인간이 '똑똑'하자 어쩔 줄 몰라 허둥댔다

(6)에서 '똑똑 하다'와 '똑똑하다'는 연접에 의한 국어에서의 유음어이고 'Knock'과 'Knuck'은 영어에서의 유음어이다. 그런데 "절대 Knuck 놓고 볼 일 보지 마라"에서 'Knuck'은 국어의 '넋'과 유음 관계를 형성한다. 이와 함께 "안사람이 깊은 사색에 잠겨 있는 동안 바깥사람은 사색이 되어 간다"에서 앞의 '사색'과 뒤의 '사색'은 동음어로서 존립할 수 있는 환경이 극히 제한적인 부분동음어로서 이 시에서 말놀이에 동원되었다. 이와 같이 시 (6)은 여러 가지 양태의 동음과 유음이 잘 어울어져 독자들에게 흥미를 불어 넣을 뿐만 아니라 시를 읽는 독자들의 사고의 폭을 훨씬 넓게 해 주었다.

그런데 강희안의 시 중에서 동음성을 가장 활발하게 수행한 시는 「감성의 돔을 짓다」이다.

(7) 백제 태생으로 감성의 돔을 짓던 그들은 도미과에 속한다고 구전된다 도미가 의에 따른다면 그의 아내는 예의 도리를 섬기는 싱싱한 족속이다 암수한몸의 예의를 갖추고 불의에 강한 내성의 도리를 섭렵한다 시절이 하 배째실려고그런 개로의 도마 위인지라 후드닥 엄호의 눈초리를 추킨다 …<중략>… 도미는 난생설화를 전하며 수컷의 정소를 얻는다 바닥 치는 생활을 풍미하는 바다의 바닥이다 바야흐로 성신의 궁에서 무럭무럭 난세포가 자라리라 뻘뻘 기는 도미는 돔의 도우미다 개로는 도미가 아내인지 도미가 도우민지 돔이 도마인지 도미의 돔에 빠져 허우적댄다…<중략>…백제 신라 고구려 등지를 전전하다 도미했다고 회자되나 그 이후의 삶은 여기에 적지 않는다

(7)에서는 제목부터 동음어를 활용하고 있음을 알 수 있다. 즉, '감성의 돔'은 일차적으로 '감성感性'이라는 '돔(dome)'의 의미를 지닌 것으로 파악된다. 특히 이어지는 동사 '짓다'가 건물의 한 양태인 '돔(dome)'을 짓는 것과 직결되기 때문에 그런 의미를 지니는 것이 더욱 분명해진다. 그러나 첫째 줄에서 "도미과에 속한다"와 연결지으면 '감성의 돔'은 도미의 일종인 '감성돔'으로 쉽사리 이해될 수 있다.

한편 '그의 아내'와 대비되는 이가 '도미'와 동음 관계를 이루는 '도미'인 것으로 드러나고 그가 '백제 태생'의 인물로 아내와 함께 다정다감하게 감성적으로 살아 가는 사람으로 귀결되면 이 시가 물고기 '감성돔'이 아니라 도미처 설화에 기반을 둔 시로 이해하여야 마땅함을 드러낸다. 그럼에도 그들 부부가 지극히 사랑하며 사는 모습이 다시 물고기 '도미'와 연결하여 '암수한몸'으로 표현된다.

도미가 살던 시기는 백제와 신라, 고구려 삼국이 치열하게 다투던 때였다. 다시 말해서 당시는 각각 적국으로 호시탐탐 다른 나라의 정세를 엿보다 쳐들어가 상대 국민을 죽이고 영토를 넓히던 시절이었다. 그리하여 백제, 신라, 고구려를 한꺼번에 일컫는 유음어 '배째실려고그러'는 음운적으로는 그 나라들의 통합 명칭이지만 의미적으로는 전쟁의 의미장을 형성하여 상대방의 '배를 째시려고 그러는' 의미를 부여한다.

그리고 "개로의 도마 위인지라"도 '도미'와 '도마'의 유음성을 활용한 데다 물고기 '도미'가 '도마 위'에 놓일 수 있는 상황을 금방 연상할 수 있기 때문에 쉽사리 시어로 선택되었으며, 의미상으로는 개로왕의 통치 시절 위험천만한 처지에 직면한 '도미'가 '도마 위'에 놓인 것으로도 해석될 수 있는 중의적 표현임을 드러내었다.

그런가 하면 "도미는 난생설화를 전하며"도 인간 도미 부인의 설화에 뿌리를 두고 있지만 설화 가운데는 난생 설화가 중요한 위치를 차지한다는 것과 물고기 도미가 무수한 알을 까서 탄생한다는 것을 함께 상정한 구절이다.

이처럼 이 시는 백제인 '도미'와 물고기 '도미'가 두 축을 이루며 제각기 나름대로 의미망을 펴 나가다가 어느 지점에서는 동음 현상 때문에 하나가 되고 또 다시 갈라져 각각의 축을 이루며 시를 이끌어 가고 있는 것을 보여 준다.

이어서 "바닥 치는 생활을 풍미하는 바다의 바닥"에서도 동음성은 위력을 발휘하였다. 즉, '바닥 치는'은 관용 표현으로 '바닥의 바닥'에서 힘겹게 '생활'하는 도미를 묘사하고 있는데, 여기에서 '바다'와 '바닥'이 유음어로 나란히 등장하며 반복에서 오는 강조 효과를 거두고 있다.

그런데 이 시에서 동음어와 유음어가 뒤섞여 그 효과가 가장 극대화된 곳은 다음 행이다. 곧, "뻘뻘 기는 도미는 돔의 도우미다 개로는 도미가 아내인지 도미가 도우민지 돔이 도마인지 도미의 돔에 빠져 허우적댄다"에서 '도미', '돔', '도우미', '도마' 등이 표면적으로는 유음 관계를 이루면서 동시에 등장함으로써 독자들의 시선을 집중시키고, 심층적으로는 동음어가 지닌 의미 관계를 더욱 복잡하게 하여 여러 갈래의 의미 해석이 가능하도록 하였다.

마지막으로 "백제 신라 고구려 등지를 전전하다 도미했다고 회자되나"에서도 시인은 앞에서 세 번씩이나 언급되었던 '배째실라고그러'가 무슨 뜻인지 모르는 독자들에게 그것이 '백제 신라 고구려'의 유음임을 친절하게 일러 주었다. 또한 도미가 고구려로 건너가 살았다는 도미설화에 근거하여 마치 그 사실이 '미국으로 건너감'이라는 뜻의 또 다른 동음어인 '도미渡美'란 단어를 의도적으로 사용하여 시를 마무리지었다.

한편 강희안 시인은 연접에 의해 동음 관계가 자연스럽게 형성되는 데에 주목하여 이를 여러 곳에서 적극적으로 활용하였다. 주지하는 바와 같이 연접은 숨을 쉴 정도의 완전한 휴지는 아니지만 어떻게든 약간의 간격을 두고 이어붙이는 특징이 있다.

(8) ㄱ. '행복 한복집'과 '행복한 복집' 사이에 '밀양'이 있다.
ㄴ. '살면 서정이 드는 집'이 '살면서 정이 드는 집'으로

(9) ㄱ. 너 정말 정 통한 적 없니?
ㄴ. 말의 상하좌우에 정통한 그런 집에 사니?
ㄷ. 통속에 젖은 기타의 줄을 끊어 버렸으니
ㄹ. 함부로 기타의 통 속에서 뛰쳐나오는
ㅁ. 세상사 다 '간'이란 '통'에서 나왔다는 이가 있다.
ㅂ. 그는 '간통'이란 말이 예서 나왔다는 문장을 완성하고는

(8)은 한 문장에서 이를 이용하여 독자들에게 즉시 언어적 희열을 맛볼 수 있도록 한 예이며, (9)는 동일한 문장이 아니고 서로 다른 문장에 배치되어 있지만 (9ㄱ)과 (9ㄴ)에서 '정 통한'과 '정통한'이 관련성이 있고, (9ㄷ)과 (9ㄹ)에서 '통속'과 '통 속'이 유관하며, (9ㅁ)과 (9ㅂ)에서 '간 통'과 '간통'이 무관하지 않음을 쉽사리 알아챌 수 있도록 안배한 예이다.

2.2. 반의 관계

서로 반대되거나 대립되는 의미를 가진 단어 사이의 의미 관계를 반의 관계라고 하며, 반의 관계에 있는 단어를 반의어라 한다.

반의 관계가 성립되기 위해서는 동질적인 조건과 이질적인 조건을 모두 만족시켜야 한다. 전자는 동일한 의미영역과 어휘범주에 속해야 한다는 조건이고, 후자는 의미상 대조적 배타성을 충족해야 한다는 조건이다. 다시 말해서 동일한 의미 영역은 어느 정도 동일한 의미성분을 공유해야 한다는 것이고, 동일한 어휘범주는 관련 단어의 품사와 형태가 똑같아야 한다는 것이다. 그리고 이질적인 조건인 의미상 대조적 배타성이란 다른 면에서는 공통적인 의미 특성을 지니지만 어느 한 면에서는 배타적 대립 관계를 유지해야 한다는 것이다.

한편 반의어엔 상보 반의어, 등급 반의어, 관계 반의어가 있는데, 상보 반의어는 양분적 대립어로서 상호 배타적인 영역을 가지며, 등급 반의어는 대립어 사이에 중간 상태가 있고, 관계 반의어는 대립어가 상대적 관계를 형성하고 있으며 의미상 대칭을 이룬다는 점에서 각각 구별된다.

(10) 푹 퍼진 바지의 줄을 잡다가 슬쩍 당겨 본다
꽉 다문 입 없는 말
주루룩 뱃가죽 찢으며 지평선을 열어젖힌다
성기가 터질 듯 부풀기 전에
금속성 이빨들이 일제히 가방에서 뛰쳐나왔다

입 · 이것은 안전 처리된 미늘인 듯
살갑게 봉인을 풀 때마다 비린내가 물큰했다

누구나 공공연한 전횡을 일삼았지만

자크 · 저것은 투명한 데리다의 기표였으므로
누구나 쉽게 개봉할 수 있는 지퍼백
순수한 말의 기원은 없고 혀의 기능만 있다던

질 · 그것은 딱딱 맞는 이빨 없이도 완강했다
표표히 유목에 지친 말로 남아 떠도는
사막의 바탕은 바람의 망막이 아니었다

바람에 재편된 사구의 주름을 헤집어 보다가
알알이 흩어진 모래

잠시 신기루 펼칠 때 트럭의 범퍼가 닫혔다
이 뜨거운 실린더가 터지기 전에
말 없는 입들이 지퍼를 열고 고비에 당도했다

위 시 (10)에서 반의 관계는 여러 차례 나타난다. 곧, '당겨'와 '헤집어', '다물기'와 '흩어지기', '열고'와 '닫고', '부풀기'와 '터지기', '뛰쳐나왔다'와 '당도했다'와 같이 첫 행부터 마지막 행까지 여러 어휘가 반의 관계를 형성하였다. 이는 근본적으로 지퍼가 열고 닫는 기능을 갖고 있기 때문에 개폐와 직접적으로 관련이 있는 단어쌍이 반의어로 등장하거나 그와 유사한 연상 작용 관계에 놓인 단어쌍이 반의성을 띠게 된 것이다.

(11) 한양의 개신교 장로인 제후가 수로 사업에 부심하다가 불가의
종단을 방문했다 그가 방문한 사찰의 주지는 신비로운 행적과

도력으로 세간에 널리 알려진 선사였다 스님이 그와 면대하기 위해 암자 별당에 들자 주위의 노승은 물론 고위급 관료들까지 모두 기립했다 그 가운데 제후만은 그 자리에 턱 버틴 채로 스님을 맞이했다

(11)에서 명사로써 반의 관계를 맺고 있는 단어는 '제후'와 '스님'이다. 이 둘은 양립불능의 어휘 항목이 단 둘인 이원대립어에 해당한다. 그런데 이들은 일반 언중이 생각할 때 반의어가 아닌 듯하지만 두 단어를 반의어의 성립 조건에 비추어 보면 동일한 의미영역과 어휘범주에 속하고 대조적 배타성을 띠는 까닭에 반의 관계를 이루는 데 아무런 손색이 없다. 좀 더 상세히 말해서 '제후'와 '손님'은 똑같이 인간이며 명사라는 동일 품사에 속하고 곡용 등 형태적 특성이 일치하므로 반의어로서의 동질적 조건을 만족시킨다. 그리고 이질적 조건에서도 아무런 문제가 없다. 즉, '제후'가 [+정치가]라면 스님은 [−정치가]이고, 제후가 [+세속성]을 띤다면 스님은 [−세속성] 곧 [+신성성]을 성분으로 보유하며, 제후가 [+권위적]이라면 스님은 [−권위적]이고, 제후가 [+교만한] 인물이라면 스님은 [−교만한] 곧 [+겸손한] 사람으로 성분분석상 반의 관계가 뚜렷이 나타나기 때문이다.

이 시는 이렇게 양립적인 관계를 설정하여 제후와 스님이 대조적임을 드러내었는데, 여기에 개신교의 장로와 불교의 주지 스님까지 곁들여 타종교를 배타적으로 대하는 제후의 무례함을 질타하였다.

앞에서 동음 관계를 잘 보여 주던 시 (6)은 반의 관계도 온전히 형성되어 있음을 여러 차례 보여 준다. 즉 '일어나다'와 '앉아 있다', '안사람'과

'바깥사람'은 물론 '밀어내기'와 '끌어당기기', '신'과 '인간'에서도 반의어가 나란히 등장하고 있다. 이렇게 서로 대립되는 반의어가 수차례 동시에 나타나는 것은 무엇인가 서로 대립각을 세우며 전혀 양립할 수 없는 상황을 부각시키고자 하는 시인의 치밀한 계획에 따른 것이었다.

> (12) 사우나탕에다 방귀 뀌고 그 거품 깨무는 자가 마조히스트라면 소심한 성직자는 제 방귀 소리에 놀라 펄쩍 뛰다가 말씀의 뚜껑 열어젖히리라 방귀 뀌려다가 지린 자가 비평가라면 불행한 혁명가는 몇 시간이나 참다 새어 버린 자신의 방귀가 남의 방귀와 섞이는 미궁에 봉착하리라 여자가 방귀 뀐다고 투덜대는 자가 시대 파악을 못한 사회부 기자라면 실망스러운 정치가는 무색의 방귀를 뀌다가 남의 방귀 냄새로는 점심 메뉴까지 알아맞히리라 요란한 방귀를 뀌고도 자지러지게 웃는 자가 독재자라면 정직한 학자는 방귀의 의학적 소신을 운운하다가 마침내는 타인에게서 냄새의 출처를 구하리라

(12)는 「방귀를 읽다」의 전반부로 대립 관계가 매우 선명하게 드러난 시이다. 무수한 동사를 젖혀 놓고 명사만 보더라도 의미적으로 대척 관계를 이루는 단어가 여실히 대비를 이루며 등장하였다. 즉, '마조히스트'와 '성직자', '비평가'와 '혁명가', '사회부 기자'와 '정치가', '독재자'와 '학자' 등은 대구를 이루는 주체로서 철저히 이분법적 반의 관계를 구성하고 있다.

이제까지 반의어를 이루는 쌍은 두 개로 이원대립의 관계에 놓인 것들이었다. 그런데 (13)은 이와 달리 양립불능의 어휘 항목이 세 개인 경우이다.

(13) 삼류가 멋스러운 입성으로 행사장에 나오면 바람둥이라 여기고 추레한 차림이면 더럽게 게으른 놈이라 하대한다 이류가 자기를 칭찬하면 사람 보는 안목이 예리하다 믿지만 비판을 일삼으면 쓸모없는 놈이라고 무시하기 십상이다 자신이 원하는 걸 모두 들어주는 삼류는 역이용하고 자신의 요구 사항을 하나라도 들어주지 않는 이류는 뭘 모르는 인간이라 홀대하리라 일류가 자신의 요구를 묵살할 때는 뭘 서운하게 했나를 되짚어 보지만 삼류가 소식을 전하면 그를 지겨운 놈이라고 오판하기 때문이다 종종 이류가 격조한 관계를 유지할 때는 자기를 배반했다 비난하고 전갈을 끊는 일류에게는 뭔가 바쁜 일이 있다고 예단한다

(13)에서 시인은 인간이 인간을 대할 때 어떤 태도를 취하느냐에 따라 인간의 부류를 세 가지로 나누었다. 즉, 일류는 본인이 환대하는 사람이고, 이류는 홀대하는 사람이며, 삼류는 지극히 하대하는 사람이다. 이 시에서 시인은 반의어의 다원 분류 중 3원 분류를 이용하여 이렇게 사람들이 세 가지로 갈래 지어 사람을 다르게 대하는 것을 통렬히 비판하거나 비난하면서도 그럴 수밖에 없는 인간세태가 버젓이 존재하고 있는 것을 비꼬거나 자조하고 있다.

2.3. 다의 관계

다의 관계는 하나의 단어가 서로 관련성이 있는 둘 이상의 의미를 가진 관계를 일컫는 것으로 이에 관여하는 단어를 다의어라고 한다. 단어가 문맥에 따라 다른 양상을 지녀 기존 단어의 중심적 의미에서 점차 확대되어

주변적 의미를 얻게 됨으로써 동일한 음상이 또 다른 의미를 획득하게 되어 다의어가 생성되는데, 이와 같은 과정에 가장 영향을 많이 미치는 것은 적용의 전이이다.

> (14) '한 번만 넣어 줘요!' 보험설계사가 간혹 본받을 만한 얼인 척 궁구해 보다가 '한번 끼워 보세요!' 보석감정사가 하대할까 얼은 척 '또 빨아 줄 것 없어요?' 파출부가 야채를 잘못 얼린 척 얼은 척 얼인 척척척 눌변을 늘어놓다가는 '빨리 올라타세요!' 엘리베이터 걸이 혹여 나라의 지표로 삼을 얼인 척 매혹의 눈짓으로 '한 사람씩 차례로 올라오세요!' 여객기 승무원이 착착착 정점에 이른 사태를 그대로 얼린 척 '웬만하면 빼지 마세요!' 은행 여직원이

시 (14)는 「어른 척척척」의 중반부로 여러 단어가 다의 관계를 형성하였다. 즉, '넣다', '끼우다'는 본래 각각 "속으로 들여 보내다", "좁은 사이에 빠지지 않게 밀어 넣다"는 뜻을 지닌 단어였다. 그런데 그런 중심적 의미에 성행위와 관련된 주변적 의미가 덧보태져 다의성을 갖게 되었다. 이와 같은 현상은 '올라타다', '올라오다', '빼다'에서도 똑같이 일어나 이 시는 전반적으로 외설적인 양태를 띠게 되었다.[5] 이렇게 다의어를 십분 활용하였으며 그 다의성이 성행위로 집약될 수 있도록 유도한 이 시에 대한 평가는 독자에 따라 긍정적인 평가와 부정적인 평가로 극명하게 갈릴 것이다.

2.4. 유의 관계

유의 관계는 음운적으로 서로 다른 단어가 매우 비슷한 의미를 지니고

---

5) 다의어 사이에 끼어 있는 '빨다'는 각기 '세탁'과 '구강 흡입'의 의미를 지닌 동음어이다.

있는 관계를 말하며 유의 관계에 있는 단어들을 유의어라고 한다.[6] 그리고 유의 관계는 개념적 의미뿐만 아니라 내포적 의미나 사회적 의미 등에서 다소 차이를 보이는 어휘까지 일컫는다.

(15) ㄱ. 열어젖히다 — 풀다 — 개방하다
ㄴ. 스님 — 주지 — 선사
ㄷ. 신공의 심법 — 부사의 검법 — 무사의 칼날

(15ㄱ)은 (10)의 시 곧 「지퍼의 전횡사」에 들어 있는 유의어로 '열다'라는 의미장에서 함께 거론될 수 있으며, (15ㄴ)은 (11)의 시 곧 「선장힐책」에서 나타난 유의어로 '승려'라는 의미장을 형성할 수 있고, (15ㄷ)은 「양파」에 등장하는 유의어로 '무림고수의 비술'이라는 의미장에서 같이 운위될 수 있다. 그리고 이들은 고유어와 한자어가 각각 짝을 이루는 모습을 잘 보여 준다.

그런데 고유어와 한자어가 한데 어울려 시 한 편에 유의어가 대거 등장하는 예도 있다. (16)은 「소금의 유혹」의 초중반부로 '질기다', '힘이 세다', '잔혹하다', '강하다', '엄격하다'처럼 무려 다섯 개의 단어나 구절이 각기 다른 문장에 흩어져 자리잡고 있지만 시 전체로 볼 때 '강력하다'라는 의미장을 구축하고 있는 것은 사실이다.

---

6) '유의 관계' 대신에 '동의 관계'라는 용어를 쓰기도 한다. 그런데 이는 관련 어휘소 간에 아무런 의미 차이가 없이 모든 문맥에서 치환될 수 있을 때만 성립한다. 그러나 실제로는 객관적 으미, 감정적 어조, 환기적 가치를 조금도 바꾸지 않고 완전히 교체될 수 있는 동의 관계는 없기 때문에 '유의 관계'라는 술어가 더 적합하다(임지룡 1992 : 136).

(16) 간간 소금의 집착은 질기다 수제비 반죽에 섞이기 십상이다 저희끼리 돌돌 뭉쳐 놓는다 간간 소금은 이기적이다 어물쩡 영생의 말씀을 덧붙인다 제가끔 목줄에서 떼고 싶은 견고한 상징이다 간간 소금은 힘이 세다 맑은 핏줄에도 압력을 넣는다 세상의 둥근 식탁을 차지하고 싶다 간간 소금은 잔혹하다 허튼 부패의 수작에 강하다 모난 성깔 주저앉히기 십상이다 간간 소금은 엄격하다

이와 같이 시에서 동일한 단어가 아니라 의미가 비슷한 다른 단어를 대치하여 씀으로써 자칫 단순하고 지루해질 것 같은 우려를 불식할 수 있을 뿐만 아니라, 반복으로 인한 강조 효과를 거두고, 나아가 시에 응집성을 부여하여 독자들이 짜임새 있고 안정적인 텍스트를 대하게 하는 데 기여한다.

3. 맺음말

이상에서 강희안의 시집 『물고기 강의실』을 의미론적으로 분석한 결과 다음과 같은 특징을 살펴볼 수 있었다.

첫째, 시인은 여러 가지 의미론적인 기제를 많이 사용하였다. 즉, 동음관계, 반의 관계는 물론 다의 관계, 유의 관계 등을 적절히 활용하여 시를 썼다.

둘째, 시인은 이런 관계를 처음부터 염두에 두고 시를 썼다. 『물고기 강의실』에 수록되어 있는 작품 중에 이런 관계가 뚜렷하게 나타난 시가 30%에 육박하는 것으로 보아 이런 시작 의도를 다분히 지녔던 것이 분명하다.

셋째, 시인은 이런 의미론적 관계를 활용하여 언어유희를 꾀하였다. 특히 동음어를 수시로 사용하여 언어가 주는 쾌감과 연상 작용이 불러일으키는 묘한 재미를 독자들에게 전달했다. 또한 비록 한 편에 그쳤지만 다의어가 다수 출현하여 성적 의미로 확장되어 언어유희를 도모하는 데 눈부신 활약을 하였다. 그는 '시인의 말'에서 "세속적 놀이에 가담할 독자께 일독을 권한다"라고 했듯이, 언어유희가 이 시집에서 차지하는 비중이 높다는 것을 책 서두에서 이미 밝혀 놓았다.

넷째, 『물고기 강의실』에서 반의 관계는 대부분 이원대립 관계이며 여기에 동원되는 반의어는 시에 긴장감을 촉발한다. 그리고 유의 관계는 병행 구문에서 두드러지며 시에 응집성을 부여한다.

다섯째, 국어의미론적으로 연구된 성과를 엄격한 잣대로 검증하는 대신 좀더 느슨하게 개념 규정과 생성 과정 따위에 적용하여 시어를 검토하는 것이 바람직하다. 학문적인 업적만 고집할 경우 시인이 의도한 시어의 관계를 놓치는 경우가 허다하다. 이런 태도는 다의 관계 이외에 모든 관계에 해당된다.

마지막으로, 위와 같은 관계만 아니라 다른 의미론적 과제 즉 의미 연상, 직시, 함축 등에까지 논의의 폭을 넓혀 『물고기 강의실』을 분석할 필요가 있다.

『한국언어문학』 제86집, 2013. 9.

강희안 연보

1965년 10월 14일(음) 진주晉州 강씨姜氏 문식文植과 은진恩津 송씨宋氏 석순石順을 부모로 둔 3남 1녀 중 막내로 충남대덕군 신탄진읍 삼정리 321번지에서 출생. 6세 때 대전 소제동으로 이주하여 여기에서 초등학교 5학년을 마치고 신탄진으로 다시 거주지를 옮겨 신탄진국민학교, 1981년 신탄중앙중학교 졸업.

1982년 대전상업고등학교 2학년 시절 시인이 되고 싶다는 자신의 뜻에 따라 '취업반'에서 '진학반'으로 진로를 바꿈.

1984년 배재대학교 국어국문과에 입학 후 학내 창작동아리 「문향문학동인회」에 참여.

1987년 6월 휴학 후 공군에 자원 입대하여 1990년 1월 병장 만기 전역.

1990년 대학 졸업반 시절 월간 『문학사상』 신인 발굴 시 부문에 시인 오세영, 문학평론가 김재홍의 심사를 거쳐 「목재소에서」 외 4편 당선.

1991년 배재대학교 인문대학 국어국문학과 졸업. 그 당시 4년제 출범 이후 제1호 문인을 독려하는 총장 공로상 수상.

1994년 입시학원 강사의 길을 걷던 무렵 시청 문화체육부 7급대우 공무원 특채 제의를 거절하고 모교 은사님들의 권유에 따라 배재대학교 대학원 국어국문학과 석사과정에 입학.

1995년 배재대학교 대학원 「박용래 시 연구」로 석사과정 졸업.

1996년 3월 한남대학교 대학원 박사과정 입학한 그해 12월 첫 시집 『지나간 슬픔이 강물이라면』(문학사상사) 출간. 배재대학교 · 대전신학대 출강.

1997년 배재대 평생교육원에서 '시창작전문반'을 설강하여 강의 시작. 한남대학교 교양과목과 대전대학교 문예창작학과 출강

1998년 9월 26일 일선一善 김씨金氏 수영壽永과 결혼. 공저인 『현대문학의 이해와 감상』(한국문화사) 출간

1999년 6월 15일 장녀 수린粹潾 출생.

2000년 대전대학교 평생교육원 시창작반 출강

2001년 4월 22일 장남이자 막내인 현규賢圭 출생.

2002년 8월 「신석정 시 연구」로 문학박사 학위 취득.

2004년 제2시집 『거미는 몸에 산다』(문학과경계사)와 논저 『석정 시의 시간과 공간』(국학자료원) 출간.

2005년 공저 『문학의 논리와 실제』(창과현) 출간.

2006년 정보통신대학교(ICU) · 대덕대학교 출강

2008년 제3시집 『나탈리 망세의 첼로』(천년의시작) 출간.

2011년 창작이론서 『새로운 현대시작법』(천년의시작) 출간

2012년 제4시집 『물고기 강의실』(천년의시작), 평론집 『고독한 욕망의 윤리학』(국학자료원), 창작이론서 『새로운 현대시론(증보판)』(천년의시작) 출간.

2013년 배재대학교 주시경교양대학 조교수로 부임. 공저 『유쾌한 시학 강의』(아인북스), 편저 『한국 시의 전당 헌정시 100선집』(가림토) 출간.

2014년 계간 『시와미학』(여름호) 편집주간 취임. 공저 『창의적인 사고와 언어 표현』(창과현) 출간.

2015년 편저 『2016 올해의 시 70선』(문장록) 출간.

2017년 편저 『김영석 시의 깊이』(국학자료원)와 시선집 『오리의 탁란』(미학) 출간
현재 배재대학교 주시경교양대학 교수.

참고문헌

시집

『지나간 슬픔이 강물이라면』, 문학사상사, 1996.

『거미는 몸에 산다』, 문학과경계사, 2004.

『나탈리 망세의 첼로』, 천년의시작 ,2008.

『물고기 강의실』, 천년의시작, 2012.

『오리의 탁란』(시선집), 미학, 2017.

학술서 · 편저

『석정 시의 시간과 공간』, 국학자료원, 2004.

『새로운 현대시작법』, 천년의시작, 2011.

『고독한 욕망의 윤리학』, 국학자료원, 2012.

『새로운 현대시론』, 천년의시작, 2012.

『현대문학의 이해와 감상』(공저), 한국문화사, 1998.

『문학의 논리와 실제』(공저), 창과현, 2005.

『유쾌한 시학 강의』(공저), 아인북스, 2013.

『한국 시의 전당 헌정시 100선집』, 가림토, 2013.

『창의적인 사고와 언어 표현』, 창과현, 2014.

『2016 올해의 시 70선』, 문장록, 2015.

『김영석 시의 깊이』, 국학자료원, 2017.

연구서지

1. 단행본

이선준, 『김영석 · 강희안 시의 창작 방법론』, 국학자료원, 2017.

2. 논문 · 평문

김완하, 「삶의 이중성…역설적 인식」, 『중도일보』, 1995. 3. 30.
———, 「인간과 자연의 거리」, 『현대시학』, 1996. 5월호.
———, 「시인의 꿈과 상상력」, 『한국 현대시의 지평과 심층』, 1996.
신경림, 「아무도 흉내내지 않았고, 누구도 흉내낼 수 없는 시」(해설), 『지나간 슬픔이 강물이라면』, 문학사상사, 1996.
김완하, 「참으로 결이 고운 시인」, 『지나간 슬픔이 강물이라면』(발문), 문학사상사, 1996.
———, 「순수와 자유를 향한 그리움」, 『대전예술』, 1997. 1,2월호
이창민, 「서정시가 사라진 시대의 서정 찾기」, 『새책소식』, 1997. 2. 27.
조해옥, 「인고와 모색의 시대를 사는 시인들」, 『큰시』 7집, 1997.
김홍진, 「풍경과 연민」, 『큰시』, 1996.
고영직, 「'탈속' 지향의 언어」, 『시와사람』, 1998. 가을호.
이준철, 「자연 세계와 인간 세계의 조화」, 『배재신문』, 1997. 12. 1.
김완하, 「결이 고운 시인」, 『중부의 문학』, 1997.
이경수, 「囚人의 말, 詩人의 말」, 『애지』, 2001. 겨울호.
엄경희, 「단단함에 관한 명상」, 『거미는 몸에 산다』, 문학과경계사, 2004.
김남석, 「상상력의 숨은 숨결」, 『애지』, 2004. 가을호.
이경수, 「언어로 지은 새 집 증후군」, 『애지』, 2004. 겨울호.

김지선, 「단단한 존재의 중심을 찾아서」, 『시와사상』, 2004. 겨울호.
하상일, 「서정시와 시간의식」, 『문학과경계』, 2004. 겨울호.
강경희, 「불완전한 몸, 도저한 정신」, 『문학마당』, 2004. 겨울호.
권혁웅, 「기호의 제국」, 『문예연구』, 2004. 겨울호.
김홍진, 「삶과 존재를 바라보는 세 가지 시선—알레고리적 사유와 존재의 탐구」, 『시와정신』, 2004. 겨울호.
강희안 · 김태형 · 김종태 대담, 「히말라야시다의 괴로움과 마주한 거미의 몸」, 『시안』, 2004. 겨울호.
김미정, 「엑스트라K」, 『시현실』, 2005. 봄호.
김순선, 「두 방랑자에 대한 소고」, 『시와인식』, 2005. 봄호.
이재복, 「물의 뼈와 뼈의 칼, 혹은 돌의 언어」, 『애지』, 2005. 봄호.
권혁웅, 「행복한 서정시, 불행한 서정시」, 『문예중앙』, 2006. 여름호.
김제욱, 「어느 비트박서의 리듬 만들기」, 『현대시』, 2010. 5월호.
남기택, 「변주된 비명—「아기의 잠덧」론」, 『시평』, 2005. 가을호.
황정산, 「아름다운 의무」, 『우리시』, 2008. 10월호.
———, 「늑대의 시간을 위하여」, 『시와인식』, 2010. 가을호.
박남희, 「감각의 허구성과 시적 알레고리의 진실」, 『시평』, 2009. 봄호.
김성조, 「상실과 치유의 거리, '非詩'의 시적 진실」, 『시와문화』, 2009. 봄호.
박대현, 「시적 분열의 윤리적 확장」, 『시선』, 2009. 봄호.
진순애, 「법고와 창신의 시의 집」, 『시와사람』, 2009. 봄호.
———, 「법고가 첨단으로 창신한 2009년 벽두, 시의 얼굴들」, 『리토피아』, 2009. 봄호.
마경덕, 「시답고 싶지 않은 非詩의 길」, 『다시올문학』, 2009. 봄호.
전기철, 「시장이 난장판 된 현실에서 몇 권의 시집 속을 걷다」, 『문학과의식』, 2009. 봄호.

김홍진, 「서정의 깊이와 위반의 불온성 사이」, 『시와인식』, 2009. 봄호.
권경아, 「그들이 말한다」, 『문예연구』, 2009. 봄호.
오홍진, 「봉인된 소리는 어떻게 펼쳐지는가」, 『2009 작가가 선정한 오늘의 시』, 2009.
박선경, 「빈 과녁의 동심원」, 『정신과표현』, 2009. 5~6월호.
김석준, 「타자적 사유의 두 형식」, 『문학마당』, 2009. 여름호.
강경희, 「금단의 기호를 꿈꾸는 인식의 모험」, 『애지』, 2009. 여름호.
남기택, 「서정의 재구」, 『시로여는세상』, 2009. 여름호.
이새봄, 「추락하는 것, 언어, 울림에 대하여」, 『시와경계』, 2009. 여름호.
변의수, 「기호적 주체의 비극과 환은유의 존재론」, 『다층』, 2009. 여름호.
한용국, 「비시非詩로 통어한 사유의 운동성」, 『창작21』, 2009. 가을호.
오홍진, 「시인詩人과 시인視人의 경계에서 '시를 쓰다'」, 『시와인식』, 2009. 겨울호.
강희안 · 김지순 대담, 「'비시'를 탐지하는 언어의 헤파이스토스」, 『현대시』, 2010. 4월호.
박선경, 「역설의 기호: 반反 · 역逆을 위한 약속」, 『시로여는세상』, 2010. 겨울호.
권채린, 「언어의 모험, 또 다른 중력을 설계하는」, 『애지』, 2011. 여름호.
신진숙, 「환유의 정신」, 『시와미학』, 2011. 가을호.
임지연, 「사물과 언어 사이의 차가운 진자놀이」, 『시선』, 2012. 가을호.
조해옥, 「언어유희를 통한 근원의 탐색과 풍자」, 『시평』, 2013. 봄호.
김현정, 「전복의 시, 시의 전복」, 『창작21』, 2013. 봄호.
금은돌, 「기관 없는 신체, 신체의 불협화음」, 『다층』, 2013. 여름호.
손남훈, 「'놀이—시', 그 변모의 지향성」, 『미네르바』, 2014. 봄호.

황정산, 「발화의 운산—현대시와 화법」, 『시와미학』, 2014. 겨울호.

김제욱, 「맛있는 언어 조리법」, 『현대시』, 2013. 1월호.

한명희, 「언어를 도구로 쓰는 호모 루덴스」, 『시와표현』, 2013. 봄호.

이새봄, 「말장난의 깊이, 오독의 즐거움」, 『시와소금』, 2013. 봄호.

김익균, 「세속적 놀이와 고유한 방식을 고집하기」, 『시와사상』, 2013. 봄호.

박선경, 「양가적 감정의 합력, 헤엄치는 시적 언어의 유희」, 『시와미학』, 2013. 여름호.

박영환, 「『물고기 강의실』의 의미론적 분석」, 『한국언어문학』 제86집, 2013. 9.

이선준, 『새로운 형식의 시창작 방법론 연구』, 배재대학교 대학원 석사학위 논문, 2016. 12.

김영석 · 강희안 시의 창작 방법론

초판 1쇄 인쇄일 | 2017년 3월 26일
초판 1쇄 발행일 | 2017년 3월 27일

지은이 | 이선준
펴낸이 | 정진이
편집장 | 김효은
편집/디자인 | 우정민 박재원 백지윤 문진희
마케팅 | 정찬용 정구형
영업관리 | 한선희 이선건 최인호 최소영
책임편집 | 백지윤
인쇄처 | 국학인쇄사
펴낸곳 | 국학자료원 새미(주)
등록일 2005 03 15 제25100-2005-000008호
서울특별시 강동구 성안로 13 (성내동, 현영빌딩 2층)
Tel 442-4623 Fax 6499-3082
www.kookhak.co.kr
kookhak2001@hanmail.net

ISBN | 979-11-87488-55-2 *93800
가격 | 21,000원

* 이 도서의 국립중앙도서관 출판예정도서목록(CIP)은 서지정보유통지원시스템 홈페이지(http://seoji.nl.go.kr)와 국가자료공동목록시스템(http://www.nl.go.kr/kolisnet)에서 이용하실 수 있습니다.(CIP제어번호: CIP2017006729)